宇宙职业选手 2

我吃西红柿 著

时代出版传媒股份有限公司
安徽文艺出版社

图书在版编目（CIP）数据

宇宙职业选手. 2 / 我吃西红柿著. —— 合肥：安徽
文艺出版社，2023.9
　ISBN 978-7-5396-7780-4

　Ⅰ.①宇… Ⅱ.①我… Ⅲ.①长篇小说–中国–当代
Ⅳ.①I247.5

中国国家版本馆CIP数据核字(2023)第094381号

YUZHOU ZHIYE XUANSHOU 2

宇宙职业选手 2

我吃西红柿 著

出 版 人：姚　巍
责任编辑：胡　莉
装帧设计：WONDERLAND Book design
　　　　　仙境 QQ:344581934

··

出版发行：安徽文艺出版社　www.awpub.com
地　　址：合肥市翡翠路1118号　邮政编码：230071
营 销 部：(0551)63533889
印　　制：北京盛通印刷股份有限公司　电话：(010)52249888

··

开本：710 mm×1000 mm　1/16　印张：18　字数：263千字
版次：2023年9月第1版
印次：2023年9月第1次印刷
定价：36.80元

目 录 CONTENTS

　　许景明美滋滋地吃着夜宵，黎渺渺在一旁喃喃道："战力5000，我才400多，连你的十分之一都不到，太打击人了。"

　　"你是天才歌手，"许景明看了一眼黎渺渺，笑道，"我可是从小练武。有一句话说得好，术业有专攻。"

　　"别臭美了，赶紧吃吧，吃完饭我带你去见一个大美女。"黎渺渺道。

　　"谁啊？"许景明边吃边问。

　　"我们夏国的第一女神箭手，王怡。"黎渺渺说道，"我早就帮你联系上了，只要你将你的个人战力面板展现在她面前，她加入队伍这件事就十拿九稳。"

　　"你都联系上了？你的动作可真快！"许景明钦佩地看着黎渺渺。

　　黎渺渺催促道："赶紧吃吧。"

　　"好。"许景明迅速吃着。

　　虚拟世界，王怡的个人空间中。

　　"王怡，你好。"许景明上前握手。

　　"枪魔，你可太客气了。"王怡和许景明握了一下手，笑着看向黎渺渺。

　　"猫猫，你事先可说了，要找到一支让我满意的队伍。"

　　黎渺渺坐在那儿，指着许景明："这支队伍的队长，我已经带来了。"

　　"哦？"王怡好奇地看着许景明，"枪魔，你这么有信心邀请到我？"

“我听渺渺说了，你想要找足够强的队友，将来好和全球各国队伍争锋。”许景明直接向王怡展示他的战力面板，“你觉得我的实力够不够？”

王怡看向许景明的个人战力面板，这一看，她惊住了。

“进化法达到高阶？枪法达到三阶？战力5000？”王怡有些发蒙，看向许景明的眼神有些炽热，道，“许景明，你只要公开你的实力，就会有一大群高手主动请求加入你的队伍。”

“我喜欢志同道合的队友。我的其他三名队友，都是我多年的至交好友。你的性格我也很清楚，你不在乎那些大集团的巨额签约金，而且你一诺千金是出了名的。我需要你这样的队友，不知你是否愿意加入我的队伍？”许景明说道。

“枪魔邀请我，我乐意至极。对了，你怎么没邀请庄子语？他的箭术不比我逊色。”王怡笑得很开心。

“他早就组队成功了，没必要拆散他人的团队，而且你是渺渺的好友，我相信渺渺看人的眼光。”许景明说道。

“猫猫，”王怡一把抱住黎渺渺，“你可真是我的福星。”

“好好好，现在高兴还太早。”黎渺渺说道，“还得见见其他三名队友，还有队伍的一些事都得确定了。”

“赶紧确定。”王怡立即说道。

片刻后，衡方、杨青烁、刘冲远三人也来到了王怡的个人空间。

“我来介绍一下，这是我们队伍的神箭手王怡。”许景明微笑着说道。三人听了都有些惊愕。

“老许，你说的是真的？”衡方看了看许景明，又看了看王怡。

王怡微笑着看着他们三人：“以后还要请三位多多照顾，对战时，保护我这个弱小的弓箭手。”

“牛，太牛了！”刘冲远吃惊地看着这一幕，竖起大拇指，“老许，你太牛了，竟然能请到夏国最强女神箭手，我们队伍要发达了呀！”

“能加入许队长的队伍是我的荣幸。以队长的实力，选四个民间选手当队友，也能赢得轻轻松松。"王怡说道。

"嗯？"杨青烁、衡方、刘冲远都看向许景明。

"'火种杯'大赛很快就要报名了，我们先了解一下现如今大家的实力。"许景明气定神闲地道，"作为队长，我先公开自己的实力。不过大家记住，这是队内机密，不要外传。"

说着，许景明向大家展示了个人战力面板。

"枪法达到三阶？进化法达到高阶？"杨青烁眨巴下眼睛，"许哥，你真是……"

"太牛了！"刘冲远也感到震撼。

"战力5000？我才2000多。老许，你也太强了吧！"衡方有些恍惚。

"我的实力还不算强，和师父柳海、前辈雷云放还有差距。"许景明说道，"但是我的队友比他们的队友强。我相信，我们五人联手，是非常有望拿到'火种杯'大赛的冠军的。"

"冠军！"王怡、杨青烁、衡方、刘冲远四人的眼神都变了。

"之前我想着能进前十就不错了。"刘冲远忍不住嘀咕，"现在竟然感觉有望冲第一。"

"只是有希望。"许景明说道，"大家别太得意，虽然明面上的确只有师父柳海、雷云放、周羿三人的战斗技巧达到三阶，但我能突破，其他人说不定也能突破，必须小心谨慎，这样才能走得更远。"

"听老许的。"衡方立即点头。

"许哥说的都是对的。"杨青烁吹捧道。

"阿烁，你什么时候这么会拍马屁了？"刘冲远笑道。

"你要是达到三阶，我也拍你的马屁。"杨青烁撇嘴。

黎渺渺在一旁看着气氛融洽的五人，笑道："按照'火种杯'大赛的规则，报名时需要确认好队内奖金分配比例。"

"我随便。"王怡说道，她不在乎奖金。

虚拟世界开放前她就是国民级偶像，赚的钱已经很多了；虚拟世界开放后，她更是观战平台上热度排在前三的主播，打赏她的人多得很。她不在乎大赛奖金，她只在乎与越来越强的对手交锋。

"听老许的。"

"听许哥的。"

衡方、杨青烁、刘冲远都很干脆。

"那就平分吧。"许景明说道。

"不行！"王怡、衡方等四人几乎同时开口。

衡方盯着许景明："老许，你的实力比我们高得多，一人抵得上我们四人了。如果平分，就是在侮辱我们，我们会拿得不安心的。"

"让我们拿得安心些。"杨青烁、刘冲远看着许景明。

许景明犹豫了一下，心道："五人中最富有的自然是王怡，我和衡方过去都有成绩，不缺钱，刘冲远和阿烁就差多了。"

许景明还是想帮帮老友的。

"这样吧，按照实力划分。"一旁的黎渺渺开口，"其他人各拿16%，剩下的归景明，可好？"

"没问题。"

"可以。"

许景明心道："16%和20%，差得不算太多。"

"我们还需要一名替补队员。"许景明说道，"从我的那部分中分出一点给替补队员。"

"以队长你的实力，我们队伍不需要替补队员。"王怡自信地道。

一旁的黎渺渺期盼地举手："那我能挂个名，当替补队员吗？"

许景明、衡方、杨青烁、刘冲远、王怡五人都看着黎渺渺，举手赞同。

"天才歌手给我们当替补队员，很有面子啊。"衡方说道。

"嫂子当我们的替补队员，是我们的荣幸。"杨青烁笑道。

自从在虚拟世界赚到钱，财务上没了压力，母亲的病又好了，杨青烁整个人开朗了许多。

"那这样，渺渺是替补队员，拿6%，你们四人各拿16%，我就拿30%，如何？"许景明说道。

"你爱给猫猫多少给多少，我们是没意见的。"王怡笑道。

许景明不太在意钱财，在如今的时代，实力才是根本。实力强，赚钱的机会多的是。

"都没意见，那就这么定了。"许景明点头。

"好。"

"下一个，报名时需要提交队伍的名字。"黎渺渺道，"我们队伍叫什么？"

"队伍名字？"五人思忖起来。

"我们其实可以接受集团的冠名。我可以安排团队接洽一下，应该能赚一笔冠名费，到时候大家可以平分。"黎渺渺提议道。

"没必要吧？"衡方思考一下，看了看队友，摇头道，"我不太想顶着那些集团的名字。"

"算了吧。"许景明也不赞同，"打好比赛，多前进一个名次，奖金就会多很多，冠军的奖金可高达五亿。"

黎渺渺点头，说道："也对。那我们队伍的名字叫什么？"

"队伍名字……"

许景明五人都犹豫了。

"起名字最头疼了，我当初给我女儿起名字，想了好几个月都没定下来。"王怡摇头，"你们想吧。"

"要不用歌曲的名字？"黎渺渺眨巴下眼睛，"比如我最火的一首歌曲《梨木》，怎么样？"

"梨木战队？"王怡立即欢喜道，"我喜欢这个名字，《梨木》这首歌，我单曲循环听了不知道多少遍。"

"嫂子歌曲的名字，有格调，我赞同。"杨青烁立即道。

"俺也一样。"刘冲远笑道。

"赞同。"衡方立即道，"嫂子真厉害，又帮我们解决一个难题。"

黎渺渺一笑："是我占了你们的便宜，等我们队伍火了，全国皆知，甚至将来全球皆知，我的歌曲不也更火了吗？"

许景明点头："报名时的这些琐事都处理好了，没别的事了吧？"

"队伍需要一个经理，负责和虚拟世界的官方接洽，我来担当就行了。"黎渺渺说道，"小事我都能搞定，你们安心打比赛。"

"对了，"王怡说道，"我向我的粉丝承诺过，今晚8点，我会公开我的队伍，到时候我们队伍是否可以公开亮相？"

几人彼此看了看。

"好，'火种杯'大赛很快就要开始了，这次算是队伍在大赛前的首次亮相。"许景明点头。

"梨木战队，加油！"

第54章 // 亮相

孙笠的个人空间，练武场内。

"田总。"孙笠停止练箭，看着另一边光幕上的银发青年。

"王怡已经给出确切消息。"银发青年说道。

"她确定了？她要来我们金鹏战队吗？"孙笠问道，心中有些紧张。虽然替补队员也有薪酬，但在"火种杯"大赛上大放异彩才会万众瞩目。有足够高的人气，观众的打赏金额只会多不会少。

"她明确拒绝了我们。"银发青年说道，"不单是我们，其他四大集团的邀请，她也都拒绝了。"

"哦？那她加入了哪支队伍？"孙笠心中顿时轻松起来，好奇地问道。

"她说保密，晚上8点会正式公布。"银发青年说道，"不管她了，你现在就是我们战队的神箭手，是我们战队的主力。'火种杯'大赛，就看你的了。"

孙笠自信地道："田总，到时候看我的表现吧。"

银发青年点点头，挂断了通话。

"哈哈哈……我就说嘛，观战平台上人气排在前三的最强女神箭手，哪是这么容易邀请到的？一切都在我的预料之中。"孙笠得意地一笑。

"只是，五大集团她都拒绝了，她到底加入了哪一支战队？"孙笠好奇地道，"今晚8点，去她的直播间瞧瞧。"

当晚8点。

孙笠通过观战平台来到王怡的直播间。

坐在看台上，孙笠发现看台上是密密麻麻的人，不由得惊叹："王怡的人气真吓人，今晚她要宣布她加入的战队，现在直播间内的观众已经突破一千万了，这就是排名前三的大主播啊！怎么我的人气就那么低呢？论实力我也不差，可人气就是不行。"

孙笠又羡慕又无奈。

并非实力强的直播时人气就高。

像杨青烁，他很用心地经营直播间，经常逗乐子，而且在王仙姑的排名中，杨青烁进了夏国前一百，但当他直播时，在线观众一般也就数千人，最多时勉强过万。

和王怡比起来，差距太大。

孙笠直播间的人气比杨青烁还低得多，孙笠直播时太闷，不会说话，吸引力自然就小多了。

"我和大家说过，今晚8点，我会正式公布我加入的队伍。"王怡穿着定制的青色衣袍，衣袍上有着火红色花纹，她笑着指着身上的衣服道，"我身上的衣服是我如今所在战队的队服。"

"队服？"

"最近出名的队伍中，没有一支队伍的队服是这个。"

"这个队服还怪好看的。"

观众们议论纷纷，猜测着王怡到底加入了哪支队伍。

王怡微笑着道："现在，欢迎我的五名队友。"

王怡身旁出现五道身影：身材姣好、容貌绝美的黎渺渺，内敛的许景明，清秀的杨青烁，帅气潇洒的衡方，壮硕如一头大熊的刘冲远。

五人全都穿着队服。

"是猫猫。"

"啊啊啊，猫猫！"

不少观众激动地呼叫。

黎渺渺是有着千万粉丝的红人。

"猫猫一个曜日级玩家，也能加入战队？"

"好像是替补队员，替补队员的最低标准是曜日级。"

"那是许景明。"

"许景明在第一场神级高手对战中最耀眼，后来就渐失光芒了。另外三个人中，衡方、杨青烁有点名气，那个大个子是谁？怎么没见过？"

"刘冲远，也是神级高手，就是名气差些。"

观众们议论纷纷。

王怡微笑着道："这位大家肯定很熟悉，她是我的偶像，是天才歌手，是我们的猫猫。"

"很荣幸能担任队伍的经理。"黎渺渺微笑着和观众们说道，"我也是替补队员。"

"这四位就是我们队伍的主力了。"王怡走到了队伍的最边上，迅速介绍道，"这个大个子是刘冲远，这个最帅的是衡方，这个是年龄最小的杨青烁，至于这位，就是我们英明神武的队长许景明了。"

许景明、杨青烁、衡方、刘冲远都微笑着面对观众，其中最局促的就是刘冲远了，他这么多年都没登上过世界武道大赛的舞台，从未被万众瞩目。

被上千万人看着，刘冲远显然有些紧张。

"怡姐夸得我都有些不好意思了。"许景明笑道，"不过能够在'火种杯'大赛快报名时，成功邀请怡姐加入我们梨木战队，对我们队伍来说非常惊喜。"

"应该是我非常惊喜，谢谢队长的邀请。"王怡说道。

王怡今年三十五岁，在队伍里年龄最大。其实，刘冲远和她同龄，但刘冲远的生日在十二月份，她的生日在一月份。

"谢谢怡姐认为我是队伍里最帅的。"衡方笑着说道，"在以后的对战中，我一定提前击杀对手，不让对手威胁到怡姐。"

"我也会保护好怡姐。"刘冲远说道。

"对方刺客交给我。"杨青烁说道。

看台上。

"王怡加入了许景明的队伍，有点意思。"一名身材高挑的短发女子看着这一幕，而后起身。

"青姐，我们邀请她，她不愿意，她最终还是选择了一支以她为核心的队伍。"旁边的孙玉婷也起身，继续说道，"我们队伍里有阿媛，相信阿媛将来会比王怡更优秀。"

"我和怡姐还有些差距。"阿媛是一名有着婴儿肥的少女。

王怡是国家队的大姐大，拿过三届奥运会箭术冠军。阿媛是明日之星，她十七岁时也就是去年就拿到奥运会箭术冠军，是这支队伍里年龄最小的。

"重要的是我们有师父。"戴晓青也起身，她非常崇拜许景明，也崇拜她师父张青。

张青，女子武道格斗界最传奇的人物之一！

……

"原来选择的是景明的队伍。"铁莲云看着这一幕。

夏国武道三大传奇人物中，柳海、雷云放如今已经成了神，在全球都排在前五，只有铁莲云，国内前五的位置都有些坐不稳了。

在国内，柳海、雷云放、周羿肯定是前三名，很多人都认为张青、熊天山比铁莲云强。

铁莲云一直憋着一股火。

"我会证明，我是有资格和柳海、雷云放并列的！"铁莲云起身，独自离去。

……

"哈哈……老许啊，你儿子挺厉害的啊，能够邀请到夏国最强女神箭手。"容貌和戴晓青有几分相似的帅气中年男子戴通达笑着说道。

"哈哈哈……他也是你徒弟。"身体得到进化后，许洪一直维持中年时的模样，仿佛一只猛虎。他练了四十年的虎扑，猛虎之意早就深入骨髓了。

许洪点头："有了王怡，景明他们队伍的人也算齐了，在'火种杯'大赛中能走得更远。"

"走吧，赶紧去训练吧。"戴通达起身，"我们这群老家伙可得好好训练，如果在'火种杯'大赛中碰到景明、晓青他们，被他们那些小年轻轻而易举就击败了，那就丢脸了。"

"得让那些小年轻知道，姜还是老的辣。"许洪也起身。

哥儿俩起身离开，抓紧时间训练去了。

"王怡瞎了眼了？"孙笠有些暴躁地起身。

"她怎么会选择许景明的队伍？他们四个人中，一个位于第二梯队的都没有，难道真因为她是黎渺渺的粉丝？

"在'火种杯'大赛上，如果早早被淘汰了，就是天大的笑话。"

孙笠总觉得不舒服，他本以为，自己退队后，许景明找不到合适的队友，会随便找一个战士凑合。他们参加"火种杯"，第一轮就被淘汰，这才是他为许景明设想的结局。但现在许景明的队伍有了王怡，就有了主心骨。

"但和我们的队伍比起来，差得远。"孙笠消失在看台上。

……

"许景明的队伍比我的队伍要强啊。我组建的队伍以郑柏龙、滕亚为核心，许景明不比郑柏龙逊色，王怡是仅次于周羿的神箭手……有些不妙啊。"程子豪也在看台上，心中对比着做出判断。

"算了算了，没必要和这些武夫计较。我的目的不是赢许景明，而是给白龙做宣传，让白龙旗下的主播们受益，热度更高。"程子豪露出笑容。

大主播带小主播，老主播带新主播。在一个多月的时间里，程子豪把他的公司经营得的确不错。美女队伍、顶尖高手、专业教导等等，这些都吸引了很多粉丝。

"这些武夫争的是实力第一，我要的是人气，'火种杯'大赛会给集团所有主播带来超高人气。这些武夫与我根本就不是一个境界的人。"程子豪心情好，公司在上升阶段，他自然意气风发。

　　夏国，生命进化局。

　　"局长，今夜12点，'火种杯'大赛的报名通道就会开启。"秘书禀报。

　　"种子选手如今的实力如何？"周局长问道。

　　"1号种子选手方虞是我们夏国天赋最高的人，有望与全球第四的逖雅诺·西雷媲美。他如今实力稳步提升，一杆大戟越发可怕。"秘书说道。

　　"他大概什么时候能闯过星空塔第三层？"周局长问道。

　　"按照以往的经验，必须戟法、身法等各方面都达到三阶，进化法达到高阶，战斗经验足够丰富，才有望通过。1号种子选手毕竟才二十岁，我预估一个月内他应该能闯过。"秘书回道。

　　"2号种子选手呢？"周局长问道。

　　"2号种子选手在两天前换人了，如今是二十九岁的许景明。许景明如今枪法突破到三阶，进化法达到高阶，但毕竟刚突破，盾法、步法方面都还有缺陷，我预估他需一个月左右才能闯过星空塔第三层。"

　　"3号种子选手赵樊，今年十八岁，他如今的战斗技法都达到二阶99%。他是虚拟世界开放后才开始学习武道的，虚拟世界才开放一个月，他就达到这般境界，进步速度的确惊人，天赋很恐怖。"秘书再次回道。

　　周局长听后点头说："继续关注所有神级高手的情报，我夏国人口众多，出几个绝世天才是很正常的事，我们要栽培的就是绝世天才。"

　　"是。"

　　"还有柳海、雷云放他们两位。他们俩毕竟是我夏国如今最强大的高手，一步领先，完全有可能步步领先。"周局长道。

　　秘书点头："柳海教练是各方面能力都很全面的宗师级人物，雷云放更是全球身法第一人，他们俩都是我们夏国的国宝级高手。"

　　周局长点头："这次'火种杯'大赛，仔细收集数据，我们需要的是不仅个体实力强大，还懂得配合团队作战的高手。"

"是。"秘书道。

"你出去吧。"周局长道。

秘书恭敬地退去。

"所有人的实力都在变化。"周局长看着光幕上的详细情报说道，"希望这次'火种杯'大赛上的强强碰撞，能激发他们更多潜力。"

2081年8月29日0点，夏国"火种杯"大赛报名开始。

黎渺渺的个人空间。

许景明队里六人都聚集在这儿，黎渺渺轻轻点开战斗空间，又点开了"火种杯"大赛报名入口。

黎渺渺开始输入队伍信息。

梨木战队

队长：许景明

队员：王怡、衡方、杨青烁、刘冲远

替补队员：黎渺渺

队伍经理：黎渺渺

……

"奖金分配的比例，我也提交了。

"全部提交成功。"

"你们五人必须同意申请，报名才能成功。"黎渺渺说道。

"看到了。"许景明这边弹出系统提示语，让他确认信息。

"确认。"

"同意。"

五人手指轻轻一点，确认报名信息，跟着就看到了提示语——梨木战队报名成功，截至此刻，"火种杯"大赛的报名队伍累计一百五十九支。

衡方惊叹："我们是0点开始报名的，现在竟然都有一百多支队伍报名了，也太快了！"

"夏国如今有近五千名神级高手，才一百多支队伍，不算多。"许景明道。

"别说这些了，你们看下详细的比赛流程。"黎渺渺道。

"9月1号0点，预选赛开始，只有前三十名才能进入正赛。"

"柳海师父的队伍、雷云放的队伍分别作为'火种杯'大赛1号种子队伍、2号种子队伍，不用参加预选赛，直接进入正赛。"黎渺渺看着信息感慨道，"这两位前辈的待遇很高啊！"

王怡说道："名列星空榜的，我们夏国只有他们两位前辈。"

许景明点头。

"队长，以你现在的实力都无法闯过星空塔第三层？"王怡问道，"你的战力可比我们高一倍，一个都能打我们五个了。"

"闯不过去，我试过。"许景明摇头，"雷云放前辈的进化法达到高阶，身法那般厉害，也花费好些天才闯过，我的身法还是差了些。如果只面对普通虎群，我还是有胜算的；若面对虎王带领虎群围攻，我就不行了。"

"队长，你接下来得重点练身法。"王怡说道，"我们队伍能否夺冠，就靠你了。只有你能对付雷云放前辈和柳海前辈，我们根本挡不住。"

"嗯，我会重点练身法和盾法。盾和枪的发力方式虽然不一样，但有很多共通之处。一旦我在盾法上有所突破，枪法也会因此受益。"

"'火种杯'大赛前期，我会以盾法迎敌，多磨砺盾法。只有遇到强敌，才会动用携带的长枪。"许景明说道。

"哈哈……弱小的对手哪里需要景明动枪？"衡方说道，"让你动枪，代表我们的失败。"

"对，但如果碰上柳海、雷云放、周羿他们三位，我们可扛不住，必须得老许你上。"刘冲远说道。

"我们也得努力，不能只靠队长。"王怡说道，"如果我们中也有人能突破到三阶，就算和柳海、雷云放他们的队伍搏杀，也更有信心了。"

"别小瞧其他队伍。"许景明说道，"我能突破，其他队伍中说不定也有达到三阶的高手。"

"嗯。"在场的几人个个心头一紧。

衡方点头道："我们夏国到底有多少高手，谁也不敢确定，甚至临战突破也是有可能的。"

"小心谨慎，我们是不怕任何对手的。"许景明说道，"现在解散吧。每天早晨5点到6点，是我们队伍配合训练的时间，其他时间自由安排。"

"是，队长！"五人齐声应道。

8月31号深夜，"火种杯"大赛报名截止。

"火种杯"预选大赛即将开始。

第56章 // 大赛开启

夏国官方直播间。

"人真多啊!"

许景明、黎渺渺、王怡、衡方、杨青烁、刘冲远集结成功,他们的家人和朋友们也来到了直播间。

"现在直播间的人数已经突破到八亿了,还在上升,真是狂热。"许景明感叹道。

"直播间的各位观众,我给大家介绍下,旁边这两位——"主持人刘鑫在解说台上刚开口,看台上就传来山呼海啸般的欢呼声。

主持人刘鑫笑了起来,接着道:"相信这两位嘉宾已经感受到了大家的热情。我旁边这位就是如今星空榜第一人——柳海老师。今天可是柳海老师第一次参加直播。"

魁梧壮硕的柳海坐在解说台上,温和内敛了不少,笑眯眯地看着观众。

"大家好。"柳海挥手道。

又是一片山呼海啸般的欢呼声。

柳海如今民间粉丝无数,人气极高,他一直不直播,不参加任何活动,这还是他第一次出现在直播间。

"哈哈哈……"看台上,杨青烁忍不住道,"师父他老人家平常在我们面前仿佛狮虎,今天我感觉他像一只大猫咪,还乖巧地挥手。"

"你这话我可记下了，回头说给师父听。"衡方道，"敢说师父像大猫咪。"

"还真有点像呢。"黎渺渺看着解说台上的柳海。柳海面容刚毅，须发浓密，眼睛一瞪，真的仿佛狮虎，威慑力十足，但此刻笑眯眯地看着观众，的确像一只大猫咪。

"听到了吗？嫂子也说像。"杨青烁立即道。

"那就算了，不告诉师父了。"衡方仔细看着，"还别说，师父坐在那儿挥手，真像招财猫。"

许景明说道："师父和雷云放前辈可以不参加预选赛，所以去当嘉宾，他们后面要参加正赛，可就没办法坐在解说台上了。"

"所以这可能是他们在'火种杯'大赛期间唯一一次坐在解说台上？"王怡说道。

"如果被淘汰，还是有机会再坐在解说台上的。"黎渺渺道。

"被淘汰？"许景明他们一个个都看向黎渺渺。

"若柳海师父和雷云放前辈提前碰上了，那么不就有一方必定会被淘汰吗？"黎渺渺说道。

"你说得有道理。"王怡说道，"但按照赛制，他们俩在决赛前碰上的概率很低，而我们应该会更早碰到他们中的一方。"

"那我们就将他们淘汰。作为替补队员，我相信我们队伍的实力。"黎渺渺握拳说，一副信心十足的样子。

解说台上，刘鑫又介绍道："至于这一位，便是如今星空榜第五的雷云放老师。"

雷云放脸上有着刀疤，面容冷峻，体形瘦削些，平常不苟言笑，可在解说台上，面对此刻已经攀升到九亿的观众，他挤出一丝笑容，挥挥手。

"雷云放前辈的笑容看上去有点假啊，难为他了。"许景明笑道。

"让雷云放前辈笑可真不容易。"衡方点头道，"不过至少前辈努力笑了。"

"他笑时我拍了张照片，这是很难得的场面。"杨青烁说道。

解说台上，主持人刘鑫热情地说道："两位老师非常难得，是第一次来到我们直播间。两位老师看看，现如今已经有九亿观众加入了我们直播间，多么热情。两位老师有什么想和我们的观众说的吗？"

"很期待这次'火种杯'大赛……"柳海老师在台上笑着道，"有队伍能击败我。"

又是一片惊天动地的欢呼声。

"我倒是很期待和柳海兄在'火种杯'大赛中交手。"雷云放说道。

柳海看向雷云放——这个速度冠绝全球的身法高手。

"那我们就赛场上见真章了。"柳海说道。

"虽然'火种杯'大赛还没开始比赛，但听两位老师这么说，我就热血沸腾了。"主持人刘鑫兴奋地道，"马上就是9月1号的0点了，所有报名成功的队伍，即将前往准备区域。"

另一边，许景明、王怡、衡方、杨青烁、刘冲远五人都得到提示——预选赛即将开始，请前往战斗空间。

"走了。"许景明起身，其他四人也起身。

"儿子加油！"许母高呼。

"老爸加油！"杨青烁的儿子欢呼。

"老公，你最帅！"衡方妻子喊着。

"爸爸加油！"三个小女孩都崇拜地看着刘冲远。

"妈妈，你是世界第一！"一名少女看着王怡，欢呼着。

"梨木战队，无敌！"黎渺渺欢呼。

梨木战队的五人在欢呼声中前往战斗空间。

战斗空间，"火种杯"大赛的准备区域。

"好多人啊！"五人出现后，一眼就看到密密麻麻的人。

"这次一共有八百二十三支队伍报名，绝大多数神级高手都参战了。"衡方说道，"我听说，报名最后一天，很多神级高手直播召集队友，只要对方是神级，能凑成一支队伍，大家都可以将就。"

"我们邀请队友很容易，因为自身实力够强，认识的高手够多。"刘冲远说道，"很多民间高手，圈子小，认识的神级高手不多，甚至可能最后一两天才突破到神级，实力在神级中垫底，他们想要凑齐队友，只能公开召集。五个互相陌生的神级高手勉强凑成一支队伍，来凑热闹很正常。"

"民间选手在初期的确艰难。"许景明点头，"但是民间选手的规模会不断变大。"

"现在近五千名神级高手中，你们这种，以及有过我这种职业训练基础的，不足两千人，其他全都是民间选手，也就是说，民间选手已经超过一半。"王怡说道。

"职业武道选手本来就少。"许景明道，"三十年来，国家武道队的选手加起来也就三百来人。"

"师父，师父。"忽然，远处有喊声传来，一名帅气青年跑了过来。

"嗯？"许景明看到对方后，仔细看了看，"小胖子，你变瘦了？"

帅气青年跑过来，兴奋地道："师父，我练了影豹进化法后，减肥效果特别好，看看，帅气多了吧？"

"我来介绍一下，"许景明向队友笑道，"这是我在滨海时收的徒弟庞昀，我这徒弟有些胖，还懒，不愿练身法，只拿着一杆很轻的长枪跟我学枪法。他跟我学了三年，我的枪法，他倒是学了个五六成。"

"他倒是选对了。"王怡说道，"如今有了进化法，身体自然可以进化到极限，唯有枪法……如今想要请你一对一教授枪法，可难了。"

"是啊，我赚大了，我在昨天冲到了神级！"庞昀喜滋滋地说，"我立即在高中班级群里炫耀了一下，又想方设法地拉了几个神级高手，凑了一支队伍。不管怎样，夏国的第一次全国大赛，我庞昀也算参加了。"

"庞昀，加油！"许景明说道。

"师父，预选赛我肯定过不去，但师父你一定能，加油啊！"庞昀握拳，"就算敌不过柳海、雷云放前辈，也得拿个第三啊！"

"你就闭嘴吧！祝我拿第三，这叫祝贺？"许景明一脚踹在他屁股上。

庞昀笑着跑开了："师父，等我淘汰了，一定去看你比赛。"

庞昀跑到远处，和他的队友会合了。

"一对一私教？还教了三年？"衡方惊讶地道，"你的时间很宝贵，我记得在格斗馆，你教导徒弟的时间都很少。"

"这是方星龙师兄嘱托的，而且一年的费用是七位数。"许景明说道。

他的话音刚落，准备空间响起声音："预选赛即将开始，倒计时，10、9、8、7……"

准备空间内的所有队伍都安静下来。

在倒计时结束的刹那，所有队伍瞬间消失。

他们被送往预选赛的战斗区域。

第57章 // 排名

　　许景明五人化作五道流光，降落在一片荒野上。

　　"嗯？"许景明看向前方，广阔的荒野远处有一支庞大的异族军团。

　　一个声音突然响起："梨木战队，在预选赛中，系统可以无限供应你们所需要的装备，但你们的体力在预选赛结束前无法借助系统恢复，请合理分配你们的体力。五分钟后，前方的这支兽人军团将发动进攻，你们要做的就是彻底消灭这支兽人军团。

　　"兽人军团共有一千名兽人士兵，所有参赛队伍消灭兽人士兵的数量会同步公开。消灭掉所有兽人士兵，视为消灭了兽人军团。

　　"记住，只有最快完成的三十支队伍，才能进入正赛。"

　　这个声音消失后，梨木战队的五人立即挑选装备。

　　"五人对付一支军团？"王怡说道，"幸好系统可以无限供应装备，否则无法带着那么多箭。"

　　"注意体力的合理分配。"许景明说道，"所有人都要穿铁甲，千万别穿皮甲，我看到兽人军团中不少骑兵携带着弓箭。"

　　"是轻骑兵。"杨青烁郑重地点头，"而且还有重骑兵。那几个军队将领骑的是什么？好大的坐骑！"

　　许景明他们一边选装备，一边仔细观察远处的兽人军团。

　　兽人士兵有着棕色的皮肤，面容丑陋，数量最多的是步兵，还有携带着弓箭、骑着雪狼的轻骑兵，以及更骇人的重骑兵，几位将领都骑着庞大的地行龙。

此刻，兽人军团也在观察梨木战队的五人，几位将领已经开始吩咐手下了。

夏国官方直播间的观众数量已经突破十亿。深夜时分，夏国绝大部分人都在夏国官方直播间。

"八百二十一支神级队伍，每一支神级队伍都需要消灭一支兽人军团，只有最快完成的三十支队伍才能进入正赛，才有机会和柳海老师、雷云放老师率领的队伍交手。"主持人刘鑫说道。

"这个预选赛机制有些意思。"柳海评价道，"所有参赛队伍击杀兽人士兵的数量是同步公开的，等于每一支队伍都能知晓其他队伍消灭的兽人士兵的数量。即便是一开始想要隐藏实力的队伍，也不得不展露实力，因为必须保证自己进入前三十名。"

"实力稍逊的队伍，需要更冒险、更拼命，否则就算消灭了兽人军团，也在三十名之外，还是会被淘汰。"雷云放点头说道，"而且看样子，兽人军团可不好惹。"

刘鑫看了下手中的资料，笑道："可以告诉两位老师，主办方设计兽人军团时，故意将通过的难度设置得很高，绝大多数的神级队伍都会失败，通过率控制在大概10%。"

"十分之一？"柳海、雷云放他们俩都微微点头。

"是的，再加上只有最快完成的三十支队伍才能进入正赛，通过率就更低了。当然，有此实力的三十支队伍绝对是有的，请相信虚拟世界系统的推算能力。"

"好了，兽人军团即将展开进攻，比赛即将开始。"刘鑫看着身后场景道。

荒野上没有任何遮掩物，一望无际。

一边是许景明的队伍，一边是兽人军团。

"兽人军团进攻倒计时，10、9、8……3、2、1。"

倒计时结束的刹那，远处兽人军团中的一位将领，挥剑指向许景明他们这边，发出命令。

顿时，兽人步兵开始轰隆隆地冲过来，同时轻骑兵也行动了。这些骑兵一分为二，分别从许景明他们的左右两个方向向他们发起进攻。

唰唰唰——

左右两边的轻骑兵皆弯弓射箭，箭如雨下。

许景明他们五人算是体会到箭如雨下的滋味了。三百支箭同时射出，即将有数十支箭落在他们所在的区域。

"举盾。"许景明、刘冲远、衡方、杨青烁四人全部举盾遮挡上方，保护住了整个队伍。

噼里啪啦的声音，包括箭射在腿部护甲上的声音响起。

"幸好都是普通的弓箭，如果是神级神箭手射出的破甲箭，我们就麻烦了。"杨青烁说道。

"三百名轻骑兵，如果个个都匹敌神级神箭手，可能只有队长可以抵抗一二，我们都得玩儿完。"衡方说道。

"步兵等会儿就到面前了，怡姐，到时候就看你的了。"许景明说道。

"放心。"王怡点头。

轻骑兵射出三轮箭后，步兵终于到了眼前，轻骑兵不再射箭了，再射箭就会连累那些步兵。

"来了。"许景明、刘冲远两人都持着两个盾牌，负责保护队伍，主要是保护神箭手王怡。

步兵实在是太多了，他们俩只有都使用盾牌才更妥当。

衡方手持一杆蛇矛，杨青烁手持一杆银枪，他俩负责击杀近处的步兵。

"嗷——"

这些兽人步兵咆哮着冲到近前，十余名兽人士兵同时进攻。

有的兽人步兵刺出长矛，有的扔出链锤，有的砸出飞斧，兵器全都朝许景明他们而去。

咔咔咔——

许景明左右双盾一挡一震，左边的兽人步兵踉踉跄跄地倒退，右边的兽人步兵跌倒。刘冲远手持的两个盾牌更大，挡住了那些兽人步兵。

嗖嗖嗖——

王怡施展弓箭速射，每次都同时射出三支箭。

一眨眼，九支箭都击中兽人步兵。

王怡目光冷厉，每一次取箭射箭都有自己的节奏。箭囊里的箭射完后，再从虚拟世界系统取出箭装满箭囊，间隔的时间很短。

"怡姐太牛了！"杨青烁喊着。

"怡姐牛啊！"衡方笑着。

王怡施展弓箭速射消灭一些步兵后，衡方、杨青烁自然轻松得多，许景明、刘冲远只需要保护好队友即可。

"嗷嗷嗷——"

大量的兽人步兵仿佛浪潮不断冲击着许景明的队伍，欲彻底淹没他们。

这五人就是巨大浪潮冲击下的礁石，抵挡着浪潮的疯狂冲击。

许景明抬头看了一眼。

高空中显示着所有队伍消灭的兽人士兵的数量。

第一名：周羿战队（队长周羿），灭敌数量二百零五

第二名：仙姿战队（队长张青），灭敌数量一百八十三

……

第五名：梨木战队（队长许景明），灭敌数量一百五十二

第六名：天音战队（队长庄子语），灭敌数量一百三十九

……

第十名：金鹏战队（队长铁莲云），灭敌数量一百二十三

第十一名：盾斧战队（队长熊天山），灭敌数量一百二十二

......

第十九名：乌陵战队（队长方虞），灭敌数量八十五

......

第三十三名：白龙战队（队长郑柏龙），灭敌数量六十二

......

第八百二十一名：开心战队（队长庞昀），灭敌数量十二

高空中，所有队伍的灭敌数量一直在变动，队伍的名次也在不断变化，受重点关注的还是前三十名左右的队伍。

第58章 // 庞昀的父亲

无数观众看着直播间的预选赛直播，关注着排名。

夏国官方直播间的空间非常广阔，有八百二十一个光幕，其中一个是主光幕。

"才排到三十三名？郑柏龙，你好歹是第二梯队的高手，我给你配备的队友都是高手，砸了这么多钱，总得让我看到效果啊。"程子豪看着排名，有些急了。

"必须得是前三十名，不，得是前二十八名。按照赛制，最后两名是要和1号种子队伍、2号种子队伍交手的，遇到柳海、雷云放各自率领的队伍，肯定会被淘汰。前二十八名！我砸了钱，郑柏龙，你得给我做出成绩！"程子豪命令道。

程子豪瞥了一眼许景明的队伍。

"一支没怎么花钱的队伍，现在排第五名？"程子豪总觉得不舒服，他觉得金钱的作用似乎没那么大了。

……

"怡姐加油！"黎渺渺点击放大直播画面的按钮，梨木战队的战斗画面迅速被放大，黎渺渺能清晰地看到许景明他们抵挡着兽人军团的冲击。

"怡姐的箭术好厉害！"小曾赞叹道，"一眨眼就射出九支箭，而且还那么准，我什么时候能达到怡姐的十分之一啊！"

"你先赶上我再说吧。"孔姐笑道，"那个程子豪的白龙战队如今排在第三十三名，我估计他现在都急得跳脚了。"

"论砸钱，他可无法和那些大集团比。论个体实力，队伍里没有像柳海、雷云放、周羿，还有景明他们这种大高手，吸引不了其他高手主动加入。他的白龙战队，没前途。"黎渺渺轻轻哼了一声。

"看看看，晓青所在的仙姿战队好厉害，现在排名第二。张青姐姐的双剑术实在太厉害，她竟然主动走入兽人军团中，那些兽人根本无法发挥人数优势。张青姐姐走到哪里，哪里的兽人就倒下一大片。"黎渺渺眼睛放光。

"太帅了！"孔姐、小曾也感到目眩神迷。

如今夏国官方直播间中，主光幕播放的就是仙姿战队的战斗场景。仙姿战队是由五名女子组成的战队。

神箭手王媛箭无虚发，孙玉婷使用的是盾剑配合战法，袁玉娇的双盾凶猛霸道，戴晓青的双刀变幻莫测。队长张青以一敌千，根本不需要和队友配合，只管往兽人军团里冲杀，所过之处，一个个兽人倒下。

……

"两位老师，你们觉得仙姿战队的张青的剑术如何？"刘鑫问道。

"仙姿飘飘。"柳海保持微笑道，"难怪仙姿集团第一个就要冠名张青的战队，张青这丫头的剑术，的确是最有美感的，而且论剑术造诣，张青为国内第一。"

"是的，她的剑术很不错。"冷峻的雷云放点头说了一句。

"不过她已经年过四十了，柳海兄，你称她丫头？"雷云放对柳海道。

"我认识她时她还是个初中生，正在参加初中的武道比赛，我称她为丫头有错吗？"柳海说道。

雷云放不吭声了，瞥了一眼柳海，心道："这老家伙七十多了，职业武道选手在他面前，几乎都是小辈。"

"现在的局势是有厉害神箭手的队伍占优势，但等会儿形势就要变了，轻骑兵的冲击比步兵快且凶猛，而且重骑兵全身罩着重甲，连头部都没露出来，神箭手很难发挥作用，到时候就要看其他队友了。"柳海继续评价道。

……

此刻，看台上。

"唉，输了。"庞昀有些不甘心地回到看台上，走到了一对中年夫妇身边。

"儿子，不错了。八百二十一支队伍，你们队伍不是第一个被淘汰的。"妇人容貌甚美，贵气十足。

"但战绩是排在倒数第一的。"庞昀坐下，仰头看着排名——第八百二十一名：开心战队（队长庞昀），灭敌数量二十二。这就是他们队伍的最终成绩。

庞昀抬头看着，有些无奈道："兽人军团的冲击简直太可怕了，无数长矛从不同角度刺来，还有飞斧等兵器直接砸过来，我们使用盾牌抵挡时很吃力，能消灭二十二个，我都觉得很不错了。可是看看张青前辈、师父，他们都无比轻松，兽人军团的冲击根本威胁不了他们。"

说着庞昀轻轻一点，放大许景明队伍的战斗场景。

许景明的确很轻松。

他手持双盾一震，大片的兽人跟跟跄跄地倒退。王怡被保护得很好，可以尽情地放箭。

"你师父还是很有天赋的。"一旁的中年男子点头评价道，"我很看好他的枪法，没想到盾法也不错。"

"爸，你当初让我练枪法，还专门让我跟师父学枪法，学了三年，还说没必要练身体……"庞昀看着中年男子，嘿嘿笑道，"你是不是提前知道些什么？"

中年男子和妇人对视一眼。

"这小子……"中年男子看着庞昀，笑道，"你也不小了，有些事藏在心里，别对外说。"

"我明白。"庞昀乖乖点头。

"我们夏国举行'火种杯'大赛，白鹰联邦、罗马国、罗刹国等国也在举行大赛。"中年男子说道，"各国希望抓住更多希望而已。"

"抓住希望？"庞昀若有所思。

一旁的妇人笑道："儿子，你好好练枪就行了。你能在虚拟世界开放一个多月的时间里就进入神级，我和你爸挺满意的，继续努力。"

"好。"庞昀立即应道。

"还有……"中年男子看着梨木战队的战斗画面——许景明施展盾法抵挡冲击，在他的视线中，许景明的战斗速度变慢了，"你师父这人值得深交，可以多和他来往。"

"好。老爸，你又看出什么了？"庞昀乖乖点头，看了一眼中年男子。

中年男子看了一眼庞昀，没多说。

生命进化局。

"现在我们夏国官方直播间的在线观众达到十点二八亿，这个数字还在变动中，差不多达到极限了。"秘书禀报道。

周局长坐在那儿，看着眼前显现的画面。面对超过十亿的观众，系统迅速锁定其中一些关键人物，都是夏国官方重点关注的人物。

有一个人被紫色光芒笼罩，被标注了出来。

"嗯？"周局长看到这个，笑道，"小庞很难得啊，竟然来看'火种杯'大赛了。"

"庞先生如今平均每天要在虚拟世界待二十二个小时，工作非常辛苦。"秘书说道，"不过他的健康不用担心。"

"即便身体健康不用担心，精神也是要放松的。"周局长说道，当即轻轻一点屏幕，联系朋友。屏幕中出现了一名老者。

"方老哥，小庞如今每天要在虚拟世界待二十二个小时吗？"周局长说道，"会不会太累了？"

"我们也劝过，他根本不听。"方姓老者说道，"他说，如今正是关键时刻，必须抓紧每一分每一秒。"

"嗯。"周局长点头道，"总之，要确保他的身体一直处于健康状态。"

"那是肯定的。"方姓老者点头，随即道，"小庞那边有一丝希望，你负责的武道高手希望更大，而且是源源不断的希望。希望这次'火种杯'大赛能多出现一些天才高手。"

周局长点点头："一起努力吧！"

"一起努力！"方姓老者微微一笑。

荒野之上。

大批的兽人步兵倒下，而后化作虚影，消散。

这些兽人步兵越来越少，但没有一个是惧怕的，都怒吼着冲向许景明五人，直至最后一名兽人步兵倒下。

"这些兽人步兵，没有一个逃跑。"许景明五人都有些惊讶。

"应该是虚拟世界的设定。"衡方说道，"如果这些兽人步兵四散而逃，我们仅仅五个人，想要消灭所有兽人步兵还有些麻烦。"

"小心了，那些轻骑兵开始冲向我们了。"王怡提醒道。

"骑兵可比步兵恐怖得多。"许景明也提醒一句，仔细观察着。

三百名轻骑兵汇聚成一股力量，先是远距离放箭，在许景明他们举盾后，这些轻骑兵收起弓箭，拿起了雪狼背上挂着的长矛。每一个轻骑兵都持着长矛，高速冲向许景明五人。

轰隆隆——

骑兵冲锋，长矛如林！

"好快，我们逃都逃不掉！"杨青烁惊骇。

"我在最前面。"许景明手持双盾，挡在队伍最前面。

刘冲远、杨青烁、衡方三人则是在许景明身后，保护好王怡。

嗖！嗖！嗖！

王怡开始射箭。

面对高速飞奔的轻骑兵，王怡射出一箭又一箭，不像之前近距离的三箭齐射。

她的每一箭都使一名轻骑兵从雪狼上跌倒。

那些雪狼都很聪明，跳跃着躲开倒下的士兵，倒下的士兵很快化作虚影消散。

距离越来越近了，到轻骑兵距他们五十米时，衡方甩出了手中的短矛。

嗖！嗖！嗖！

一根根短矛破空而去，击中一名名兽人骑兵，有时候还一次击中两名。

衡方才扔出六根短矛，轻骑兵就已经到了面前。

许景明宛如礁石挡在最前面。

轻骑兵撞击在许景明的双盾上，却个个翻滚着摔倒开去。

"论借力打力的技巧，我还是赶不上师父。"

许景明手持双盾，双盾倾斜，他小幅度地移动步子。任何撞击到许景明手中盾牌的轻骑兵都翻滚着摔倒开去。

但他一人只能抵挡一部分。

即便在最前面，也只挡住六成的轻骑兵，刘冲远、衡方、杨青烁三人也需要阻挡轻骑兵。

"虽然要磨炼步法、盾法，但先不用战力全开，保留实力与体力。"

许景明现在很轻松，他如果战力全开，手持长枪，一人就能横扫整个兽人军团。但没必要，他的目标是让自己实力更强，和柳海、雷云放、周羿他们交手，名留星空榜。

"我必须尽快提升自己，必须抓住每一分钟磨炼自己，让自己更强大。现在的我，和师父，和雷云放前辈，差距还很大。"许景明很清楚这点。面对轻骑兵的冲锋，他尽量以步法、盾法抵挡。

时间流逝。

高空中，队伍的排名也在变。

"神箭手的作用在下降，郑柏龙的实力在显现，白龙战队已经到第二十八名了。"直播间看台上，程子豪越来越紧张。

金鹏集团的银发青年也在观看，他微微点头道："铁莲云的实力的确强。赵樊、张凤这一对我选中的天才选手，表现也很好。如今他们的排名正在迅速提升，已经到第七了。孙笠这个神箭手有些拖后腿，如果能成功邀请王怡，队伍就会强很多。

"嗯？王怡的队伍就她一人实力强，他们的排名怎么比金鹏战队高，排在第六？他们队伍的成绩比庄子语队伍的还好？"

"不对呀，庄子语的天音战队有虞成、张谦、吴赛等一众高手，论综合实力，明明天音战队更强。"银发青年有些困惑，将许景明队伍、庄子语队伍的战斗场景同时放大。

他仔细一看，看出区别了。

"怎么回事？面对轻骑兵，许景明一人挡在最前面，天音战队的虞成、吴赛都手持双盾挡在最前面，两人才赶得上许景明一人？"

"许景明的盾法这么厉害？就没有一个有公信力的榜单吗？第二梯队的高手竟然比不上第三梯队的，集团都不知道要签谁！"银发青年有些头疼。

许景明是第三梯队的人，虞成是第二梯队的人，吴赛是公认有第三梯队实力的，虞成加吴赛才和许景明相当？

三百名轻骑兵悍不畏死，一次次和许景明他们交手，直至最后一名轻骑兵消散。

"老许，你得多留点兽人给我们，我们压力不够大啊。"衡方笑道。

"节省点体力，五位将领和重骑兵才是最大的威胁。"许景明说道，"等会儿有的是时间磨炼自己。"

"还要注意队伍的排名。"王怡说道。

许景明抬头看了一眼队伍排名，道："保证在前二十名内就行了，其他意义不大。"

第二十九名、第三十名的队伍会在正赛第一轮碰上雷云放队伍、柳海队伍，那是最惨的。许景明自认自己的队伍准备得还不够充分，还不想过早碰到柳海他们。

"来了，最后一轮了。"

五人都紧紧盯着远处的兽人军团将领和重骑兵，在轻骑兵皆战死后，兽人军团将领和重骑兵才井然有序地冲向许景明他们。

轰隆隆——

重骑兵骑的坐骑类似独角犀牛。重骑兵全身罩着重甲，连头部都戴着头盔。近百名重骑兵高速冲来，简直就是一股洪流。这一幕让刘冲远、衡方、杨青烁、王怡有些心颤。

"队长，还是你来挡住大部分吧！"刘冲远有些不安，"我没把握。"

"好，借力打力，别傻乎乎地硬撑。"许景明说道。

这一刻，衡方、杨青烁、刘冲远、王怡都觉得，前方有队长，安心多了。

嗖！嗖！嗖！

王怡试着射了三箭，箭射在重骑兵的重甲上，被反弹开去。

"必须得用破甲箭，而且得找他们的薄弱处。"王怡开口说道，"主要靠你们了。"

王怡说着拿出一支箭，这支箭的箭头明显大了不少，她拉弓，盯着冲来的重骑兵，仔细观察后才放出箭。一箭破空，无比精准地射穿一名兽人的头盔，重骑兵从坐骑上跌落下来，引起了短暂的混乱。

王怡仅仅射了两支破甲箭，消灭两名重骑兵，重骑兵就已经到了面前。

"小心点，别被冲垮了！"刘冲远喊道。

衡方的蛇矛刺穿一名兽人重骑兵的头盔。

许景明手持双盾挡在最前面，借力打力，时而爆发，重骑兵队伍在他这里变得混乱起来。

许景明喊道："重骑兵并不可怕，要小心那五位将领。"

五位骑着地行龙的将领使用的兵器各异，有持长剑的，有持长刀的，也有持大斧的，个个威势不凡，在重骑兵队伍的最后方，即将杀来。

近百名重骑兵总算冲过去了，在这个过程中，许景明队伍消灭了二十余名重骑兵。此刻，五位将领在许景明队伍最疲惫时，骑着地行龙呈扇形冲来。

嘭！嘭！

许景明手持双盾，震得两只地行龙踉踉跄跄地跑向侧边，其他三位将领则攻击王怡他们四人。

"队长，我们需要磨炼，你只要确保队伍在前二十就行了。"王怡道。

"许哥，看我们的吧。"杨青烁说道。

"这仅仅是预选赛而已。"衡方也道。

许景明明白大家想要发挥实力，提升自己。

"好。"许景明应道。

……

约十分钟后，刘冲远和衡方还勉强站着，王怡和杨青烁都已经化作虚影了。

"打痛快了吧？"许景明看着队友们。

"痛快了！"衡方、刘冲远对视一眼，都笑了。

"只剩下最后一位将领。"许景明转头看着那位手持剑、骑着地行龙的将领，这位将领开始了孤独的冲锋。

"最后一个交给我。"许景明走上前去。

兽人将领低吼着，骑着地行龙撞击而来，许景明避让，地行龙撞了个空。兽人将领挥舞着剑，画出一道巨大的弧线，攻击许景明。

许景明前进一步，右手盾牌发力，盾牌撞击剑的瞬间，压着剑击向兽人将领的胸口，穿着重甲的兽人将领从地行龙背上跌落。

许景明冲向兽人将领，跺脚。

八极跺脚！

他一脚踩在兽人将领的头盔上，兽人将领化作虚影，消失。

兽人军团覆灭！

许景明回头看向有些狼狈的刘冲远、衡方，三人抬头看了一眼排名，而后都笑了。

三人消失，离开了荒野。

夏国官方直播间。

"这是盾牌的威力？"柳海、雷云放都微微一惊，对视一眼。

兽人将领挥剑一击的威力是很强的，许景明一击就将兽人将领击飞，威力可见一斑。

"景明突破了？"雷云放靠近柳海，轻声问了一句。

"不知道。"柳海摇头。

"两位老师在说什么呢？能否和我们共享？"主持人刘鑫见状，笑着问道。

柳海微笑着道："我们在说许景明，许景明在抵抗兽人军团时，表现很不俗。老雷和我说，许景明使用盾法的天赋很高。"

雷云放眨巴一下眼睛，心道："你这个浓眉大眼的家伙，在官方直播间编瞎话都不脸红。"

许景明五人出现在看台上。

"面对大规模的冲锋，与重骑兵近战，神箭手的确很吃亏。难怪周羿至今都没能闯过星空塔第三层。"王怡还在回忆刚才一战。

"星空塔内虎群的围攻可比兽人军团要可怕得多。"许景明说道。

"排名还是很不错的啊。"杨青烁笑着道。

许景明、衡方、刘冲远、杨青烁、王怡都看向排名。

第一名：周羿战队（队长周羿），灭敌数量一千

第二名：仙姿战队（队长张青），灭敌数量一千

第三名：云山战队（队长霍青山），灭敌数量一千

第四名：金鹏战队（队长铁莲云），灭敌数量一千

第五名：乌陵战队（队长方虞），灭敌数量一千

第六名：盾斧战队（队长熊天山），灭敌数量一千

第七名：天音战队（队长庄子语），灭敌数量一千

第八名：三鼠战队（队长风白宇），灭敌数量一千

第九名：梨木战队（队长许景明），灭敌数量一千

第十名：剑纯战队（队长秦歌），灭敌数量一千

第十一名：霜语战队（队长古冲），灭敌数量一千

……

第二十五名：白龙战队（队长郑柏龙），灭敌数量一千

……

第八百二十一名：开心战队（队长庞昀），灭敌数量二十二

"排在第九名，很不错了。"刘冲远说道，"在战斗最后我们配合少了，更多是为了磨砺自身。"

许景明五人走向各自的亲朋好友。

"作为替补队员，很开心能够进入正赛。"黎渺渺主动迎接，笑眯眯、开心万分地道，"五位队员，你们辛苦了。预选赛的目标，我们已然达成，接下来就要准备正赛了。"

衡方点头道："柳海师父、雷云放前辈的队伍分别是1号队伍、2号队伍，预选赛筛选出的三十支队伍分别是3号队伍、4号队伍……32号队伍。正赛的赛制是首尾对战，1号队伍对战32号队伍、2号队伍对战31号队伍、3号队伍对战30号队伍……16号队伍对战17号队伍。"

"首尾对战是为了保证实力强大的队伍能进入下一轮。"许景明点头道，"若让柳海师父、雷云放前辈在第一轮就对上，那么其中一支队伍必定会被淘汰，到了大赛中后期，吸引力会下降。"

"至少得让更多队伍有机会和柳海、雷云放两位前辈的队伍交手。"王怡道。

"妈，"许景明走到不远处他母亲所在位置，"爸他人呢？"

"你爸神神秘秘的，我也不知道他在哪儿。"许母摇头，随即笑道，"儿子，刚才的比赛你打得真漂亮！妈全程都看了，盾牌你用得真好，兽人军团都没能伤到你，你柳海师父和雷云放在台上都夸你使用盾牌的天赋高呢！"

许景明惊讶地道："师父夸我使用盾牌的天赋高？"

自己枪法更厉害，都达到三阶了，盾法还要多练练。

"大孙子，"许老爷子跑来，竖起大拇指道，"打得漂亮。"

许老爷子靠近后，压低声音、悄悄地问道："大孙子，如果我没有看错，你是不是突破了？"

许景明惊讶地看着许老爷子。

"你的盾法真的漂亮，兽人军团的冲击都没有威胁到你。我分析了好几支排名在前的队伍，我感觉你的盾法可以排第一。相信爷爷的眼光，一丝一毫的差距，我都能看出来。"许老爷子自信无比。

许景明暗叹："爷爷真是太厉害了，自己的盾法和其他人的相比并无优势，但自己在达到身体如火的境界后，能够瞬间收敛力量，控制速度。关于身体反应，旁人觉得危险可怕的冲击，在自己面前却都变慢了。而且自己一直磨炼使用盾牌的技巧，自然比旁人强了许多。"

"比赛结束了？"许母说道。

许景明抬头："是的，比赛结束了。"

三十支队伍成功通过，最后几支队伍都战到只剩一名队员。

"比赛都结束了，你爸怎么还没来？"许母在一旁嘀咕道，忽然她眼睛一亮，看到许洪出现在看台上，笑呵呵地朝家人走来。

"爸。"许景明上前。

"表现不错。"许洪点头称赞许景明。

"你不是说和老戴他们组了一支中老年队伍吗？怎么我看遍了八百二十一支队伍，也没看到你？"许母问道，"之前问你队伍的名字，你支支吾吾，说等比赛开始就知道了，可我今天就没看到你的比赛。"

许洪抬头示意许母看向解说台。

解说台上，主持人刘鑫说着："预选赛结束，恭喜这五十八支队伍成功消灭兽人军团。虽然三十名之后的队伍无法参加正赛，但是能击杀一支兽人军团，已经证明了自身实力。现在，前三十名确定，正赛第一轮的对战表也确定了。

"请看对战表。'火种杯'大赛正赛第一轮是在明天也就是9月2号的0点开始，我们官方直播间会直播到上午8点。

"9月2号0点进行第一场比赛，柳海老年队VS昌南战队。柳海老年队队员：柳海、田一曲、许洪、戴通达、周帆；替补队员：邱勇。昌南战队队员：刘波、雷冲……

　　"9月2号0点30分，第二场比赛……"

　　……

　　每半小时就有一场比赛，十六场比赛共持续八小时。

　　"柳海老年队？"许景明、黎渺渺、许母、许老爷子、王怡、杨青烁、衡方、刘冲远等人齐刷刷地看着柳海老年队的队员名单。

　　"队长说了，为了避免引发争议，让我们在官方宣布之前都保密，都低调点。"许洪一副无奈的表情。

　　"爸，你怎么和师父组队了？"许景明问道。

　　"把你送到国家队后，我自然和你师父多了很多联系，逐渐熟悉了。"许洪道，"你师父不是还来过明月市吗？我和老戴招待了他好几天，这次他喊我和老戴加入他的队伍，我俩自然都答应了。"

　　上方的主持人刘鑫看着名单，忍不住道："柳海老师，你怎么给自己的队伍起了这么个名字？"

　　"哈哈……我们队的队员年龄都不小，最年轻的是田一曲，今年五十五岁。"柳海笑道。

　　"对了，我详细介绍下我们队的队员。周帆老哥的年龄比我还大些，是周羿的父亲，今年八十八了。许洪是许景明的父亲，戴通达是戴晓青的父亲，田一曲是田晓的父亲，替补的邱勇是我的亲家。"柳海笑容灿烂。

　　雷云放的眼角微微抽搐，心道："我选的队员的牌面没柳海的高啊。"

　　"周羿父亲、许景明父亲、戴晓青父亲还有田晓父亲？"主持人刘鑫吃惊道，"周羿、许景明、戴晓青、田晓，他们四人这次都进入了正赛。"

　　"虎父无犬子。"柳海笑着道，"进入正赛的所有队伍，我也和你们说一句，我的这几位老哥可都不好惹啊！"

星空塔第三层是热带雨林的环境。

幽暗潮湿的雨林中藤蔓肆意生长，许景明手持双盾，宛如幻影般在林子内飞奔。雨林内的一只只大型猛虎同样迅猛、灵活，它们低吼着扑向许景明，配合得非常巧妙。

砰！

许景明闪避的同时，直接用盾牌砸一只猛虎的头，砸得那只猛虎踉踉跄跄地翻滚到地上，然后爬起来。

"身体如火，一念动，身体爆发。

"师父教的盾法偏向于掌控，令对手犹如棋子。我和师父不同，我虽然达到三阶，进化法也突破了，但身体犹如雷火，所以我的枪法、盾法包括步法，都应该适应我的风格。"

"我的盾法不该偏向于掌控，而是爆发，极致的爆发。"许景明暗道。

许景明眼睛隐隐泛红，整个人横冲直撞，一击就令一只只大型猛虎倒飞，用盾牌边缘一戳，又令猛虎吐血。显然，进化法突破后，在身体素质方面，他毫不逊色于这些大型猛虎，技巧上更占据优势。

只要虎王不出手，虎群是非常好的陪练。

"八极虎扑！"许景明双脚发力，两步冲出，身影模糊，两个盾牌宛如两只巨大的虎爪，和一只飞扑而来的猛虎正面碰撞。

砰！

许景明定住，膝盖以下部位陷入地面，大型猛虎被震得往后飞去。跌落后，这只猛虎口、鼻都有血喷出，微微抽搐着，然后就没什么动静了。

"八极虎扑的发力还算顺畅，但其他招式的发力总有些别扭。"

许景明看了一眼个人战力面板，盾法、步法依旧停留在二阶99%，显然，虚拟世界系统认定他的盾法没到三阶。

"枪法已经达到三阶，完全可以随时爆发，一招一式都很流畅。可盾法仅有一招勉强算流畅。还得多练。"

"如果我在盾法上有所突破，那我对身体的掌控就更完美了。"许景明明白这点。他继续和虎群搏杀，一只只大型猛虎全力围攻许景明。

早晨，许景明家中庭院。

许景明在庭院中练着天蟒进化法，他在现实中每天练三遍，每遍相隔至少一小时，还是很轻松的。

练完一遍，许景明全身通红，气血充足，筋骨震颤，全身自然散发的热浪汹涌澎湃。

黎渺渺吃着包子，看着这一幕，忍不住道："景明，你练完进化法后整个人红通通的，我隔着几米都能感觉到热浪，我练进化法时为什么没动静呢？"

"等你的进化法达到高阶，也会有动静的。"许景明说道。

他觉得体内仿佛有个大火炉，澎湃的热浪影响着全身。

"我的进化法才达到初阶，还差很远。"黎渺渺慨叹道，"对了，'火种杯'正赛第一轮，我们碰到的对手是22号队伍千帆战队，你看过他们队伍的资料了吧？觉得怎么样？"

"千帆战队只有郝帆当初是国家队的队员，其他队员都是民间选手，一名弓箭手都没有。"许景明说道，"这样的队伍配置能够通过预选赛，排在第二十二名，非常难得了。"

黎渺渺点头。

"虽然他们队伍很优秀，那些民间选手也很难得，但对我们并无威胁。"许景明说道。

"那就好。"黎渺渺应道。

乡下的一座院落。

"哥，今夜正赛就要开始了。"一名体形魁梧的年轻人说道，"我们的对手是梨木战队，我们能赢吗？"

"千云，"一名宛如老农的中年人笑道，"比赛不仅仅是为了胜利，还为了通过比赛发现自己的不足，让自己变得更强大。如今，虚拟世界才开放一个多月，像我、像许景明这些职业选手还占优势，可到后期，你们这些有天赋的，前途才更广阔。"

"哥，你可是获得过世界八强的荣誉的，你是有天赋的。"千云说道。

"哈哈……你的天赋比我更高。"中年人郝帆笑道，"不管怎样，必须承认，梨木战队有王怡这个在国内排名前三的神箭手，实力大增。这支队伍的整体实力比我们强，我们要抱着学习的心态，抱着发现自己不足的心态，去享受比赛。"

"下次大赛才是你名震全国，甚至名震世界的时候。"郝帆期待地看着弟弟。

退役后郝帆就回到老家，开始收徒教弟子。他弟弟郝千云是众弟子中最有潜力的，比他这个曾经的国手还有潜力。

"嗯。"郝千云点头。

"火种杯"大赛正赛在9月2号0点准时开始。

官方直播间有一位主持人和两支战队。

"'火种杯'大赛正赛的开幕之战，是柳海老年队对战昌南战队。"主持人刘鑫笑道，"我们先来采访一下两支战队。"

柳海老年队的六名队员以及昌南战队的六名队员，分别站在刘鑫左右。

"先采访柳海老师的队伍。"

主持人刘鑫走到一旁，笑着问道："柳海老师，你们有什么想要和你们的对手说吗？"

柳海微笑着看着身旁的五名同伴。

扎着小辫子的戴通达颜值最高，他笑着开口道："昌南战队，我们是不会放水的，你们想要和柳海师父交手，先打败我们四个。"

"你们可要尊老爱幼。"年龄最大的周帆笑呵呵地道。

"尊敬你们的最好方式就是正面击败你们。"昌南战队的光头队长刘波道。

雪地。

"别射了，别射了！"刘波身上染血，连忙喊道，"能给一个一对一的机会吗？"

刘波的四名队友都被击败了，只剩下他一个了。

"老周，你的箭术不凡啊，绝对能和十大神箭手相比。"戴通达笑道。

手持弓箭的老者发出爽朗的笑声，道："周羿的弓箭速射是我手把手教的。"

"就给你一对一的机会。"老年队中体形魁梧的许洪说道。

许洪比他儿子许景明魁梧得多，体重也重得多。

"好！"刘波冲了上去，心中想，不管怎样，至少得解决一个，否则一点收获都没有，也太惨了。

刘波手持双斧在雪地上飞奔，每一步都令雪地震颤。

"冲！"刘波冲向许洪。

他有些感动，终于不需要担心那些可怕的箭了。

许洪大吼一声，斗志昂扬。他修炼的是暴虎进化法，他跨出两步后就爆发出恐怖的力量，两个盾牌拍击而出，那是他练了四十年的绝招，他一辈子就专心练这一招。

和许景明相比，许洪的招式更纯粹、更直接，甚至蕴含了他的心灵意志。

八极虎扑！

许洪暗道："我这一扑，谁都挡不了！"

砰！

盾牌撞击双斧，恐怖力道传递过去，刘波无法自控，双脚离地，往后倒飞开去。

嗖！

一把飞刀在刘波倒飞时掠过刘波。

戴通达手中拿着飞刀，在一旁笑道："小子，告诉你一个道理——兵不厌诈。"

昌南战队，败。

"漂亮！"

"干得漂亮！"

人们欢呼，许母、黎渺渺开心地笑了，许老爷子也笑呵呵的，王怡、衡方、杨青烁、刘冲远十分钦佩老前辈的实力。唯有许景明愣愣地想着刚才那一幕——许洪的双盾拍出，力量爆发，双眸狂热，整个人仿佛大型猛虎，仅一扑就将敌人撞飞。

许景明脑海中闪过一幕幕场景。

自己年幼时，父亲手把手教自己八极虎扑。

父亲热爱这一招，每天早晚都练，一练就是四十年。对父亲而言，那是已经融入他生命的招式。

"我明白了。"许景明喃喃低语。

"景明，怎么了？"黎渺渺看向许景明。

"我去练武场，比赛开始前再喊我。"许景明交代道。

"我们是第十一场，还有大概五小时，时间还早。"黎渺渺察觉到许景明状态不对，立即说道。

许景明点头，消失在看台上。

许景明出现在个人空间练武场。

如今不去看比赛而待在练武场的人很少。

"我热爱枪法，热爱它的每一招每一式！我痴迷枪法的速度，我每天使枪上千次，我记得当年我的招式刺的速度达到每秒18米，我在国家队兴奋得又蹦又跳，一夜睡不着。我甚至放弃枪法的连贯性，追求极致的速度，为此，我研究身体解剖图，研究肌肉、骨头，画出一幅幅全身筋骨图，还从物理学的角度研究自身的发力技巧，终于我创出了无影刺！放弃枪法连贯性和防护性的同时，无影刺的速度达到每秒25米。在世界武道大赛上，只要我找到机会施展出无影刺，敌人必败无疑！"

"我喜爱八极拳，以八极铁山靠的发力技巧为基础，创出了绝招破山。我从小练八极戳脚、大枪。兵器，我只爱枪，在虚拟世界，我练得最多的还是枪。"许景明喃喃低语。

"盾法呢？盾法是师父柳海教我的，是让我更好地掌控身体力量，属于太极的练法。我对全身力量的控制的确越来越好，但从头到尾，盾法都只是帮我掌控身体力量的工具。"许景明回忆着过去。

"我热爱过盾法？或许是靠盾施展出八极虎扑那一刻吧。"

"第一次与神级高手对战，我以盾施展八极虎扑，轰飞孙玉婷，心中是畅快的、欢喜的。我对八极虎扑有着浓烈的感情，那是从孩童时期就苦练八极虎扑而自然融入的感情。父亲过去没怎么练习盾法，是进入虚拟世界后才开始练盾法的。父亲以双盾施展八极虎扑，一切都很流畅。

"退役后，我逐渐将八极虎扑融入盾法，而在虚拟世界，我没有继续研究下去。

"我很热爱八极，这是我从小就练的第一门功夫，肘、肩、背、拳、掌……无处不可发力。师父所传的盾法很高明，借力打力，我练个皮毛就已经达到二阶99%，但是高明的盾法，不代表就适合我。

"不管什么盾法，我得发自心底地热爱。如果心中不热爱，心灵如何完美调动全身每一处力量？"

"我要练盾法，八极盾法。"许景明在这一刻顿悟。

许景明眼神炽热，随即点击面板，设定陪练助手，眼前出现一个仿佛金属制成的假人，他暗道："重量设定为十万公斤。"

假人下方有底座，底座占了一半重量，所以非常稳地落在地面上。

"完完全全的八极盾法，想想都有些激动啊。"许景明双手一伸，各抓着一个盾牌走到了假人面前，把右手中的盾放在右肩膀处，直接撞向假人。

砰！

假人震动了一下，底座后移少许。

"先活动活动全身。"许景明撞了几次假人后，把左手中的盾放在左肩膀处，又撞了几次假人。

紧跟着，身体直接撞击假人，用胸口撞击假人，用后背撞击假人，许景明自得其乐。他整个人摇摇晃晃，一会儿身体这里撞一下假人，一会儿身体那里撞一下假人。

每一次撞击都令这重达十万公斤的假人震颤、移动，可见许景明是将全身力量爆发了。

兵器只是身体的一种延伸，只有身体先将力量完美地释放出去，兵器才可能做到。身体能够发力是使用兵器最基础的要求。

许景明撞击假人上百下后才停下。

"热身结束，还挺舒服的。"许景明看着面前的假人，道，"下面是……八极崩！"

许洪热爱八极虎扑。

许景明没有许洪那么执着，八极中的好些招式他都很喜爱，比如八极崩，他对此的热爱程度不低于时八极虎扑的。

砰！

许景明跺脚发力，大地隐隐震颤，他手持两个盾牌犹如奔雷撞击假人，假人被撞击得往后移动，地面都出现了一条小沟。

"八极崩如雷霆，迸发时，发力更快、更凶猛。"许景明练得开心，一跺脚，轰然撞击假人，假人再度后移。

许景明不停地施展八极崩，每一次都重重地撞击金属假人，威力巨大。

八极崩的练习者是最多的，八极虎扑的练习者就少多了。

八极虎扑最凶猛，施展起来有距离要求，先冲出两三步，让身体速度飙升，然后身体借着冲劲猛地扑向对手，所以与对方搏杀时，很少有机会施展。

许景明在第一次神级高手对战中，在孙玉婷奔向神箭手时才猛然一扑。而八极崩就不同了，它没有距离的要求，即便近身作战也能施展。许景明枪法中的崩、扫等招式就源自八极崩。

他一口气施展了上百次八极崩。

"八极劈山。"许景明手持双盾看着面前的假人，猛然举起双盾。

哧哧——

右手发力，握着盾牌的右臂仿佛大斧猛然劈下。

"天地，一气贯之，劈山！"许景明还记得家里书中记载的八极拳法的口诀。

假人胸口被劈出了凹痕，又后移少许。

"八极劈山。"

许景明继续练习，盾牌一次次如大斧劈下，劈在假人身上。许景明练着练着，脸上不知不觉就露出了笑容。他仿佛回到小时候，开心地在桩靶前练八极拳，不仅练习熊靠、肩靠、背靠、肘击，还练父亲所传的八极拳五大杀招：虎扑、崩、劈山、通天炮、猛虎硬爬山。

别的孩子在踢足球上兴趣班时，许景明在练八极拳，他开心地练着。

练习八极拳有成之后，再练习戳脚，然后练习大枪。

八极拳，他练得最久。

第63章 // 突破

许景明独自在练武场练着。

另一边，夏国官方直播间无比热闹，全国超十亿观众正在观看"火种杯"这一盛大赛事。

"景明人呢？"许洪回到看台上，受到了众人热情的欢迎，唯独没看到儿子许景明。

"他去练武场了。"黎渺渺说道。

许洪吃惊地问："什么时候不能练功，为什么非得现在？这可是'火种杯'全国大赛，高手云集！"

"他可能有所感悟，所以立即去练习。"黎渺渺解释道。

"你这老家伙，少说点！"许母说了一句。

许洪咳嗽两下，问道："我刚才的比赛，儿子看到了吗？"

许母笑了："放心吧，看到了，儿子是看完你的比赛之后才离开的。"

"那就好。"许洪这才笑着点头，"接着看比赛，雷云放马上就要登场了，他可是排在全球前几的大高手。"

无数观众兴奋无比地观看一场场对决，这都是平常难得一见的高手的对决，这可是顶尖队伍之间的碰撞。

"雷云放前辈出手了，他的步法真的太帅了，仅仅走了几步，就将冲到身前的三名敌人击倒了。"杨青烁赞叹。

"雷云放队伍获胜了。"

"周羿的箭真恐怖，比他爸周帆老爷子恐怖多了，仿佛重型机枪扫射过去。"刘冲远说道。

"仙姿战队里好多美女。"衡方赞叹道，"长得漂亮，赢得也漂亮！"

第二场到第四场都是一边倒的比赛，接连决出胜者。排在末尾的队伍，与排在前面的队伍，实力差距还是很明显的。

"第五场是云山战队对战白龙战队，这场比赛有意思了。"杨青烁笑道，"云山战队的常青鹏和白龙战队的郑柏龙可是有仇的。"

"我看过情报，常青鹏好像被郑柏龙故意使诈废了？"黎渺渺问道。

王怡点头道："对，仇结得可大了。幸好现在有了基因进化法，断肢都能恢复，否则常青鹏大师……"

这场对战，云山战队全面占据优势，队长霍青山和常青鹏配合得十分巧妙，将白龙战队的队员逐个击败，现在只留下了队长郑柏龙一人。

"真是没用啊，第一轮就被淘汰了。"程子豪看到这一幕，很不爽，又没任何办法。

邀请更强的高手？他舍不得花那么多钱，何况想请也请不来。

战场上，郑柏龙看着面前的常青鹏。

"郑柏龙，真的好巧，我在'火种杯'正赛第一轮就碰到了你。"常青鹏目光冷厉，自从那里被废了，外人的眼光、家中的矛盾，种种折磨，可想而知。

三十多岁，正是武道大师处于巅峰之时，他却一下子跌落深渊。

郑柏龙这种卑鄙小人，却没有受到任何惩罚。

格斗圈里有好些卑鄙小人，出手狠辣，招招致命，不仅令对手残疾，而且死去的都有。但因为职业赛事本就存在风险，如果没有确凿的证据证明其是故意的，那么就无法让其受到惩罚。

常青鹏恨啊，但考虑到子女还小，他一切都忍了。

幸好，基因进化法出现了。

"常青鹏，我早就说过那是意外，战斗怎么会没有意外呢？"受重伤的郑柏龙笑道，"你就是钻牛角尖。"

"对，我钻牛角尖？你怎么没有出现这种意外？以后我会一直钉着你，见你一次击败你一次！以后的日子长得很，我们走着瞧！"常青鹏单手一刺，郑柏龙身影虚幻，消失不见。

郑柏龙回到看台上，气得咬牙切齿，他道："该死！这个时代倒是让常青鹏走大运了。哼，走着瞧就走着瞧，我会怕你？"

"郑柏龙。"程子豪走了过来。

"老板。"郑柏龙收敛了几分怒气。

"第一轮就被淘汰，我也没什么好说的，我单方面宣布和你解约。"程子豪道。作为出资方，他有权根据大赛成绩决定是否解约。

郑柏龙看着程子豪，冷笑道："哼，你有本事请到比我更厉害的高手吗？一个蠢货！"

程子豪脸色一变："你说什么？"

"滚，别烦我！"郑柏龙一挥手，将程子豪屏蔽了。

看台上如今有超过十亿观众，观众可以互相屏蔽。

没了虎鲨集团，郑柏龙根本没在乎过程子豪，过去客气，只是看在钱的分上。

"郑柏龙！"程子豪看到眼前的郑柏龙消失，气得发疯。

比赛继续进行。

第六场比赛，铁莲云无比强势，身边的队友赵樊、张凤也非常耀眼，张诚、孙笠则表现得中规中矩，他们获得了压倒性胜利。

第七场比赛，方虞、柳箭风老前辈等一众民间高手组成的队伍非常强大。方虞穿着重甲，持着一杆破城戟，带领队伍轻松获胜。

第八场比赛，熊天山、王谯两人配合得十分巧妙，他们俩都使用盾和斧，一路强势无比。

第九场比赛，神箭手庄子语有虞成、张谦、吴赛等高手相助，轻松获胜。

第十场比赛，双方厮杀得十分激烈，风白宇率领的队伍遗憾地败给了高崇、杨誉等人组成的队伍。

吸引几乎整个夏国人关注的大赛一场场进行着，许景明却完全沉浸在盾法上。

他对着重达十万公斤的假人，一遍遍练习着深入骨髓的八极拳的五大杀招：虎扑、崩、劈山、通天炮、猛虎硬爬山。八极一脉其实还有其他杀招，但明月市这一脉主要就练这些杀招。许景明从小就练习这些招式，每一招都无比熟练。

砰！砰！砰！

假人伤痕累累。

"通天炮。"许景明手中的双盾猛然上冲。

劈山是从上面劈下，通天炮截然相反，是朝上方冲去。双盾有些模糊，双盾的上沿轰然撞击假人的下巴。

十万公斤的假人震颤了一下，下巴位置又多了些凹陷。

练了上百遍通天炮后，许景明转而练习八极虎扑。

他练习八极虎扑时，每次都先冲出两步，仅仅两步就让速度飙升到每秒38米，身影都模糊了，双盾砰的一声砸在假人身上，假人立即往后移了约二十厘米，出现一条小沟。

许景明将八极虎扑练习了一遍又一遍，他没有记录次数，他是顺着心意去练的，练畅快了，觉得差不多了，才会换另一种。

练了数十遍八极虎扑后，他整个人精神亢奋。

许景明双眸隐隐泛红，这一次只觉得全身无比畅快，双脚一蹬，全身力道自然爆发，每一步都仿佛雷霆，仅仅两步，速度就飙升到每秒50米，仿佛一发炮弹，威势明显比之前大得多，手中双盾撞击假人。

轰！

这一次的声响大了很多，仿佛爆炸声，十万公斤重的假人倒退了一米多远，最终因为倾斜，重心不稳，直接轰然倒下。

一击击翻这十万公斤重的假人，许景明自己都有些意外。

"我之前觉得自己的八极虎扑这一招练得还成，发力还算顺畅，可今天才发现，这才叫真正的发力顺畅。"许景明当即点开个人战力面板。

玩家：许景明

基因进化法：天蟒进化法（高阶5%；剩余练习时间六百零二天，不可提升）

身体指数：190

技能：枪法（三阶31%），步法（二阶99%），盾法（三阶15%）

基础战力：4180

实战加成：35%

战力：5643

"盾法突破了，枪法也直接提升到三阶31%。"许景明笑了，"盾法的提升的确让我能更好地调动身体深层次的力量，战力等也全方位提升了。"

很多东西都是相通的。

第64章 // 登台

夏国官方直播间看台。

"第十一场等会儿就开始了，我们的队长还没出现。"刘冲远道，"要不要去喊他？"

"别急。上一场刚结束，还会有解说，大概十几分钟。"黎渺渺说道。

"这一场场比赛都挺精彩，有好几支队伍的实力都挺强，说不定在第二轮、第三轮就会和我们交手，许哥竟然都不看比赛？"杨青烁说道。

王怡笑道："队长有这个自信。"

"放心吧，等第一轮比赛结束，他会看比赛回放视频的。"黎渺渺认真地解释道。

"每半小时进行一场比赛，但双方交战最多也就十分钟，赛前采访、嘉宾预测、赛后讲解等占了绝大部分时间。老许看回放视频反而节省时间。"衡方道。

"嗯？"黎渺渺一眼看到远处出现一道身影，正是许景明。

"景明。"黎渺渺立即喊道。

"老许，你总算来了。"衡方笑道。

"你可是队长，竟然把我们都扔在这儿。"刘冲远道。

"放心吧，我掐着时间呢。"许景明笑着道，"提前十分钟到，没问题吧？"

嗖！

忽然一道身影出现，直接走向黎渺渺。

"猫猫你好,我是夏国官方直播间的助理小蓉。"这名女子笑道,"等会儿会请你们梨木战队所有队员上台,这是采访提纲,主持人会问到其中一些问题,你们可以简单准备下。自己不想回答的,可以让队友回答。"

小蓉将文件递给了队伍经理黎渺渺。

黎渺渺接过一看,笑了:"问这些问题是故意挑事啊。"

"赛前采访,总得有点火药味嘛。"小蓉笑道,"等会儿官方直播间会向你们六位发出邀请,你们同意后,就会出现在台上。"

六人都点头。

"不打扰大家了。"小蓉随即离开。

"每人一份。"黎渺渺开始分发。

许景明接过采访提纲看了看,笑了起来。

"十亿观众都看着呢,得好好回答。"刘冲远有点紧张。

看着采访提纲,许景明问:"前面十场比赛,有什么需要特别注意的吗?"

"高手很多,甚至不确定有些高手是不是隐藏了实力。"王怡说道。

许景明点头:"我等赛后再看视频吧。"

5点,夏国官方直播间发来了邀请。

"爸、妈、爷爷,我们就先去比赛了。"许景明和家人打了声招呼。

"台上采访的时候,不管怎样,气势不能被对方压倒。"许洪说道。

"简单地说,就是放狠话。"许老爷子提醒道。

同时,王怡、衡方、杨青烁、刘冲远、黎渺渺他们五人也都分别和自己的亲朋好友简单说了几句,之后六人同意了直播间的邀请。

六人出现在了解说台上。

"梨木战队的六位,请坐在这里。"主持人刘鑫热情地招呼六人,六人按照顺序坐下。

这时,千帆战队的六人也出现在台上,然后依次坐下。

"怡姐!"

"怡姐登场了。"

"猫猫，猫猫竟然也能登台啊！"

"猫猫太牛了，她居然能登上'火种杯'全国大赛赛场，虽然只是替补队员，但也很厉害。"

观众们看着解说台上的选手，其中有许多王怡、黎渺渺的粉丝。

解说台上，一位微胖的女嘉宾笑着道："我是王怡的粉丝，也是猫猫的粉丝，没想到今天能够有机会采访你们。我首先想要问问猫猫。猫猫，登台的感觉怎样？"

"不怎么样。"黎渺渺微笑着道，"我觉得，等决赛时你再问我这个问题，我会比较开心。"

"决赛？"主持人刘鑫和另外一位男嘉宾对视一眼。

"好气魄！"刘鑫笑着说道，"这话一定要记下来，决赛的时候再来问。"

女嘉宾看向王怡，道："王怡，我们都知道这次大赛很多队伍都邀请了你，一直到报名前的最后一天你才做出选择，你选择许景明他们队伍的原因是什么？"

"邀请我的队伍中，"王怡微笑着道，"他们队伍是最强的。"

"最强？"男嘉宾笑眯眯地看向许景明，问道，"我想问问梨木战队的队长许景明，你认同王怡所说的吗？之前邀请王怡的，可是张青率领的仙姿战队、铁莲云率领的金鹏战队等好几支厉害战队。"

一旁的女嘉宾也追问道："黎渺渺可是说了，那个问题决赛时再回答，许景明队长，你怎么看？"

许景明微微一笑："我们只是放放狠话，我们没那么强的。"

其他五人都笑了。

"千帆战队，你们对击败梨木战队有信心吗？"男嘉宾立即看向另一支战队。

"击败的信心吗？没有。"队长郝帆笑着，眼中光芒闪烁，道，"但他们想要获胜，很难。我们会打碎他们几颗牙。"

其他队员同样充满战意。

从诸多情报来看，双方的差距还是很明显的，正因为如此，千帆战队会更加拼命，就算全员战败，也得击败对方两三个队员。

"各位观众，第十一场，梨木战队对战千帆战队，即将开始。"主持人刘鑫看着后面显现的战斗空间，"他们对战的地方是山林。"

雨后山林，一片泥泞。

许景明五人、千帆战队五人同时降落，有人出现在地面上，有人出现在树上，但同队的人都在方圆一千米内。

"向王怡靠拢。"许景明在山腰位置，他在向山上飞奔。

"按照比赛规则，获胜的队伍按照实战表现，会有战力排名，除了柳海队伍、雷云放队伍顺序固定不变，其他队伍的顺序根据战力排名来定。"衡方道。

"第二轮只有十六支队伍，1号队伍和16号队伍对战，2号队伍和15号队伍对战……"衡方继续说道，"我们在早期得避开两位前辈所在的队伍，好获得更多磨砺的机会。如果我们队伍中能多一位三阶的高手，和两位前辈的队伍交手时就更有把握。"

杨青烁道："队伍战力是根据每个队员在比赛中的表现来计算的，所以即便要隐藏实力，也不能隐藏太多，否则很可能对上两位前辈所在的队伍。"

"你们正常发挥，最好在对战中突破极限，达到三阶。"许景明说道，"我会根据形势出手。"

"好。"

大家都很认真，这批顶尖高手几乎都卡在二阶这个瓶颈，每一个都渴望突破瓶颈，踏入三阶。那样的话，进化法的突破也快了。

"上！"千帆战队的郝帆腰间佩着双刀，冲在最前面。

"是！"四名队员跟着队长一起冲，他们的队伍中没有一名神箭手。

许景明、刘冲远、衡方、杨青烁早就来到王怡周围，将王怡保护得很好。

"郝帆毕竟曾入围世界武道大赛八强，实力很强。他邀请的人，没一个人是平庸的。"许景明道，"主要靠你们三个了。"

"交给我们吧。"衡方、杨青烁、刘冲远三人战意十足。

嗖！

一支箭破空而去，十分迅猛，双方正式交手。

郝帆甩手射出一道流光，砰的一声，竟然撞击在那支箭上。

"好厉害的暗器之术。这些老一辈的选手，有些实力比较普通，但是那些退役后依旧勤练不辍的，战斗技巧不容小觑！"许景明看得心中赞叹。

"冲！"

郝帆往前冲，四名队友跟在他身后一同往前冲，直奔王怡而去。

山林不太大，郝帆他们早就确定梨木战队的大概方位，以最快速度飞奔，已然看到许景明、衡方等人。

"扔！"郝帆一声令下，身后四名队员齐刷刷扔出斧子，一时间连续向许景明他们扔出十余把斧子。一把把斧子破空而去，影子都模糊了，每一把斧子的速度都超过每秒100米，瞬间就到了许景明他们面前。

许景明赞叹道："虽然千帆战队没有神箭手，但个个都练就了一手使斧子的功夫啊！"

许景明虽然手持双盾，但没有用盾牌抵挡，而是施展身法，快速迈出一步，与此同时，两把斧子从他身侧一闪而过。

"我如今最大的不足就是步法，如果步法达到三阶，实力还能再提升一层，或许就有和师父、雷云放前辈交手的资格了。"许景明很清醒。

"雷云放前辈在虚拟世界第一次展露实力时，他的身法就已经很恐怖了，更别说现在，那可是到了出神入化的地步。外界都说雷云放前辈的身法是世界第一，柳海师父的实力是世界第一。若我的步法达不到三阶，那么我在雷云放前辈面前就如同靶子。"

"盾法突破后，我调动身体力量的能力更强了。像八极虎扑，我仅仅走两步就能使速度爆发到每秒50米，我的双腿发力已经很顺畅了，闪躲速度也很快，如今关键就是对身体平衡的掌握。"许景明道。

战斗技巧是相通的，其中一项技能达到三阶，其他技能达到三阶会越来越容易。

比如枪法与盾法，它们的一部分发力方法是相似的。

八极虎扑的双腿发力技巧和步法也有相似之处，只是施展八极虎扑时是全力向前冲，用步法闪躲时是朝四周移动，要复杂些。

砰！砰！

刘冲远单手持着大盾，以大盾抵挡飞斧。

杨青烁手持一杆长枪，衡方手持一杆蛇矛，他俩都既以身法闪避一把把几乎同时袭来的斧子，又用长枪、蛇矛格挡斧子。

斧子刚被击落，千帆战队五人就已经冲到面前。

郝帆大吼一声，手持双刀最先扑上。

身后四人只有一个持着双盾，其他三个都手持双刀，他们无所畏惧，扑向许景明四人。

不远处的王怡看着这一幕，蹙起眉头："千帆战队的五人个个都身穿轻型铠甲对战队长他们。我的箭射出，等到了他们面前时，他们肯定到了另外的位置，然后他们就会知晓我的位置，之后肯定会很小心，不会轻易给我机会。"

"好猛的一支队伍。"王怡暗道，迅速逼近。

"距离再近一点，一箭射出，让他们来不及做出反应。"王怡战意犹酣。

"神箭手在逼近，必须拼命，否则就没机会了！"郝帆下令。

"是，师父！"

"是，哥！"

"是，队长！"

千帆战队的队员们更加拼命。

除了许景明手持双盾以闪躲为主，偶尔用盾牌抵挡，刻意锻炼身法外，衡方、杨青烁、刘冲远三人都艰难地应对起来。

许景明平静地看着这一幕，队友只有面临险境，才会慢慢成长。

噗！噗！

杨青烁和郝帆同时在对方身上留下伤口。

杨青烁一枪刺穿郝帆的左臂，郝帆则是一刀劈在了杨青烁的胸口，但杨青烁闪躲及时，郝帆的一刀劈得不够结实，仅仅劈出一道裂缝，鲜血流出，但并不致命。

噗！

一把刀向衡方刺来，衡方手执一杆蛇矛，击败了千帆战队的一名队员，随之有些惊异地看向刺中自己的年轻男子——郝千云。

"好刀法！"衡方赞叹一声，他很自信，主动一挑二，击败了千帆战队的一名队员，但另一名队员郝千云的刀法有点出乎意料，十分巧妙，同时刺中了他。

在赞叹声中，衡方和那名千帆战队的队员都化作虚影，消失不见。

嗖！嗖！嗖！

王怡已经到了他们近前，直接施展弓箭速射，一支支箭射向千帆战队的队员。

千帆战队的队员和许景明他们厮杀在一起，一时间难以摆脱，距离大约三十米。每一支箭的速度都超过声速，几乎一瞬间，千帆战队就倒下了三人，包括已经受重伤的队长郝帆。

此刻，千帆战队还活着的只剩下一人——郝千云。

王怡的箭也只追着郝千云一人。

哧哧哧——

郝千云手持双刀，交错之下，竟然接连挡下王怡射向他的一支支箭。

"你们中可有人敢和我一对一？"这个温和的青年爆发出熊熊战意。

接着，他对王怡说道："神箭手，你可敢和我一对一？"

"让我和他一对一。"王怡道。她眼中也满是战意。

刘冲远、杨青烁、许景明都暂时退后，他们对千帆战队的这最后一名队员郝千云有些钦佩，他们爱护队友，但也尊重对手。

郝千云双眸隐隐泛红，直扑王怡，飞扑时脚下步子不断变化。

王怡站在原地未动，拉弓射箭。

嗖！嗖！嗖！

她以最快速度施展弓箭速射，如此短的距离，连续射出六支箭，虽然弓箭有特殊之处，但最紧要的还是王怡的可怕箭术。

郝千云靠着身法以及擅防守的双刀之法，一直逼近到距离王怡十米处，因距离太近，没能及时挡住王怡的第六箭。

嗖！

王怡的第六箭冲到郝千云近处的同时，郝千云甩出了双刀。

噗！

箭刺中郝千云，他的身体化作虚影。

双刀以极快的速度到了王怡身前，王怡惊险地闪躲，一把刀划过王怡的肩膀，划出了一道伤口，鲜血染红软甲上的衣袍。

即便受伤，王怡也波澜不惊，冷静无比，她看向许景明等人。

五人化作虚影，离开战场。

梨木战队获胜！

"好强的千帆战队，全员都练就了一手使斧子的功夫。"

观众们看得很兴奋。

男嘉宾赞叹道："特别是这个郝千云，他的刀法防守起来很精妙，攻击时很迅猛！衡方就是没预料到那一刀，被刺中。千帆战队虽然全员战败，但也杀了梨木战队一人。"

"郝千云最后和王怡一对一，也很惊险，如果最后时刻郝千云扔出的不是手中比较重的双刀，而是更轻巧的斧子，可能就杀死王怡了。"女嘉宾也赞叹道。

"鞠姐，郝千云是没办法了，王怡的弓箭速射对他的威胁太大，他必须以双刀抵挡箭，最后刹那他只能扔出双刀，根本来不及取出斧子。"男嘉宾说道。

女嘉宾点头："王怡果然名不虚传，和郝千云一对一，一直到最后受伤，表情都没任何变化，十分冷静。"

"王怡当年能拿三届奥运会箭术冠军，就是因为心态稳定，稳定得让其他选手绝望。"主持人刘鑫说道，"虚拟世界开放，人类进化，王怡的箭术也比当年强了，但和周羿相比还是有些差距。我很期待王怡之后的比赛。"

"这是迟早的事。"女嘉宾笑道，"大家都会进步的，王怡迟早也会达到周羿的层次。”

“但那时候，周羿可能更强了。”男嘉宾笑道。

许景明五人出现在看台上。

“给大家丢脸了。”衡方惭愧道，“咱们队就我一个人败了。”

“这也是磨砺。”许景明说道。

一旁的王怡点头道：“那个郝千云是挺厉害的，各方面应该都达到二阶极限了，刀法更是特别。”

衡方也赞同：“防御起来滴水不漏，出招时犹如毒蛇攻击而来，毫无征兆，而且他看起来比我们还年轻些。”

“我们队伍战力怎么样？不会排到第十五、十六吧？”杨青烁说道。

“你们四人都倾尽全力了，我和对方的一名队员厮杀，虽然隐藏了实力，但还是占据优势的，战力排名应该还行，不至于垫底。”许景明笑道。

“我们是真拼命了。”杨青烁道。

“嗯。”王怡点头。

最后对上郝千云，她感到了巨大的威胁，必须全力以赴。

五人走向亲朋好友。

“我的五名队友，你们辛苦了！”黎渺渺笑着迎接，“作为替补队员，就这么躺着赢了，感觉真好。”

“这场比赛，你和队长是最轻松的两个。”衡方笑道。

“能轻松对战，是因为我们实力够强。”黎渺渺抱着许景明的手臂，得意地道。

“爸爸！”

三个女孩飞奔向刘冲远。

“老爸，你真棒！”一名男孩跑向杨青烁。

“妈妈，你太帅啦！”一名少女拥抱王怡。

衡方见状，捂头道："一个个都有娃了，真羡慕！"

许景明和黎渺渺彼此对视一眼，这一刻，许景明也挺想有个孩子的。

在轻松愉快的气氛中，许景明和亲朋好友观看了接下来的几场比赛。

到了上午8点，"火种杯"全国大赛正赛第一轮十六场比赛全部结束，决出了十六支获胜的队伍。

第66章 // 铁莲云

　　夏国官方直播间里，主持人刘鑫看了看眼前的光幕，抬头微笑道："'火种杯'大赛正赛第一轮十六场比赛全部结束，虚拟世界计算出了各支队伍表现出的战力，柳海队伍和雷云放队伍分别固定为1号队伍、2号队伍，其他队伍依照战力排名。"

　　刘鑫看向身后，身后光幕上显现出了十六支队伍的排名：

1号队伍：柳海老年队（队长柳海）

2号队伍：雷云放战队（队长雷云放）

3号队伍：盾斧战队（队长熊天山），队伍战力18100

4号队伍：雷霆战队（队长高崇），队伍战力16980

5号队伍：金鹏战队（队长铁莲云），队伍战力16960

6号队伍：周羿战队（队长周羿），队伍战力16660

7号队伍：大鱼战队（队长陈煜），队伍战力15910

8号队伍：浮沉战队（队长刘九舟），队伍战力15800

9号队伍：仙姿战队（队长张青），队伍战力15738

10号队伍：天音战队（队长庄子语），队伍战力15635

11号队伍：乌陵战队（队长方虞），队伍战力15590

12号队伍：梨木战队（队长许景明），队伍战力15380

13号队伍：云山战队（队长霍青山），队伍战力15120

14号队伍：剑纯战队（队长秦歌），队伍战力13872

15号队伍：百雀战队（队长秦雯），队伍战力13860

16号队伍：霜语战队（队长古冲），队伍战力13560

"第二轮的比赛规则依旧是首尾对战，1号队伍对战16号队伍，2号队伍对战15号队伍，3号队伍对战14号队伍……"刘鑫说道，"这是明天的对战时间表。"

对战时间表显现在光幕上。

"周羿战队排在第六名，仙姿战队排在第九名，还真是让人惊讶。"刘鑫笑道，"有些高手在上一轮隐藏了实力，但大赛越往后竞争越激烈，他们的实力一定会展露出来，所以明天的大赛一定会更精彩。'火种杯'大赛正赛第一轮的直播到此结束，接下来就是我的同事万宁姐主持的《高手追踪》。"

夏国官方直播间一天二十四小时都有节目。

观众们却迅速离去，毕竟观看这么久的比赛，大家也累了，而且十六岁以下的未成年人在虚拟世界里有时间限制。到了第一轮比赛后期，观众人数已经下滑到只有八亿了。

"去我的个人空间。"

许景明起身，梨木战队其他五名队员也随之起身。

"总感觉我像混在狼群里面的哈士奇。"黎渺渺暗道。

许景明的个人空间。

透过巨大的玻璃窗能够看到雪山顶的冰湖，景色很美。

梨木战队六人都坐在沙发上。

"刚才观看比赛的时候，我抽空将前面几场比赛的视频仔细看了一遍。"许景明说道，"我发现了一些有威胁的对手。"

"有三阶高手？"王怡眼睛一亮，问道。

许景明挥手，旁边出现十六支队伍。

"我仔细分析过一些关键战斗，可以确定盾斧战队的熊天山临阵突破到了三阶，但他的进化法没有达到高阶，但明天，他有一定概率成功突破。"

"仙姿战队的张青、金鹏战队的铁莲云以及乌陵战队的方虞，他们三人都疑似突破了。"许景明说道。

"疑似突破？"队员们都看着许景明。

"他们已经突破的概率，至少80%，但也可能是我看走了眼。"许景明说道，"当然，大赛中或许还暗藏着我都没察觉到的高手，大赛第二轮的对战会更激烈，一个个都会展露全部实力的。我们是明天的第五场，对手是金鹏战队。"

9月3号凌晨2点，金鹏战队对战梨木战队。

"我们现在只需要关注金鹏战队。"许景明说道。

"孙笠就在金鹏战队。"衡方气愤道，"这个小人，我们在大半个月的时间里免费给他当陪练，锻炼他的弓箭术，他练成了，大赛开始前却溜了。"

"说话当放屁一样！"刘冲远恼怒地道。

"我们现在有了更强的怡姐，那个孙笠心里一定不爽得很。"杨青烁得意地笑道。

王怡一笑："比赛的时候，我一定好好表现。"

"孙笠不值一提。"许景明说道，"他们队伍中他实力最弱，铁莲云师兄、赵樊、张凤、张诚四人才是我们需要小心的。特别是铁莲云师兄，他之前是夏国武道界三大传奇人物之一，曾得到过三届世界武道大赛的第一。"

许景明郑重地道："说起来，他是在世界武道大赛中获得第一最多的人。"

衡方点头，感到有压力："铁莲云师兄是我见过的训练最刻苦的人，他每天疯狂地训练，双脚的鞋子都踩坏掉了，所以后来干脆光脚练。一年四季，不管天多冷，他都是光着脚训练，双脚起了厚厚的老茧。早上练，晚上练，有时候夜里醒了也会练，他生命里仿佛只有练武。"

对此，在国家队待过的人感受都很强烈，铁莲云师兄练功太疯狂了。

杨青烁也道："许哥练武也很刻苦啊，但铁莲云师兄……他简直就是疯子。"

"正因为如此，师父的盾法，他是继承最多的。"许景明道，"而且我现在感觉,他不是疑似突破,而是已经突破。如果他的盾法突破到三阶,进化法也达到高阶,那么这一战,我们必须拼尽全力。"

"嗯!"队员们个个点头。

"赵樊、张凤,这两人实力都不低于我,都比我年轻得多,潜力大啊!"衡方点头道。

"是啊!"刘冲远道,"赵樊今年十八岁,张凤今年二十岁,都是民间选手,都是进入虚拟世界一个多月后就达到如此实力的,天赋是真恐怖!"

黎渺渺道:"金鹏战队选这样两名天赋奇高的年轻人,也是有野心的,特别是请来铁莲云当队长。"

"论盾法,张诚比我强一些。"刘冲远点头道,"他是一个防守起来几乎没有破绽的人。"

金鹏战队,铁莲云的个人空间。

这是一座山林,六名队员以及队伍经理都坐在木椅上。

"我们第二轮的对手是梨木战队。"银发青年看向孙笠,道,"孙笠,你原本和许景明他们是队友,说说你知道的情报。"

孙笠点头道:"我没怎么接触王怡,但其他四人我很熟悉。衡方和赵樊实力相当,但需要小心他的飞矛之术;杨青烁比张凤略弱;刘冲远比张诚略弱,也笨拙些;至于两支队伍的队长,我们队长自然比许景明要强得多。"

"嗯。"银发青年微微点头。

铁莲云坐在那儿,冷漠地道:"我那师弟疑似突破到三阶了。"

此话一出,在场之人齐刷刷地看向铁莲云。

"突破到三阶?"赵樊是个稍显稚嫩的年轻人,朝气蓬勃,此刻忍不住问道,"他在预赛、正赛第一轮用的都是盾牌,怎么确定他突破了?"

"他太稳了,防守稳,闪躲时机把握得太完美。"铁莲云依旧冷漠地道,"可我那师弟以迅猛著称,从来就不是平稳的风格,所以很可能是他已经突破了。只有突破二阶的人，面对战场上出现的种种情况，表现才能无比平稳。"

银发青年点头，肃然道："你说得有道理。我观察了很多队员，也觉得许景明这次的表现很稳。"

"最重要的是，预选赛和正赛第一轮，他都没有使用枪。"铁莲云道，"他加入国家队时我就观察过他，我这位师弟，用枪的天赋很惊人。综合各方面情况，我判定他大概率突破到了三阶。"

"我可以肯定的是，我离开梨木战队时，他还没突破。"孙笠说道。

"那就是你离开之后，他突破了。"铁莲云道，"好了，把他交给我，其他人你们来解决。"

"是，队长！"队员们都立即应道。

银发青年满意地看着这一幕，他觉得自己最英明之处就是选择让铁莲云当队长。可惜，没能请来王怡。

现实中，中午时分。

津门市郊区，一间大型厂房内。厂房内除了角落有少量桌子、器材以及两个负责维护的机器人外，其他区域一片空旷。

厂房内还有一名矮胖的男子，男子光着脚，左手持盾，右手持刀，一步迈出便身影模糊，蹿出十余米，刀随之劈出。刀劈出时划过空气，带着爆炸声响。

他再迈出一步，又蹿出十余米，盾牌砸出，空气中产生轰鸣声。

劈、砸，劈、砸……一步又一步。

男子默默练着，他的双脚不停地踩踏地面，使得厂房地面不停震动，巨大厂房内不断发出轰鸣声。

这看似简单的动作，如果高手看到了会忍不住咋舌。

迈步产生的身体劲力，或者作用在刀上，或者作用在盾牌上，使得男子每一击的威力都很恐怖。最可怕的是，对男子而言，这些招式已经像吃饭喝水一般流畅自如，根本不需要酝酿，自然而然就施展出来了。

突然，厂房大门开启，一名微胖女子拎着一个大饭盒走了进来，进来后，厂房大门自动关闭。

"师兄。"微胖女子笑着喊道。

铁莲云停了下来，回头看到女子，笑了，放下盾、刀走了过来："老婆，今天吃什么？"

"当然是你喜欢的。"微胖女子走到角落的餐桌处，拿出了一个个小饭盒，放在桌上——五菜一汤，以及一大份的饭。

"真香，真有些饿了。"铁莲云在一旁的水池里简单洗了下手，坐下大口吃了起来，吃得飞快。

"你说你，如今都有虚拟世界了，每天在里面练十六个小时就罢了，现实中你还继续练。"铁莲云的妻子问，"家里的事你不管，生意上的事你也不管？"

"不是有你吗？"铁莲云笑道，"你让我加入金鹏战队，我就加入了，而且我们家早已不缺钱，商业上的事顺其自然就行了。至于儿女，是我亏欠他们了。老婆，辛苦你了！"

"我早知道你是什么人了，嫁给你时就做好准备了。"铁莲云的妻子无奈道，"只是，你也不小了，快四十岁了，就这么辛苦地练一辈子？"

"老婆，你觉得辛苦，我却乐在其中。"铁莲云说道，"追求世界第一，成为世界最强多有意思啊！遇到一个强大对手，想方设法地将他击败，每一次超越对手，感觉都很美妙！"

铁莲云的妻子点点头："第二轮比赛有把握吗？"

"没有。"铁莲云道，"我的师弟许景明是真正的天才，如果不是过早进入世界武道大赛，再多积累两年，二十岁出头就拿世界第一，这是有望的。我呢，在师父的众多弟子中，天赋只能算一般，我早就意识到这一点了。"

"但你拿了三次世界第一，是夏国拿到世界第一最多的人。"铁莲云的妻子说道。

"因为我以勤补拙。"铁莲云说道，"早也练，晚也练，除了睡眠，其他时间几乎都在练功。身体疲惫了，我就练招式；身体恢复了，就练身法。练到吃饭的时候都想着武道，练到睡梦中梦到的都是武道，我自然而然就和武道融为一体了。"铁莲云说道。

妻子看着丈夫，感觉到了丈夫带给她的无形压迫感。

"师父天资卓绝，老年时都能拿到世界第一。雷云放也很强，一出道身法就是世界第一。我呢，磕磕绊绊，输给过不少对手，但我又能超越一个个对手，最终一次又一次拿到世界第一。"

"我相信，或许我会落后一时，但是，最终的世界第一必定是我！他们都只是练武，而我，就是武道的一部分！"铁莲云说道。

铁莲云眼神炽热。

铁莲云的妻子笑看着这一幕，她想起那个夜晚，国家队的操场上，她看到这个男人独自一人光脚练功时，就被吸引了。

"我相信，你一定会是最终的世界第一！"铁莲云的妻子说道。

"对。成为世界第一不是最迷人的，最迷人的是成为世界第一的过程。在这个过程中，击败一个个强大的对手才最痛快！"

吃完午饭，铁莲云又拿起盾和刀，在厂房内继续孤独地练着。

内心必须强大，才能承受住这份孤独。

当晚，"火种杯"全国大赛第二轮正式开始。

"比赛开始了。"梨木战队的六人坐在看台上，看着正在进行的精彩对决。

第一场，柳海老年队VS霜语战队。

"老爸他们没第一轮那么轻松了。"许景明观察着，说道。

"霜语战队有古冲、廉霜等好些高手，四打五，叔叔他们还是稍弱了。"黎渺渺说道。

这场比赛，柳海老年队的四位老一辈队员配合默契，招式熟练，但神箭手周帆被霜语战队击败后，队伍逐渐处于劣势。

一直到只剩下持有双盾的许洪，柳海终于出手了。

此时，霜语战队剩下的两人围攻柳海。

哧——

刀光一闪，划过了霜语战队的两人，划破了他们身上的重甲和轻甲，他们的身体化为虚影，消失。

柳海老年队获胜。

"这就是全球第一！"主持人刘鑫忍不住道，"连重甲都被一刀劈开，而且是一刀击败两人！"

"全球第一的实力，真是可怕！"男嘉宾靳凡说道，"霜语战队的高手在他面前，一招都挡不住。"

女嘉宾鞠文晴笑道："截至目前，全球仅仅六人闯过星空塔第三层，柳海师父可是一个月前就闯过了，是星空塔刚开放时就闯过了的！他的实力比榜单上的其他人都强，更别提普通高手了。"

"接下来的这场比赛，要出场的是雷云放老师，雷云放老师的身法可是全球第一。"主持人刘鑫说道，"他和柳海师父在虚拟世界还没公开交过手呢，真期待啊！"

……

第二场，雷云放战队VS百雀战队。

"雷云放前辈选的四名队友都有些弱。"衡方看着，感叹道，"柳海师父选的虽然也是民间选手，但个个身手不凡。雷云放前辈选的四名民间选手与之相比，就平庸多了。"

"有雷云放前辈在，足以获胜。"王怡说道。

许景明也仔细看着。

雷云放的四名队友勉强牵制住对方两人，而雷云放一袭青衣，背着两把刀，步伐看似随意，但就是快得可怕，身影模糊，迅速追上一名名对手。

每追上一名对手，雷云放就一刀刺去，虽然背着两把刀，但拔出一把刀就够用了。

雷云放逼得百雀战队不得不派出三名队员与雷云放对战，但是，雷云放手持一把刀轻松击败对手，百雀战队的人连雷云放的衣服都碰不到。

百雀战队击败一人，雷云放前辈击败了四人，比赛结束。

"他的身法怎么就这么可怕？"许景明感叹道。

许景明看得聚精会神，他的步法卡在二阶99%，雷云放的身法在虚拟世界刚开放时就是三阶了，如今更是神妙，许景明觉得雷云放的身法是一门艺术。

明明只是跨出两步，可仿佛空间都发生了变化。

……

第三场，盾斧战队VS剑纯战队。

"剑纯战队的秦歌是个很有天赋的民间高手，如果给予足够多的时间，那么他应该能成长起来。"许景明赞叹道，"但他现在的对手是已经突破到三阶的熊天山，熊天山战斗经验丰富，剑纯战队一点希望都没有。"

盾斧战队获得压倒性的胜利。

……

第四场，雷霆战队VS云山战队。

"我的天哪！"杨青烁瞪眼。

"杀疯了！"衡方惊叹。

"相持不下啊！"黎渺渺说道。

许景明认真地看着，这场比赛出乎意料地精彩，双方拼得难解难分。

"夏国一共有五位选手拿过世界武道大赛的第一名，其中就有杨誉和高崇，他们俩配合起来是很强的。"刘冲远说道，"而云山战队的霍青山、常青鹏，虽然没拿过世界武道大赛的第一名，但也是武道大师。这两位大师对战杨誉和高崇，竟然丝毫不落下风。"

两支队伍的核心，一边是高崇、杨誉，一边是霍青山、常青鹏，其他队友明显逊色些。

"两支队伍实力很接近，就看临场发挥了。"

双方来回拉扯，各自配合，这一战，难得地持续了九分多钟，到最后，全场只剩下断臂的霍青山。

云山战队获胜。

"这一场比赛真是势均力敌！"王怡赞叹。

“下面就要轮到我们了。”许景明说道。

王怡、衡方、杨青烁、刘冲远满腔战意，看了前面四场比赛，他们个个斗志昂扬。

第68章 // 梨木战队VS金鹏战队

夏国官方直播间里人山人海，这是全民关注的盛事。

凌晨2点。

"让我们欢迎金鹏战队和梨木战队。"主持人刘鑫说道。

金鹏战队的六人和梨木战队的六人都出现在了看台上，大家都不是第一次了，非常熟练地坐下。

"之前我和两位嘉宾讨论，发现两位嘉宾和我都非常期待你们这一战，你们一边有夏国第一女神箭手王怡，另一边拥有夏国三大武道传奇人物之一的铁莲云。针尖对麦芒，这一战一定格外精彩。"刘鑫说道。

"刘鑫，"一旁的男嘉宾靳凡笑着道，"我觉得金鹏战队的优势更大，你看熊天山突破后，两支队伍交战时呈现一边倒的趋势，我觉得铁莲云不会比熊天山逊色。"

女嘉宾鞠文晴好奇地看着铁莲云："铁莲云老师，我想冒昧地问一句，你突破到三阶了吗？"

铁莲云坐在那儿，面带一丝浅笑道："开始对战后，大家就知道了。"

"看来战前大家都要保密。"女嘉宾鞠文晴笑道。

"赵樊，"男嘉宾看向略显稚嫩的赵樊，问道，"听说你进入虚拟世界之后才开始学习武道兵器格斗，是真的吗？"

"是的。"赵樊点头道，"之前没练过。"

观众们听到后都惊叹。

虚拟世界才开放一个多月，他就练到这样的境界了吗？

梨木战队的人听了都暗暗惊叹："当武道兵器格斗成为全民参与的事情后，一些天才也涌现出来了。"

"之前的预选赛和正赛第一轮，你表现得都非常亮眼，我相信观众知道你是虚拟世界开放了才开始学武道兵器格斗的后，一定会成为你的粉丝。"男嘉宾靳凡说道。

"谢谢。"赵樊很谦逊。

"我来问问梨木战队的队长。"主持人刘鑫看着许景明，她对许景明还是另眼相看的，她道，"我们夏国第一场神级高手对战也是我主持的，那是虚拟世界的第一场直播，那一次，许景明队长表现得最亮眼。不知道这一次许景明队长有没有信心击败金鹏战队？"

"当然有信心。"许景明微笑着道。

"景明，你的信心很足？"一直寡言少语的铁莲云看着许景明，忽然开口道，"是因为你的队友，还是因为你自己？"

许景明看着铁莲云，微笑着道："我很期待和师兄交手。"

铁莲云微笑道："我也很期待。"

双方都隐隐感觉对方有所突破，都将对方当成劲敌。

"我感觉两位队长在台上就要交手了。"男嘉宾靳凡说道，"我听说，金鹏战队的孙笠原本是梨木战队的一员？孙笠在很长一段时间里都和许景明等人一起训练？"

"是的。"孙笠谦逊地笑道，"只能说没有缘分。"

衡方说道："我们梨木战队没有合同约束，都是凭借一句承诺聚在一起训练。只是有些人不在乎承诺，更在乎金钱。也好，道不同，不相为谋！"

孙笠脸色沉了下去。

这可是夏国官方直播间，这一战有超十亿人在观看。

"对，我们没有合同约束，所以明明拥有我这样的神箭手，梨木战队还联系王怡，既然如此，我也就没必要留在那儿。"孙笠辩解道。

"孙笠，你还要脸吗？明明是你先离开，然后我们才联系怡姐的！"刘冲远咬牙道。如果不是在直播，他都要说脏话了。

"我是报名前最后一天28号的凌晨才收到许景明队长的第一次邀请。"王怡微笑着开口，"我毫不犹豫就答应了许景明队长。"

"许景明的师妹戴晓青，早就和王怡是好友了。"孙笠又辩解了一句。在十亿多观众面前，他必须混淆视听，否则名声彻底臭了就麻烦了。

"请两支战队做好准备，比赛即将开始。"主持人刘鑫也不阻拦，任由两支战队发生冲突，时间快到了才提醒。

两支战队都起身，看着对方。

战斗空间，对战区域。

"这一战是在现代都市中。"许景明看了一眼前方显现的场景，微微皱眉，"建筑密集，对神箭手不是太友好。"

"放心，五种场景，我都有合适的战斗方案。"王怡说道。

双方队伍选择装备。

全部选择完毕，双方十人皆进入对战区域。

十人降落在这片区域。

现代都市的范围很大，但实际上，对战范围只有方圆一千米，并且随着时间流逝，活动的范围还会缩小。

缩小对战范围是为了逼迫两支队伍必须作战。

其实，在"火种杯"这种全国大赛中，没有队伍会一直躲着，因为到最后也得战斗，还不如一开始就对上。

许景明出现在六层民居的天台上，身体伏下，天台护栏遮挡了他的身躯，他小心地朝四周看了看。

"C点适合埋伏，且离我比较近。"王怡说道，同时在队内地图中标出C点的位置。

王怡对战了那么多次，五种场景中的哪些地方适合埋伏，她早就非常熟悉了。

"C点集合。"许景明说道，"集合途中，小心金鹏战队偷袭。"

"是，队长！"

梨木战队的人开始集结。

另一边的金鹏战队也是一样，铁莲云出现在一栋民居的屋内，他透过窗帘小心地朝外看了一眼，又看了看队友们的位置，边标注一处地点边道："先去A点集合，集合途中很可能碰到敌人，小心神箭手偷袭。"

"是，队长！"四人齐声道。

两支战队的风格截然不同，许景明战队以神箭手为中心，金鹏战队的神箭手孙笠地位就低了不少，因为他的箭术比王怡弱不少。但孙笠擅长近身作战，无须刻意保护他，将他当成一个特殊点的战士即可。

民居屋内，王怡里面穿着软甲，外面穿着一层柔软的运动衣衫，此刻她背着六个箭囊。

预选赛时，为了对付兽人军团，虚拟游戏允许玩家无限制地补充装备。

但在正赛对战中，装备一开始就要选好，装备数量也要考虑清楚，装备太多，就要负重前行，对战时也不方便。

"箭囊太多，太影响身法，也影响射箭速度。"王怡小心翼翼地放下两个箭囊，"第一个备用点。"

她小心翼翼地出了屋子，沿着楼梯悄无声息地往下走，出了这栋民居，沿着屋檐迅速朝最近的C点赶去。

仅仅行走数十米，王怡迅速抵达了一个不起眼的临街商铺的三楼，她又将两个箭囊放下："第二个备用点。"

"这下舒服了。"王怡背着最后两个箭囊，走到临街商铺的天台，透过天台栏杆，开始仔细观察四面八方。

临街商铺周围的建筑较为低矮，能够一眼看清四面八方。

王怡耐心等候。

"我到了。"杨青烁最先潜入这片区域。

王怡在天台的几个死角一处处查看，忽然，她眼睛一亮，看到大概两百米远，一道身影从街道岔口一蹿而过，正朝一个方向小心前进。

王怡迅速取箭，两步到了另一个死角，盯着那个方向，果真又看到那道身影一闪而过，前进速度很快。

王怡瞬间推算出对方前进的速度。

周围两三百米的空间出现在她的脑海中，对手的前进速度、周围建筑的分布、风速……一切都无比清晰。

"就是那个点。"王怡直接往前冲，一跃而下，跳出了天台，凌空拉弓，她面无表情地盯着那一处区域，手一松，一支破甲箭破空而去。

嗖！

破甲箭对身体要求较高，箭头非常重，一次只能射一支，而且还需要歇一会儿才能射第二支箭。

但破甲箭的威力非常可怕，这一支箭撕裂空气，瞬间穿过远处的玻璃门，而此刻，一道身影恰好从玻璃门旁闪过。

箭射中了他。

"什么?!"张凤犹如鬼魅，飞速前进，而且还是贴着建筑物，让神箭手很难看到他。一般的神箭手就算看到，也很难射中他。

但王怡不是一般的神箭手。

玻璃炸响的声音还没传到耳朵里，那支箭就已经到了，张凤感应到空气波动，不由得头皮发麻，吓得本能地身体一扭。

嗖！箭从他腹部擦过，撕裂出一道血淋淋的伤口。

　　王怡轻盈地落在街面上，一闪，返回临街商铺内。

　　"怡姐，厉害！"杨青烁赞叹。

　　"我射中了张凤，他虽然没死掉，但受了重伤。"王怡通过队内语音道。

　　张凤中箭后立即一闪，躲到另一侧的建筑内。他进入室内后，低头看向腹部的伤口，腹部的衣衫、软甲被撕破了，伤口很大。

　　进化法达到这般境界后，凭借自身恢复力，已经止住了血，但伤口太大，张凤还是扯破身上的衣服，开始包扎腹部伤口。

　　"我的前行速度这么快，且一直贴墙而行，偶尔还改变方向，这样都被射中了！"张凤惊讶地道。

　　"大家小心，我被王怡射中，腹部受伤，估计只剩下五成实力。"张凤通过队内语音说道，"王怡大概是在这片区域。"

　　张凤在队内地图中标出一片区域。

　　夏国官方直播间。

　　"这都能射中?!"

　　"太不可思议了！"

　　"王怡的箭术真是深不可测！"

　　主持人和嘉宾都震惊了，观众们哗然。

主持人刘鑫将刚才画面的播放速度改成慢速，再度播放。

男嘉宾靳凡认真观看，惊叹道："王怡在商铺天台上，可观四面八方，张凤第一次暴露在她的视线中是在这个路口，距离约两百米。王怡立即锁定第二个路口，张凤果真再次暴露踪迹，但只是一刹那。"

靳凡指着画面中的王怡，道："张凤第二次暴露踪迹时，王怡直接一跃，跃出了天台，跃到了这个位置，在半空射出了这一箭。这一支箭破空而去，飞行约两百米，穿过玻璃，这时候，张凤恰好出现在箭的轨道上。"

一旁的女嘉宾看着慢放的画面，惊叹道："张凤其实一直在变速移动，时而减速，时而加速，但从张凤第二次暴露踪迹到王怡一箭射中他，时间仅仅过去1.22秒，其中箭在空中飞行时间是半秒！这么精准，真是离谱啊！"

"周羿的箭像重型机关枪，正面狂轰滥炸。"男嘉宾靳凡赞叹道，"王怡的箭像狙击枪，只要有一丝机会，她都能把握住。"

观众们也很兴奋。

对战中，王怡的打赏金额一路高涨。

作为在观战平台排名前三的大主播，王怡的战斗方式一直很吸引人，不管是近距离射击，还是远距离的令人匪夷所思的狙击，她都能给人惊喜，又是大美女，看她战斗，非常痛快。

十名选手中，论打赏金额，王怡遥遥领先。

……

此时，两支队伍都愈加警惕。

"嗯？"小心翼翼前行的衡方刚走过路口，就看到了同样小心前进的赵樊。

二人对视，都有些惊愕。

彼此距离只有十余米。

太近了。

赶路途中的衡方双手一直各握着一根短矛，赵樊则手持着一把偃月刀。看到赵樊的刹那，衡方几乎本能地甩出了手中的两根短矛。

赵樊眼睛一红，脚下一蹬，主动冲上去，一根短矛从身旁划过，另一根短矛被他手中的偃月刀劈开。

衡方扔出两根短矛后立即后退，后退的同时取出背后两根棍子，一接一转，一杆蛇矛连接成功。

赵樊将另一根短矛劈开后，攻向衡方。

衡方的蛇矛挡住了偃月刀，但是偃月刀的威势还是让衡方不由得后退。

赵樊毫不犹豫，继续攻击。

一刀又一刀，仿佛狂风暴雨，又仿佛雷霆霹雳，凶猛无比。

衡方被压制得只能努力抵挡，无法反击。

"他的攻势怎么这么猛？力道怎么这么大？"衡方不敢相信，"刘冲远修炼的是巨熊进化法，他的大斧劈下来，威势居然不如赵樊。"

赵樊的刀凶猛无比，力大无穷，而且犹如浪潮，一刀接一刀，没有停歇。

第十七刀劈过衡方的胸膛，劈开铠甲。

衡方愣愣地站在原地，身体变得虚幻。

"我输了？"衡方不敢相信。

赵樊看着衡方消失，略显稚嫩的面孔上露出一丝遗憾："我感觉还是差一点，只差一点我就能突破了，一刀的威势还能大许多。"

夏国官方直播间正在慢放这一场对战的画面，赵樊使出凶猛无比的十七刀，一刀接着一刀，成功将衡方击杀。

"赵樊今年才十八岁，是高考之后，虚拟世界开放了，才开始学习武道的。"主持人刘鑫惊叹道，"他成长得太快了，感觉每过几天，就会有新的突破。七八天前，王仙姑将赵樊定成第三梯队的第一人，但我觉得过了七八天时间，赵樊提升太多了，如今应该排在第二梯队前列。"

"太强了！"

"我也是虚拟世界开放后才开始学武道的，怎么我还是银月级的菜鸟？"

"人和人的差距，也忒大了。"

"虚拟世界才开放一个多月，能这么强？"

"《高手追踪》节目组曾采访过赵樊，也采访过赵樊的亲朋好友，还有他的同学，他过去的确从未练过武道。"

……

评论区出现无数评论，观众都为这个十八岁的天才而惊叹。

现代都市内，两方队伍都已经集结完毕。

"衡方遇到了赵樊，被击杀了？"许景明、王怡、杨青烁、刘冲远都很吃惊。

"赵樊的成长速度的确很快。"王怡点头道，"现在我们是四对五，还好张凤虽然没死，但实力所剩不多。"

刘冲远点头："接下来必须小心赵樊。"

"我们最需要小心的是铁莲云。"杨青烁道，"铁莲云师兄毕竟曾经是夏国武道三大传奇人物之一，他的实力可比赵樊恐怖得多。"

"我来对付铁莲云，你们对付其他人。"许景明说道。

"有怡姐在，我俩还是有信心的。"刘冲远说道。

一名实力强大的神箭手，会令对方时刻都要分心防范。

"我也想试试看赵樊到底有多厉害。"杨青烁修炼的是影豹进化法，以速度、灵活著称，即便遇到实力比他强的对手，他也有把握逃走。

"他们在朝这边靠近。"王怡透过窗户看向外面，看到对面五人正在迅速前进。

铁莲云一手持盾，一手持刀，张诚手持双盾，冲在队伍最前面，之后是赵樊、张凤二人，最后才是孙笠。

"上！"

许景明、杨青烁、刘冲远三人迅速下楼，来到街道上。

"去商铺内，在街道上只会成为神箭手的靶子。"铁莲云见状，不理会许景明他们，他道，"我们先找到王怡，除掉王怡。"

铁莲云下令后，队伍迅速前进，根本没理会许景明三人，钻进了商铺。

"真谨慎啊！"许景明见状，抬头看向上方，道，"怡姐，他们进商铺了。"

天台上的王怡背着箭囊迅速飞奔到天台角落，悄然一跃而下，沿着街面，迅速到达另一栋建筑。

"队长，王怡离开了这栋商铺，去了旁边的灰色民居楼。"躲在最后面的孙笠隐约看到王怡的踪迹，立即禀报铁莲云。

"旁边的建筑？那边的视线可没那么好，只要稍微躲避，王怡就很难找到出手的机会。"铁莲云立即下令，"立即攻击许景明他们。"

嗖！嗖！嗖！

五人迅速蹿出，直奔许景明三人。

"师弟。"铁莲云一马当先，一手持盾，一手持刀，迅速冲去。

"师兄。"许景明双手各持有一面盾，颇为期待地看着铁莲云。他这些天天天练习步法，特别是在盾法突破后，已经隐约感知到步法突破的方向。

他的双脚发力可以很迅猛，仅仅两步，速度就能达到每秒50米。如何将其完美运用到步法上，这是关键。

"希望你能带给我不一样的惊喜。"许景明主动迎上。

哧——

铁莲云手中刀光一闪，当许景明隐约听到破空声时，刀光就到了面前。

许景明拿起手中盾牌一挡，脚一动，避开了铁莲云的盾。

"你果真突破了。"铁莲云双眸炽热。

"师兄的刀法也不凡。"许景明可以确定铁莲云的刀法突破了，但盾法和身体并没有。

铁莲云斗志昂扬，尽情地施展着他的盾刀术。

"国家重点栽培我，以我自身盾刀法推演出的五阶盾刀术无比精妙，我在虚拟世界中日日苦练，在现实中日夜苦练，如今刀法突破，但盾法未突破。盾刀配合，才是真正圆满。"铁莲云暗道，"只有这样，我才能发挥五阶盾刀术的强大威力。"

"我这师弟盾法非凡，能完全挡下我的刀，是个难得的对手。"铁莲云将五阶盾刀术的招式施展开来，招式绚烂，一招接着一招。

许景明手持双盾，一边抵挡，一边闪避，道："对手难得，希望师兄能助我突破。"

虚拟世界设置出的对手在力量、速度等方面强，但他们的招式不够精妙，应变能力差。真实的高手是可以变换招式，沉着应对的。

当许景明和铁莲云厮杀时，杨青烁、刘冲远二人也和赵樊、张诚、张凤厮杀在一起，孙笠在远处随时准备放箭。

嗖！

王怡冲出民居楼，射出一支箭。

手持两面大盾的张诚早就有了准备，挡住了这一箭。

嗖！嗖！嗖！

孙笠连续射出三支箭，射向杨青烁，杨青烁狼狈不堪，这时候，赵樊的刀劈来了。

砰！

劈得杨青烁直接往后倒飞数米远，刘冲远立即赶来帮忙，赵樊、张凤二人随之立即围攻过去。

张凤虽然腹部受伤，但还能发挥部分实力，同样有威胁性。

"孙笠对我们的招式太熟悉，被他钉着，太难受了。"杨青烁急切地道。

嗖！

孙笠的一支破甲箭射中刘冲远的膝盖，虽然有重甲的保护，但也令刘冲远一时慌乱，赵樊的一刀趁机击中刘冲远的腿，刘冲远直接栽倒下去。

嗖！嗖！嗖！

一支支箭射向杨青烁，杨青烁狼狈不堪。

王怡也射箭了，但张诚持着两面大盾，全力保护着赵樊、张凤二人。

"队长，扛不住了！"刘冲远栽倒在地，面对劈来的刀，努力用盾牌护住头部，焦急地求救。

"这个赵樊太强了！"杨青烁努力避开箭。

许景明听到队友的求救。

"师兄给的压力还是不够啊！"许景明很遗憾，他的步法爆发得很猛，但并不是快就是三阶步法的。

"罢了。"许景明猛然爆发。

轰！轰！

许景明的双脚仿佛雷霆，速度飙升，让一旁尽情攻击的铁莲云目瞪口呆。许景明此刻的速度远远超越了他，他想追都追不上。

"快躲！"铁莲云连忙道。

赵樊、张凤、张诚、孙笠四人同时看去，看到了冲过来的模糊身影，这道身影的速度非常快。

"不好！"赵樊、张凤立即闪避。

"来！"身穿重甲、速度最慢的张诚立即举起双盾，稳住脚步，欲抵抗。

穿着暗红色铠甲的许景明，在冲到张诚近前时施展八极崩。他的八极崩宛如浪涛拍打过去，带着身体的高速冲击力直接打在穿着重甲的张诚身上。

张诚身穿重甲，可以抵挡住很多兵器的攻击，但他最怕的就是重兵器。

许景明的大盾带着身体的爆发力拍打过去，威力简直匪夷所思。

砰！

手持两面大盾的张诚直接飞了起来，然后整个人化作虚影，两面大盾还在半空翻滚着。

逃跑的赵樊、张凤、孙笠三人都胆战了，连追向许景明的铁莲云都觉得腿一软。

身穿重甲的高手被砸成虚影了？

"这是什么？"

"我看花眼了？"

夏国官方直播间，超十亿观众一片哗然。

战场上，那道暗红色的身影速度太快，仅仅两步就到了受伤的张凤身前。

许景明的大盾砸过去，张凤直接倒飞，倒飞途中整个人化作虚影。

观众们又一次惊呼。

"又没了一个！"

"疯了！"

……

许景明目光一转，盯向赵樊。

赵樊仿佛被老虎盯上的兔子。

其实赵樊实力很强，但许景明的威势太恐怖了。当许景明达到身体如火的境界后，他彻底爆发时，其威势比柳海的还要恐怖。

轰轰轰——

每一步都犹如雷霆，仅仅三步就追上了赵樊。

赵樊咬牙停下，欲用刀抵挡。

许景明赶到，一盾砸来，仿佛天地倾覆，赵樊砰的一声直接倒飞开去，化作虚影。

原本就在远处的孙笠早就逃远了。

"孙笠交给你们三个。"许景明停下，看向了铁莲云。

"是，队长！"站起来的刘冲远、杨青烁、王怡都被震撼了，不由得高声应道，随后开始追击孙笠。

铁莲云看着许景明，眼神中带着惊讶、紧张。

这一刻，夏国官方直播间已彻底沸腾了。

"这就是许景明?!"

"王仙姑居然把许景明排在第三梯队？"

"天哪，许景明怎么这么强？"

"他的盾牌怎么这么可怕？"

……

许景明的打赏金额迅速上涨。

第70章 // 刚猛无双

许景明对夏国人而言是比较特殊的。

虽说在最近一个多月里他的人气不断下滑，甚至被排在了第三梯队，但他绝对当得起全国皆知的声名。虚拟世界开放后，在夏国第一场神级高手对战中，最耀眼的就是许景明，那一场对战的热度是几乎可以和"火种杯"大赛媲美的。观众们都记住了许景明，也都很期待许景明接下来的表现。

许景明不直播，观众只有通过第三方才能偶尔看到他，各大天才如雨后春笋般层出不穷，他的热度自然下降。

然而今天，他再次绽放出他的光芒。

"太强了！"

"这才叫战斗啊！"

"这才帅啊！其他人使用盾牌都是为了防守，而许景明可以靠盾牌击败对手，杞梓之才！"

"杞梓之才许景明！"

观众们看得鸡皮疙瘩都起来了，心跳加速，激动万分。

"这小子……"柳海坐在看台上，笑了起来，"我就知道，他的天赋是很惊人的，他终于突破了。"

只是他的盾法、战斗方式，怎么和我教的完全不一样啊？难道是我教错了，耽搁了我徒弟？柳海心中浮现一个念头。

虚拟世界刚开放时，各方面都达到三阶的唯有柳海一人。没有可以借鉴的人，柳海只能将自己所会的教给徒弟。

"很强的盾法。"看台上的雷云放眼神炽热，"他的进化法显然突破了，总算发现一个对手了。"

"晓青的师兄？"仙姿战队队长张青看着这一幕，露出笑意，"这场大赛越发精彩了。"

魁梧的方虞坐在那儿，默默地看着这一切。

现代都市中。

铁莲云看着眼前的许景明，感觉一座山压在自己心头，压迫感让铁莲云快要发疯了。事实告诉他，许景明太强了，强得超出了自己的抵抗范围。

当双方差距特别大时，根本没有作战的必要。像赵樊很优秀，但许景明一盾下去，赵樊就直接化作虚影了。

这是身体素质上巨大差距！身体发力上的巨大差距！

"师兄，小心了。"许景明开口道。

小心？让自己小心？

铁莲云意志坚定，双脚仿佛钉在地面上，没有后退。

"师弟，拿出你最强的实力，让我瞧瞧。"铁莲云说道。

"最强的实力？"许景明脚下一动。

一脚蹬地的爆发力太恐怖，穿着暗红色铠甲的许景明在这样的速度下，身影再度模糊。面对如此恐怖的速度，铁莲云根本来不及闪躲。

大盾直接砸来，铁莲云能做的就是举盾抵抗，他整个人都躲在大盾后。

砰！

随着一道撞击声响起，铁莲云直接倒飞，撞击在一旁的民居墙壁上，撞碎了墙壁，大量碎石滚落，铁莲云整个人都摔进民居里去了。

许景明看着这一幕，暗道："我根本没用最强力量啊。只是一招，师兄就扛不住了，我无法用最强实力啊！"

砸是非常简单的招式，但许景明的一步可以让自身速度飙升。他的砸，更是身体深层次力量被引导后的瞬间爆发。面对这个招式，铁莲云即便得到过国家栽培，学过五阶盾刀术，也还是被砸得毫无反抗之力。

同样的身体，许景明却能爆发出更强的力量、更快的速度。

这才叫境界高。

枪法达到三阶，施展长枪时，能爆发出更恐怖的力量；盾法达到三阶，施展盾法时，也能爆发出更恐怖的力量。当一个人使用不同兵器都能爆发出强大的力量时，这就代表他对身体的掌控越来越熟练。此时，他随便拿起一件兵器，爆发出的力量都能达到三阶层次。

"这就是最强盾法吗？我扛住了。"铁莲云从碎石中爬了出来，眼神炽热。

面对许景明的进攻，铁莲云只有一个念头——要守住，必须要守住！

他的刀法已经达到三阶，在强烈的信念下，他手中的盾竟然真的爆发出强大的力量。

铁莲云虽然和许景明有差距，但不至于被一击砸败。

"嗯？"许景明看着铁莲云。

"师弟，我得谢谢你，让我的盾法有所突破。"铁莲云一手持盾一手持刀，走出了破烂的民居楼，他道，"我会让你知道盾刀配合、阴阳合一的威势。即便你的身体素质更强，想要赢我也没那么容易。"

"盾刀配合、阴阳合一？"许景明看着铁莲云，眼中有着期待，道，"师兄，那我可要认真了。"

铁莲云看着许景明。

许景明瞬间化作模糊身影。

"又是这样的速度！"铁莲云面对如此恐怖的速度，避无可避，只能正面抵挡。

许景明仅仅走了两步，便以极快的速度迅速逼近铁莲云，手中双盾在接近铁莲云的瞬间拍击而出。两面大盾大得很，笼罩过去，甭管你有什么技巧，都使不出来。

就像许洪曾说的，甭管对手使出什么技巧，实力强大才是根本。

许景明很尊重师兄铁莲云，所以这一次使用的是八极虎扑，是五大杀招中最凶猛的一招。

砰！

铁莲云被震得倒飞，但他强行忍住了，没吐血。

嗖！

许景明丝毫不手软，双脚蹬地向前冲，宛如奔雷。他的速度比铁莲云倒飞的速度还快些。

"嗯？"铁莲云脸色一变，他还没落地就看到许景明一跃就冲到了他的面前。

这一次，许景明右手高举大盾，借着冲势，腰腹发力，盾化作流光劈下。铁莲云现在正在倒飞，身体来不及做出反应，直接挨了这一劈。

铁莲云砰的一声直接被砸入地面，地面凹陷，出现一个大坑，铁莲云身体大半部分陷入大坑。

八极劈山！

铁莲云在倒飞的过程中被砸在地面上的一瞬间，骨头都不知道断了多少根，鲜血染红了铠甲，他吐出一口鲜血。

"师弟，你……现在的确……比我强。"铁莲云盯着许景明，艰难地说出这句话后，身体化作虚影消失。

许景明看着这一幕。

"盾刀配合、阴阳合一赢不了我。"许景明暗道，"八极虎扑配合八极劈山就解决了师兄，看来必须得是进化法达到高阶的对手，才能与我打个痛快了。"

"太厉害了！"

"许景明，我爱你！"

"以后我就是许景明的粉丝！"

"许景明的招式怎么这么特别？他的战斗比柳海、雷云放的还要精彩啊！"

"太强了！"

屏幕上出现无数条评论，观众们都被征服了。

许景明的战斗太精彩了，手持盾牌撞过去，对手就化作虚影，就算对手是铁莲云，八极虎扑配合八极劈山，铁莲云也得化作虚影。

许景明的战斗有刚猛的美感。

现代都市内。

许景明看向远处，杨青烁、刘冲远、王怡早就将孙笠包围了。

孙笠的手臂、大腿都中了箭，此刻倚靠在墙上，看着面前的三人。

"哼，你们很得意吧？"孙笠冷笑着看着杨青烁、刘冲远，"我没想到，看似一诺千金、讲义气的许景明，竟然是如此小人。"

"嗯？"王怡、杨青烁、刘冲远都一愣。

"许景明的实力如此强，他的进化法肯定早就突破了，而且突破很久了，他一直保密不吭声，我退队的时候，他估计在看我笑话吧！如果他早点公开实力，我怎么会退队？连队友都保密，许景明这种小人——"

嗖！

一支箭瞬间射向孙笠。

刘冲远、杨青烁看向了王怡。

"我实在听不下去了。"王怡放下弓箭。

第71章 // 乌陵战队

金鹏战队的赵樊、张凤、张诚和队伍经理银发青年都在看台上，看着许景明击杀铁莲云，以及孙笠被射杀。

"许景明也太强了！"张凤忍不住感叹道，"强得离谱，队长都远不是他的对手。"

"他的实力可能已经接近柳海、雷云放两位前辈。"赵樊虽然也是天才，但此刻感觉到自己与许景明有着巨大的差距。

一旁的银发青年道："许景明的确很强，但和柳海、雷云放相比还有差距，那两位前辈都闯过了星空塔第三层。星空塔第三层非常难，当初柳海和白鹰联邦的泰格·福森闯关的视频你们也看过了，柳海都花费了九牛二虎之力才闯过，泰格·福森更是勉强才通过，其中还有运气的成分。"

"嗯。"三人都点头。

只有闯过星空塔第三层，才算得上真正接近柳海、雷云放。

柳海、雷云放就是夏国武道界的两座高山啊，如今许景明虽然和他们有差距，但对于这些人而言，许景明已经高不可攀了。

"队长。"赵樊三人起身，银发青年也起身，迎接铁莲云。

"我这师弟的实力真的强啊！"铁莲云笑得开心，他道，"不过这一战也让我有所突破，很快，我的进化法也会突破到高阶。"

盾法、刀法皆突破后，铁莲云很有信心，他相信自己的进化法能突破到高阶。

"必须笼络住铁莲云，他突破后，将是夏国顶尖的几位高手之一。"银发青年暗道，"再想要邀请到比他更强的，太难了。"

这时候孙笠到了，但大家只是点头示意，并未起身相迎。

"是我的错。"孙笠走来，"许景明藏得太深了，我是他队友的时候，都不知道他的真实实力。他的算计太厉害了，可能那时候就为'火种杯'大赛做打算了，瞒着对手就罢了，连队友都隐瞒！"

"我这师弟不是那种性格。"铁莲云摇头。

孙笠一怔，只能闭嘴。

"他年少成名，一门心思地修炼，他和我一样，只相信自己的实力，不屑于耍什么阴谋诡计。"铁莲云说道，"他是埋头苦练的性子。甭管别人耍什么诡计，只要自己足够强大，自然就能拿世界第一。"

有心思要阴谋诡计，还不如将心思用在提升实力上。

"队长你说得对，我毕竟之前和他不怎么熟。"孙笠点头。

"你在二队，当然和他不熟。"铁莲云慨叹道，"我这师弟天赋比我还高，真是让人羡慕啊！"

铁莲云眼中有着战意。

这一次输了，下一次他一定会赢回来的。

"五名主力中，孙笠的实力的确弱了，而且潜力不大，找他只是暂时的，还是得另外找一名神箭手。今天就和孙笠解除合约，也能省点钱。"银发青年在一旁思索着。

作为甲方，自然可以根据大赛成绩决定是否解除合约。

……

"景明，干得不错。"许洪拍了拍许景明的肩膀，道，"最后的八极虎扑和八极劈山，你用得非常漂亮。"

"都是老爸教得好。"许景明笑道。

"哈哈……"许洪发出爽朗的笑声。

看到儿子在自己的教导下越发优秀，许洪是很有成就感的。

许景明和众多亲朋好友在轻松的氛围下，开始观看第二轮第六场比赛。

第六场比赛是周羿战队对战乌陵战队。

"周羿的实力是真的强啊！"杨青烁看得赞叹。

"他随手一箭的威力比我的破甲箭还强。"王怡说道。

许景明说道："身体素质提升，力大无穷，加上境界高，随手一箭都很恐怖。怡姐，你突破后也能做到，甚至可以做得更好。"

"乌陵战队太难了，还没冲到周羿面前，队员就死了大半。"衡方摇头说道。

乌陵战队的五人在艰难地冲向周羿时，一边应对周羿战队四人的阻拦，一边应对周羿射出的可怕的箭，确实很难。周羿不仅没有躲起来，而且在距离他们数十米之处正面射箭。

柳箭风老前辈放弃了刺杀，先去对战周羿战队的其他人。

"周羿的队友实力就一般了。"许景明评价道。

不一会儿，周羿的四名队友竟然都被乌陵战队的人击败。

但乌陵战队也只剩下一人——队长方虞。

"周羿，"方虞看着周羿道，"就剩下你和我了，一对一，很公平。"

"一对一？"周羿看着他，将一旁地面上的一个箭囊背上，他背着两个箭囊。

方虞体形魁梧，穿着重甲，身后背着六根短戟，手持一杆破城戟大步冲向周羿。周羿全力射箭。

无数观众一片惊呼。

周羿射出的每一箭都比王怡的破甲箭要强，按理说即便射不穿重甲，也会影响对方的速度，但此刻，周羿的箭落在方虞的重甲上，仿佛挠痒痒，方虞奔跑的速度丝毫不受影响。

唯有射向方虞头部的箭，方虞才施展戟法格挡。

"全部挡住了！"

周羿连续射出十二支箭，方虞竟然全部挡住了，根本没受伤。

方虞已然冲到周羿近前。

周羿后退了。

周羿一边施展身法，一边继续射箭。

"躲？"方虞放下手中的破城戟，取出两根短戟，取出的刹那就已经朝前方甩出。

两根短戟的速度快得吓人，两根数斤重的短戟皆突破声速，这比周羿的破甲箭还要恐怖得多。

"好恐怖的力量！"许景明见状一惊，暗道，"我扔出的短戟的速度能达到这么快吗？"

想要使扔出的短戟的速度达到这么快，除了短戟的技巧够高，还要足够的力量。

面对袭来的两根短戟，周羿只来得及射出了一箭，然后立即躲避，躲开了一根短戟，另一根短戟擦过他的身体，划破了皮甲。

扔出两根短戟后，方虞仅仅用双臂在头部前方一挡，便挡下了箭，然后他一把捡起地面上的破城戟，再度冲出。

此刻周羿已受伤，速度不及方虞，一边狼狈地闪躲，一边射箭。

但周羿已经影响不了方虞，方虞突破箭阵，冲到近前，破城戟仿佛一道雷霆，斜着划过周羿的身体，周羿的身体化作虚影，消失不见。

乌陵战队获胜。

方虞毫发无伤。

"这……"

夏国官方直播间的无数观众都沉默了，连主持人和两位嘉宾都不知道该说些什么。

"周羿输了，还输得这么惨！"

"一对一时，方虞的实力就这么强，轻易就杀了周羿？"

"不是说柳海、雷云放、周羿是最强的三人吗？"

观众们有些发蒙。

主持人刘鑫看了看面前的提示语，这才开口道："上一场比赛，我们没想到许景明如此强大，更没想到在这一场比赛中，周羿竟然输了，一对一时被方虞击杀了！方虞今年二十岁，是一名民间选手，谁都没想到，一名民间选手在虚拟世界练习一个多月后，就能击杀周羿！"

"方虞扔出短戟是这次大赛至今，我看到的最凶猛的投掷类招式。"男嘉宾靳凡指着回放画面说道，"虚拟世界已经判定出这两根短戟的最大速度，一根是每秒393米，另一根是每秒407米，都突破了声速。要知道，这可不是很轻的箭，而是短戟。得有多么强的力量，才能扔出这两根宛如炮弹的短戟！"

"他今年才二十岁。"靳凡忍不住道，"这让我想到了如今星空榜上全球第四的逊雅诺·西雷，逊雅诺·西雷今年也是二十岁，方虞的天赋、潜力，我觉得完全能和逊雅诺·西雷一比。"

……

在全场震撼、沸腾时，梨木战队的队员感觉受到了巨大的压力。

"这个方虞实在太强了。"杨青烁说道，"许哥，我们队里除了你，其他人都挡不住他的一招。"

"遇到这样的对手，才能战个痛快吧！"许景明看着，眼中有着期待。

……

第七场，大鱼战队对战天音战队。

这场比赛就相对平淡些，没有太耀眼的对手。天音战队的庄子语、虞成、吴赛、张谦等人团结合作，经历一番艰难厮杀后，总算取得了胜利，但战况也很惨烈，只有张谦一人还站在战场上。

第八场，浮沉战队对战仙姿战队。

这场比赛中，仙姿战队的孙玉婷、王媛、戴晓青、袁玉娇四人一开始就全力作战，队长张青却没怎么发力。待队友们中的两人倒下后，队长张青才发挥真正实力。

她持着双剑，快如幻影，行走在敌人阵营，剑光闪烁，浮沉战队的队员全部被击败。

仿佛剑仙在施展剑术，虚无缥缈又残酷至极。

"轻轻松松碾压一支队伍。"王怡说道，"张青应该也突破了吧？"

"剑法、进化法都突破了。"许景明说道，"否则没这么轻松。"

在他们的议论声中，解说台上，主持人刘鑫看了一眼面前的提示语，微笑道："'火种杯'大赛第二轮八场比赛全部结束，虚拟世界算出了每支队伍表现出的战力。柳海队伍、雷云放队伍依旧分别是1号队伍和2号队伍，其他队伍按照战力排名。"

此时，一旁光幕上呈现出巨大的排名图。

1号队伍：柳海老年队（队长柳海）

2号队伍：雷云放战队（队长雷云放）

3号队伍：仙姿战队（队长张青），队伍战力21280

4号队伍：乌陵战队（队长方虔），队伍战力21130

5号队伍：梨木战队（队长许景明），队伍战力21087

6号队伍：盾斧战队（队长熊天山），队伍战力18932

7号队伍：云山战队（队长霍青山），队伍战力16220

8号队伍：天音战队（队长庄子语），队伍战力16035

同时光幕上也显现了对战表。

9月4号0点，第一场：柳海老年队VS天音战队

9月4号1点，第二场：雷云放战队VS云山战队

9月4号2点，第三场：仙姿战队VS盾斧战队

9月4号3点，第四场：乌陵战队VS梨木战队

"这……？"

梨木战队的队员都看着排名图和对战表。

"我们明天的对手是方虞率领的乌陵战队！"黎渺渺吃惊。

许景明抬头看着，战意在燃烧，心想："方虞有资格让我使用枪法吗？

另一边，乌陵战队的队员也都看着排名图和对战表。"

"明天四场比赛，其他三场比赛的结果应该都是一边倒，只有我们……我们的对手是梨木战队。"乌陵战队的队员感觉压力很大。

柳箭风老前辈笑呵呵地点头："我们的对手是许景明啊，那是一个深不可测的小家伙。"

"许景明？"沉默如山的方虞盯着对战表，开口道，"明天，我会碾压他！"

第72章 // 宣传热度

夏国，生命进化局，凌晨4点。

海浪阵阵。

郭秘书轻轻敲门。

"请进。"屋内传来声音，门自动开了。

"局长。"郭秘书看到周局长坐在书桌前，看着面前显现的比赛画面。

郭秘书说道："'火种杯'大赛第二轮已经结束，决出了八支队伍，接下来的宣传，还是按照老规矩吗？"

"宣传比赛，宣传这些高手，都按照老规矩。"周局长微笑道，"但还是要懂得变通的，比如明天的四场比赛，前面三场比赛的结果，争议性都不会大，第四场就不同了。两支队伍都足够强，这是很好的讨论话题。加大对第四场比赛的推广、宣传力度，特别是方虞、许景明二人，将他俩的宣传级别提高到一级。"

"一级?!"郭秘书惊讶道，"如今宣传级别达到一级的，只有雷云放。方虞、许景明的宣传级别现在就这么高，会不会造成捧杀？许景明还好，方虞才二十岁，若是……我担心……"

"柳海的宣传级别是特级，我也没看到他被毁掉。"周局长微笑道，"真正的高手，心性很重要，如果这么容易就被捧杀，说明心性一般，不值得我们花费资源培养。"

"是。"郭秘书恭敬地应道。

"留给我们蓝星的时间不多了。"周局长轻声道，"必须抓紧时间，想尽方法培养出一批批高手。我们夏国的策略已经算保守了，樱花国那边要疯狂十倍。"

郭秘书点头赞同道："我会按照一级的宣传级别宣传他俩，我立即布置任务下去。"

周局长点点头。

早晨，许景明一大家子人在一起吃早饭。

经过一夜的战斗，吃早饭时，话题是最多的。

"大孙子，你的这场比赛的打赏金额真的高啊！"许老爷子对金钱格外敏感，慨叹道，"一场比赛的打赏金额都过千万了。"

"到手也就只有四分之一多一点。"许景明说道。

"还嫌少？你小子……"许老爷子瞪眼。

一旁的黎渺渺说道："现在观众看了太多场神级高手间的对战，已经习惯了，想要让他们打赏，难度越来越高。就算在'火种杯'大赛中表现得非常优秀，打赏金额能达到一百万，都算很难得了。昨天景明那一场比赛的打赏金额过千万，应该是'火种杯'开赛以来最高的。方虞击败周羿，他的打赏金额好像也就三百多万蓝星币。"

许老爷子立即说道："打赏金额与战况息息相关，想要打赏金额高，就要调动观众的情绪。大孙子就做得很好，对付金鹏战队时，让观众的兴奋度不断提升，观众看过瘾了自然就会打赏。"

"方虞就不同了，一开始没怎么爆发实力，与周羿一对一时才爆发实力，一爆发就凶猛得不可思议，观众们还在瞠目结舌，他就已经击败了周羿，对战就结束了。观众虽然觉得过瘾，等反应过来、回味过来，比赛就结束了，也无法打赏了。"许老爷子摇头。

许景明竖起大拇指。

黎渺渺惊叹道："爷爷，我也经常直播，但我就没想这么多。"

"你才直播多少次，连我的零头都没有。"许老爷子摇头道，"想当年，我每天至少直播五个小时，一年到头不停歇。直播那么多年，这些都是常识了。可惜啊，我没有大孙子这一手使用枪、盾的功夫，如果我有他那么厉害……成为在观战平台排名前三的大主播，轻轻松松。"

"有时候啊，不是爆发所有实力就能吸引人的。"许老爷子说道，"甚至需要演一演。"

"演？"许景明、黎渺渺疑惑。

"你的比赛要让观众感到愉悦、开心、痛快，观众开心了，痛快了，就会喜欢你的直播。"许老爷子道，"简单地说，直播时，你是表演者，要让你的演出精彩，不管是愤怒、咆哮还是懊悔、难过，都是表演。演得好，观众就会打赏你。"

黎渺渺点头："明白了。"

"学不来。"许景明摇头，"武道上的兵器格斗，是我毕生的追求。"

许老爷子看了一眼许景明，道："或许这就是你能这么强的原因吧，但所谓毕生追求不具有排他性，你可以在追求武道的同时，提升比赛的观赏性。"

"太麻烦了，真正对战时局势瞬息万变，不是我所能控制的。"许景明听得皱眉。

"有时候都不需要演，只需要改变一些战斗方式，就可以提升比赛的观赏性。"许老爷子劝说道。

"我不缺钱。"许景明说道，"我真不想花费心思在这上面，我现在都没开直播。"

"我一辈子的绝学竟然没人继承，可惜，可惜！"许老爷子无奈，摇头就走。

许景明和黎渺渺对视一眼，都笑了。

他们二人都学不来。

许景明专心于武道，连直播都不愿开。

黎渺渺在虚拟世界开启之前，一个月才直播一次，现如今她直播时，大多时候都在玩游戏。对于直播唱歌，她非常认真，必须准备充分。

"老爸，你又想传授你的绝学了？"许洪吃着肉包子，笑看着许老爷子道，"当年，你就是想要将它传授给我。"

"一个个没缺过钱。"许老爷子摇头道，"当你缺钱时，就知道这是一门好手艺了。"

此刻，墙壁光幕上正播放着新闻。

"'火种杯'全国大赛第二轮爆了个大冷门，曾获得过三次世界武道大赛第一的铁莲云在'火种杯'大赛中，被许景明轻松击败。"

吃早饭的一家人都转头看去。

新闻中出现了战斗画面，许景明宛如战神，将金鹏战队的三名队员轻松击败，又将铁莲云砸得倒飞进民居。

"金鹏战队包括队长铁莲云在内的四名队员，都被许景明一人用盾牌击败……"

鹏海市。

程子豪志得意满地站在办公室落地窗前，俯瞰鹏海市繁华景色。

"啧啧啧，和虚拟世界的仙府比起来，这新办公室还是差了点啊。"程子豪慨叹道。

一旁墙壁光幕上正播放着节目，节目中的两名主持人正在讨论许景明和方虞。

"我更看好方虞，方虞在一对一中成功击杀周羿。周羿是谁？很长一段时间，他都是名列夏国前三的大高手。方虞能击杀他，完全有资格成为夏国前三。至于许景明，他击败的只是铁莲云，而与周羿相比，铁莲云还是要逊色很多的。"

"你没看比赛？许景明对战铁莲云时，那是绝对的碾压，铁莲云根本无法让许景明彻底发挥实力，而且许景明今年二十九岁了，有国际大赛的经验，经验比方虞丰富得多。"

"是啊，他二十九岁了，方虞才二十岁，方虞这才叫天才！"

"我们先别说了，来看看方虞的一些资料，这是我们节目组获得的第一手资料。"

光幕上开始展示方虞的一些成长资料。

"老板，"一旁的周峰疑惑地问道，"怎么回事？今天怎么处处都是许景明和方虞的新闻，各大节目也在讨论他们？"

"'火种杯'大赛毕竟受到全民关注。"程子豪却不以为意，道，"第三轮一共四场比赛，有争议的也就许景明和方虞的这一场，争论多一点是正常的。"

"不过这个许景明，真是走了狗屎运。"程子豪撇嘴道，"一个断了腿退役的小子，在虚拟世界时代竟然翻身了。不过夏国藏龙卧虎，民间高手层出不穷，这才一个多月，方虞就冒了出来，相信再过几个月，就会出现十个百个方虞，到时候，许景明屁也不是！"

"老板说得对，过去的职业选手与百万人竞争，现在，竞争对手增加到了七十亿人，而且虚拟世界不同于现实世界，过去职业选手中的天才在虚拟世界中也算不上天才了。"周峰点头。

"只是……"周峰看着光幕皱眉道，"老板，我一直搜集各种直播信息，总感觉今天关于许景明、方虞的讨论热度真的高得有点夸张了。"

"他们毕竟一个击败了铁莲云，一个击败了周羿。如果他们被淘汰了，还有多少人讨论他们？好了，别提许景明了，真是扫兴！"程子豪皱眉道。

"是。"周峰明白老板不喜欢许景明。

"抓紧时间忙我们公司的事。"程子豪吩咐道，"如今是我们公司迅速成长的时期，'火种杯'大赛明显调动了全民积极性，全民都在练习武道，直播热度明显比过去高多了。"

"是。"周峰乖乖应道。

酒吧内。

白天，孙笠在酒吧中买醉。

他抬头看了一眼酒吧中的光幕，画面一分为二，上面播放着许景明击杀铁莲云的画面，下面播放着方虞击杀周羿的画面。

　　主持人还在兴奋地解说着。

　　"怎么哪里都有许景明和方虞？"孙笠通红的双眼恨恨地看着光幕。

　　"金鹏集团这个黑心眼的，刚打完比赛就把我赶出门，卑鄙、无耻！如果不是因为你们，我还在许景明的队伍里，单单比赛的奖金就比你们金鹏战队给得多！"孙笠感到愤怒、憋屈。

　　"这些大集团没一个好东西！"孙笠仰头喝酒。

第73章 // 荧火星

在全民期盼中，第三轮大赛即将开始，大赛前半小时，夏国官方直播间的观众就已经非常多了。

看台上，梨木战队的六人坐在一起。

"队长，"王怡微笑道，"如今各大节目都把你和方虞称作夏国最有天赋的两大天才，在夏国的几位顶尖高手中，你和方虞是最年轻的，你二十九岁，他二十岁。"

衡方也道："他们都说这场比赛的胜利者可称得上夏国第一天才。"

"他比我年轻。"许景明摇头道，"我有多年的比赛经历，他可是民间武者，我就算获胜，也只能证明现在实力比他强，没资格算是第一天才。"

"方虞也是从小学习武术，根基扎实。"杨青烁道，"在虚拟世界学习一个多月，比得上职业武道选手的好几年了，不能说他经验不足。"

许景明说道："名声都是虚的，我只相信表现出来的实力。就像我师父柳海，他如今是全球第一，说不定半年后，他依旧是全球第一。"

"论实力，我现在与师父、雷云放前辈，还是有些差距的。"许景明平静地说道。

……

看台上另一处，乌陵战队的六人也坐在一起。

"我们队伍的劣势就是没有神箭手。"一名中年男子说道，"对方却有王怡这个神箭手，我们得想办法避开王怡，否则的话，虞儿都没有和许景明公平对决的机会。"

"时刻被王怡盯着，方虞即使和许景明交手，也只能发挥出七成实力。"柳箭风点头道，"我们几个得想个办法拼死解决掉王怡。剩下的人对方虞没威胁。"

"爸、大伯、师叔、师爷，"方虞说道，"放心吧，我的进化法已经突破，我即便穿着重甲也跑得比王怡快，杀死王怡，不是难事。"

"听你师爷的！"方虞的父亲一瞪眼。

"等会儿我直接单挑许景明，看他有没有胆子接。"方虞直接道。

"这小子……"柳箭风笑了，隔代亲，他是很喜欢方虞的。

方虞父亲道："虞儿，我们这一支队伍算是国内形意最强的，不知有多少圈内人都在看着我们，所以我们得给你创造条件，让你至少能公平地和许景明一战，打出形意的风采。"

"都什么时代了，现在都海纳百川了，别总想着形意。"方虞反驳道，"许景明也会使八极戳脚，甚至从柳海前辈那里学了太极。"

"你——"方虞父亲瞪眼，不知道该怎么反驳。

"好了好了，方虞说得对，别太在意形意不形意的。"柳箭风笑道，"柳海就很好，只要对自己有用的，就都吸纳进来。方虞，你只管尽情去打，尽情发挥。"

"是。"方虞应道。

方虞最服气的就是师爷。

荧火星。

这是人类发现的有大量外星人遗迹的星球。

如今的荧火星上空正悬浮着一艘艘宇宙飞船，共有数十艘宇宙飞船，每一艘宇宙飞船上都印有蓝星联盟旗帜图案。其中一艘宇宙飞船上不仅印有蓝星联盟旗帜图案，还印有夏国国旗图案。

船内。

一名中年人行走在走廊上。

"教授。"

"教授。"

其他科研人员，个个都很尊重这名中年人。

中年人看了一眼走廊上的显示屏，显示屏上正播放着蓝星上的节目。

"小吴。"中年人开口道。

"教授。"年轻的科研人员立即上前。

"许景明、方虞，这两个名字我今天都听到好些次了，他们是如今国内最有名气的两位天才？"中年人问道。

年轻的科研人员点头道："是的，他俩的实力都很强，并且他们在最强的几个中是最年轻的，一个二十九岁，一个才二十岁，潜力无限。"

"潜力无限？"中年人微微点头，继续往前走。

他沿着走廊，走过一片又一片区域，很快来到他的私人区域。

一个巨大的球出现在面前，中年人走到悬浮的球前，一扇门开启，中年人步入其中后，门关闭。

球内部的直径约十米，中年人站在内部中央，球内浮现道道光芒。

"连接。"中年人下令。

中年人的意识迅速来到一个巨大的网状结构的物体面前。

"进入蓝星虚拟世界。"中年人发出指令。

中年人的意识迅速飞向蓝星虚拟世界。

"欢迎你回家，王教授。"虚拟世界没有进行任何阻拦。

进入虚拟世界后，王教授很熟悉地找到了观战平台，来到了夏国官方直播间。

王教授出现在直播间看台上，看到了台上的主持人，也看到了密密麻麻的观众，这些都是家乡人。

"真热闹。"王教授笑看着。

"嗯？"

看台另一处，周局长和庞昀父亲坐在一起。周局长权限极高，一眼就看到了被紫色光芒笼罩的王教授。

"小庞，走，我带你去见一个人。"周局长起身。

"哦？"庞泽好奇地跟着起身。

二人直接抵达王教授处。

王教授看到来人，立即起身，道："周局长。"

"王教授，你好。我给你介绍下，这位就是庞泽，我们夏国的英雄人物。"周局长笑道。

"小庞，这位就是我们夏国在荧火星的总负责人王启教授。"

"王教授，我听说过你，你们常年居住在荧火星上，辛苦了！"庞泽立即说道，"我一直很钦佩你们这些科学家。"

"现在好多了，居住环境、实验环境比之前好太多了，而且通过虚拟世界还可以和家人联系。"王教授好奇地看着庞泽，道，"你的大名我早有耳闻，了不起啊！虽然我们属于不同战线，但都是为国家做贡献的人。"

庞泽点头。

"难得你今天也来蓝星看'火种杯'大赛。"周局长笑道。

"毕竟这是生命进化，是人类的未来。"王教授看着解说台，道，"而且我听说，今天会有两个天赋极高的年轻人进行对决。"

"是，根据虚拟世界的推算，许景明和方虞是现如今夏国潜力最大的两个人。"周局长点头说道，"方虞修炼的是暴虎进化法，是全国唯一一个契合度超过100%的，他的契合度达到103%。"

"超过100%？"王教授吃惊道，"一般与进化法的契合度达到100%就是极限了。超过100%，代表超出进化法本身了。"

"许景明则是战斗技能方面提升很快。"周局长说道，"突破三阶没几天，枪法已经突破三阶30%。"

"一个是身体素质的天赋极高，一个是战斗技巧的天赋极高。"王教授笑道，"这场比赛有意思了。"

庞泽在一旁道："当年我看过许景明在现实中的比赛，就觉得他的枪法非常有灵性，还让我儿子拜他为师，跟着他学了三年枪法。"

"庞先生的眼光的确不凡。"王教授问道，"你儿子如今实力如何？"

"哈哈……"庞泽笑了，"这次'火种杯'大赛预选赛，他排在倒数第一。开心战队的队长就是我儿子。"

"开心战队？能参加'火种杯'大赛，说明其实力就已经达到神级了，算是我们夏国较早一批的神级高手之一，不错了。继续成长下去，我相信有望突破那一层。"王教授笑着点头。

"我也希望，但这条路太难了。许景明、方虞他们算是顶尖的，相信突破那一层没问题，但是我儿子，能在五十年内突破，我都谢天谢地了。"庞泽慨叹道。

"别小瞧你儿子。"周局长说道。

三人边谈笑边看着直播。

……

比赛开始了。

如今，无数人都关注着"火种杯"大赛，不管是国家高层，还是普通人民和神级高手，个个都仔细观看着比赛。

这是夏国现如今的巅峰队伍间的对战。

第一场比赛，柳海老年队对战天音战队。

虽然天音战队有神箭手庄子语，还有虞成、吴赛、张谦等高手，但当柳海老年队的队长柳海出手时，战况就呈一边倒的趋势了。

毫无疑问，柳海老年队获胜，成为第一支晋级四强的队伍。

第二场比赛，雷云放战队对战云山战队。

虽然云山战队很优秀，霍青山、常青鹏配合得也极好，但队伍中没有突破到三阶的高手，面对雷云放战队，轻易就被雷云放前辈的刀击败。

毫无疑问，雷云放战队成为第二支晋级四强的队伍。

"还真的没有任何意外啊，有两位前辈在的队伍，都是轻轻松松地获胜。"杨青烁赞叹。

"他们的对手都没有突破到三阶。"许景明看着比赛，说道，"对两位前辈而言，自然一点威胁都没有。"

第三场比赛，仙姿战队对战盾斧战队。

盾斧战队的熊天山的确突破到了三阶，但突破时间太短，进化法没来得及突破到高阶，所以面对仙姿战队，战况同样呈一边倒的趋势，盾斧战队被张青横扫了。

"第三轮比赛结束，最后一场就是我们了。"黎渺渺有些紧张道，"我们对战方虞战队。"

"拼了！"杨青烁咬牙。

"干掉他们！"刘冲远说道。

王怡沉默，她早就进入战斗状态了，随时准备大展拳脚。

"准备上场。"许景明看了一眼系统提示语，当即起身。

第74章 // 方虞

六人都起身，同意了夏国官方直播间的邀请。

许景明只觉得眼前场景一变，已经到了台上。一旁的主持人刘鑫笑盈盈地让他们坐下，道："梨木战队的六位，请坐。"

此刻，看台上传来山呼海啸般的欢呼声，欢呼声让许景明都有些吃惊。

"这欢呼声……"杨青烁、衡方、刘冲远、黎渺渺也同样吃惊，因为之前登台时没有这么大的欢呼声。

黎渺渺在许景明身旁低声说道："景明，看来经过上一场大战，你多了很多粉丝。"

许景明能听到很多人在呼唤他的名字。

"许景明！"

"枪魔许景明！"

"盾魔许景明！"

各种欢呼声。

虽然许景明参加过世界武道大赛，但场馆里才多少人，如此震天撼地的欢呼声，让许景明心跳加速。

"看来梨木战队很受欢迎。"主持人刘鑫却早就习惯了。

梨木战队的六人入座后，方虞战队的六人也来了，又是震天撼地的欢呼声传来。超十亿名观众，欢呼声大得可怕！

直播间已经尽量把声音调低，让声音大小在耳朵可承受的范围内。

"两支战队都有很多支持者啊。"刘鑫笑着看向了方虞战队年龄最大的柳箭风老爷子，道，"柳箭风前辈，你好。"

"主持人好。"柳箭风笑眯眯的，看起来和蔼可亲。

"我记得前辈和许景明交过手，在第一场神级高手对战中。"刘鑫说道，"这次方虞是你队友，你能评价下他们两人吗？"

柳箭风哈哈笑道："在第一场神级高手对战中，我的第一次刺杀就是针对许景明，许景明这小子反应太快，出枪速度也太快，我差点刺杀不成反丢了性命啊，这小子实力很强。我觉得，面对方虞的一杆破城戟，许景明应该能扛下，不过结果一定是我们队伍获胜。"

"前辈信心十足啊。"主持人刘鑫看向王怡，问道，"王怡，你是两支队伍中唯一的神箭手，对于这场比赛，你有信心吗？"

"方虞的确很强。"王怡点头道，"但头部是他的要害，只要他防护不及，我一箭射中他，他就必死无疑。"

坐着的方虞眉头微皱，抬头看向了许景明。

许景明察觉到了他的目光，看了过去。

二人对视。

二人身体都达到高阶，磁场都达到惊人地步，此刻二人对视，战意碰撞，让看台上的其他人都感觉到了压迫力。

"两位队长。"主持人刘鑫注意到这一幕，开口提醒。

"主持人，我想问问许景明队长。"方虞忽然开口。

刘鑫一怔，作为主持人，她很少遇到这种情况。

"好，你当然可以问。"刘鑫说道。

方虞体形比许景明魁梧得多，眼神冷厉，他看着许景明，说道："许景明队长，我承认，你们队伍拥有神箭手王怡确实占据优势，但如果因为神箭手王怡的存在，让你我无法尽情发挥实力，那就太遗憾了。"

场上一静。

方虞接着道："所以我希望，你和我能在战场上来一场一对一的公平对决，其他队友不得干扰，你敢不敢答应？"

此话一出，看台上沸腾了。

"一对一！就是要一对一！"

"许景明不傻，队里明明有神箭手，在占据优势的情况下还要一对一？"

"方虞真机灵，居然想到让对方放弃优势。"

"真想看他们两位来一场一对一的惊天动地的大战啊！"

观众们议论纷纷。

主持人刘鑫觉得不对劲，连忙说道："这是两支队伍的对决，神箭手是梨木战队的优势，怎么可以——"

"我可以认输。"方虞打断主持人的话。

主持人刘鑫都有些错愕："认输?!"

梨木战队的六人都看向方虞。

乌陵战队的其他五人也看向方虞，虽然有些疑惑，但没人反驳他。

"这场比赛我可以认输，我只有一个条件。"方虞看着许景明道，"许景明，你和我来一场一对一的公平对决。不管是输还是赢，我们这一方都会认输。"

"虞儿，你到底想要干什么？"方虞的父亲悄悄询问道，"这场比赛怎么能说认输就认输？"

"师爷、师叔、大伯、爸，比赛的输赢我从来没在乎过，我追求的一直是全球最强！在超十亿人的关注下，和许景明进行一场没有任何人干扰的生死搏杀，我太期待了！我觉得这一战对我的帮助会很大。即便输掉比赛，我也想要和许景明进行这一战。"

"柳海、雷云放两位前辈早就闯过了星空塔第三层，我如今还不是他们的对手，许景明才是现阶段最适合我的对手，我需要一场触动心灵的生死搏斗！"方虞说道。

乌陵战队的其他人相视一眼，都微微点头。

"我们都是为了培养虞儿，既然虞儿需要这一战，就听他的吧。"柳箭风道。

他们这一脉一直在全力栽培方虞。

在方虞小时候，他们就发现了方虞的天赋，全力栽培，不让他过早参加武道大赛，防止太年轻实力没达到巅峰就被世界顶尖高手毁掉，丢掉前途。

虚拟世界的出现让方虞迅速成长，他达到了惊人的高度。

台上，主持人刘鑫连忙说道："比赛是不能认输的。"

"许景明，我们来一场不受任何干扰的生死搏杀吧。既然不能认输，我们打完之后，我们乌陵战队会放弃这场比赛。"方虞看着许景明道，"我很期待和你交手！"

"队长……"王怡、衡方、杨青烁、刘冲远四人都看着许景明。

黎渺渺也看着自己男友。

"我不需要你们放弃这场比赛。"许景明看着方虞，微笑道，"因为，我们会击败你们，亲手拿下这场比赛！"

"至于一对一不受干扰的生死搏斗，"许景明盯着方虞道，"我也很期待！"

方虞眼睛一亮。

"先让队友尽情战斗，他们战斗完后，我们再交手？"许景明说道。

"好。"方虞兴奋地露出一丝笑容。

"既然如此，那么现在请两支战队准备，对战马上开始。"主持人刘鑫看了一眼提示语，立即说道。

嗖！嗖！

两支战队消失不见，前往战斗空间准备区。

双方选择装备。

许景明选择的是轻型铠甲、长枪和双盾，进化法达到高阶后，他的装备也有所变化。

比如轻型铠甲、战靴的样式未变，重量却提升到了一百五十公斤。

在大小完全不变的情况下，重量的增加代表密度增大，铠甲的防御力会大幅度提升。只有这样的轻型铠甲，才能抵挡进化法达到高阶的弓箭手射出的普通一箭。兵器、盾牌的重量都要有相应的增加，否则就会觉得太轻，使用不便。

"身体进化，骨头、肌肉的密度增大，体重是修炼进化法前的三倍多，但我的体形没有一点变化。"许景明选完装备后暗道。

只有骨骼比合金还要坚硬，肌肉比钢丝还坚韧，才能爆发出恐怖的力道。这种情况下，体重自然重。

"作战的地方是古战场。"许景明看了一眼小地图，又瞥了一眼对面的方虞，方虞同样看向了许景明。

十道流光坠向古战场。

主持人刘鑫看着十人选定装备后，介绍道："我在这里向大家普及一个常识，进化法达到高阶后，身体力量大幅度提升，会选择较重的装备。他们使用的轻型铠甲，一般都在一百二十公斤到二百公斤之间，重型铠甲都超过六百公斤。太轻的话，面对同层次的高手，防御力就不够了。"

"真是离谱！"

"我只有银月级实力，如果穿上六百公斤的重甲，都无法走路了！"

"没几个神级高手敢穿那么重，没听到吗？必须得是进化法达到高阶的人。"

"我什么时候也能这么强，穿着六百公斤重的重甲，时速还能达到100千米？"

无数观众惊叹。

古战场。

十道流光降落在各处。

这里唯有残破的古城墙，古城墙外就是毫无遮挡物的暗红色大地，好似是被鲜血染红的。

许景明和方虞二人降落后，距离约两百米，遥遥地看着对方。

"我们先交手，最后的战场交给队长。"王怡说道。

他们也知道，现如今他们和队长许景明完全在两个层次，差距太大，没必要联手，而且事先已经有了约定。

"冲！"

"挡住他们！"

"小心神箭手！"

两支战队的战斗瞬间爆发，但双方都不约而同地避开了两位队长。

许景明和方虞都看着彼此，观察着彼此。

"必须除掉对方的神箭手。"柳箭风老前辈等人不顾一切地直扑王怡。

这里是古战场，没有太多遮挡物，几乎一眼就能看清所有人的位置，所以围杀神箭手也相对简单点。

"保护好怡姐！"杨青烁、刘冲远、衡方三人欲阻挡对方。

一方要刺杀，一方要阻拦。

只要拦截住对方，王怡就可以寻到合适的时机出手。

面对四个悍不畏死只想击杀王怡的高手，杨青烁他们处境艰难。

噗噗噗……

双方队员在厮杀中接连倒下。

王怡在柳箭风和方虞师叔的联手攻击下最终死去，但王怡之前在队友的配合下，接连击败三人。

身受重伤的衡方和杨青烁还站着，其他人全被击败。

许景明和方虞听着队友拼命搏斗的声音，看到队友战斗的场景，都没有插手，一直到乌陵战队四人全被击败，梨木战队那四人中只剩下衡方和杨青烁。

"果然，队伍有神箭手就是占据优势。"方虞道，"现在，到我们了吧？"

"请。"许景明手持双盾看着对手。

方虞眼神一冷，手持一杆粗大的破城戟飞冲而来，地面都在震颤。

方虞穿的重甲是现如今夏国最重的，达到骇人的八百公斤。

作为与进化法的契合度达到103%的天赋卓绝者，方虞力大无穷，八百公斤的重甲他觉得刚适合。他的体重是三百公斤，手中破城戟的重量超过一吨。他能在如此情况下，保持如此恐怖的奔跑速度，其威慑力可想而知。

两百米的距离，转眼他已跑过大半。

许景明看到对方来到近处，脚下一动，轰的一声，双脚蹬地宛如雷火爆发，爆发速度比方虞快太多了，暗红色的身影瞬间就模糊了，他迎了上去。

第75章 // 巅峰对决

一身黑色重甲的方虞看到许景明冲出的刹那，目光冷厉，突然松开那一杆破城戟。破城戟坠落的瞬间，方虞已取出背后的两根短戟，猛然朝前方甩出。

两根短戟撕裂空气，速度突破声速，宛如两发炮弹轰然袭击许景明。

扔出两根短戟后，方虞立即抓住那杆破城戟，再度冲向许景明。

"投掷兵器？"许景明亲眼看过上一场比赛，方虞就是近距离扔出两根短戟，令周羿受伤，从而击败周羿。

见识过方虞投掷短戟的威势，许景明早有准备。

许景明的兵器是最适合防御的盾牌。

砰砰！

许景明只是将两面盾牌放在身前略微一挡，两股恐怖的冲击力先后撞上盾牌，而后两根短戟跌落到一旁，盾牌上留下了凹痕。

挡下两根短戟后，许景明和方虞的距离缩小到了十米。

如此距离，对他们这等高手而言真的太近了。

"受死吧！"方虞大喝一声，喝声宛如雷声，胆小的可能都会被吓得呆滞。伴随着大喝声，方虞手中的那杆破城戟已经呼啸着砸过来了。

破城戟长约三米二，当头砸来，威力巨大。

"来得好！"许景明眼睛微微一红，速度再度爆发，手持双盾冲过去。

他左手的盾抵挡破城戟，右手的盾砸向方虞。

距离太近了，方虞手中的那杆破城戟劈打在许景明左手的盾上，盾牌虽然被砸得往下沉，但削弱了冲击力，此时，许景明右手的盾也已经到了方虞面前。

一阵风扑面而来，盾牌到了眼前，方虞只能将持着破城戟的双臂微微一抬，尽量抵挡许景明的攻击。

砰！

宛如山崩之势。

幸好双臂及时阻挡住了，披着重甲的方虞只被撞击得后退了两步。当他后退时，许景明顺势往前冲，右手的盾砸向方虞的面部。

八极通天炮！

方虞的双臂本能地往上抬，盾牌砰的一声撞击他的双臂，方虞觉得即使有臂甲，双臂也在发麻、失控。

许景明右手的盾被双臂阻挡的同时，左手的盾顺势往下砸。

八极劈山！

砰！

这一次，没有任何阻挡物，盾劈在了方虞的胸口。

方虞即便穿着八百公斤的重甲，也被劈得双腿一下子陷入地面，大概到了膝盖的位置。盾牌带来的冲击力让方虞呼吸一室，鲜血从喉咙涌上来又被强行咽了下去。

"啊！"被劈得陷进地面的刹那，方虞面容狰狞，大声吼起来，拼命挥舞那杆破城戟，威势明显大了许多。

许景明立即用盾牌格挡。

砰！

这一次碰撞让许景明的脸色都微变，他被砸得往后退了三步。

"好强的力量，比一开始爆发出的力量还要强得多。"许景明发现了，一开始对方破城戟的威力并没这么大，"他一开始还隐藏了实力，没有爆发出所有力量。"

"这个许景明……"方虞面目扭曲,盯着许景明道,"不能让他近身!他的八极简直练到骨子里了,一招连着一招,差点就把我打死了!我必须发挥出我的优势,以力压人!"

"我与暴虎进化法的契合度达到103%,我的力量远超一般人,本来不想以力压人,但正常水平的力量根本压不住许景明,必须全力以赴!"方虞屏息。

刚才一轮近战,方虞真的有些被吓住了。

许景明的一对盾牌,仿佛老虎的两个大巴掌,一个大巴掌负责格挡,一个大巴掌负责拍击,配合得非常巧妙。与他连续交手几招,方虞都快蒙了。

看台上。

"猛虎硬爬山!好一个猛虎硬爬山,攻击时犹如猛虎爬山,一爪连着一爪,这是连环招式。实际上,绝大多数的八极高手都苦练过这一招,这一招都练不好,去练其他连环招式就更不像样了。"柳海看着这一幕,惊叹万分。

柳海很清楚,能真正将猛虎硬爬山练成的,全国屈指可数,每一个练成了的都是八极中真正的宗师级别的高手。

像许景明,刚才施展的看似是八极崩、八极通天炮、八极劈山,实际上,他的根本意境还是猛虎硬爬山。猛虎硬爬山并没有太明确的招式,讲究顺势变化,敌人出什么招,我就出相应的招式应对,随时变化,出其不意,就像猛虎爬山,一爪接着一爪,迅猛无比。

"他的盾法彻底成了八极盾法。"柳海慨叹,"我以前觉得太极盾法天下无敌,可显然,我徒弟更适合八极盾法。"

……

"猛虎硬爬山,我怎么就使不出这么大的威势?"许洪看得眼睛都湿润了,激动道,"我总觉得猛虎硬爬山太复杂,一门心思扑在虎扑上,可看完儿子施展这一招……原来猛虎硬爬山在真正的高手手里如此迅猛,一招连着一招。那个方虞也挺厉害的,竟能逼退我儿!"

......

高手们都在赞叹，方虞都被砸得心发慌，观众们更是惊呆了。

许景明刚才施展的一连串招式实在是太帅了，快如闪电，先抵挡住两根短戟，再近身，他们都没看清，只觉得连续凶猛的几招后，方虞的双腿就陷进了地面，最后方虞挥舞破城戟才逼退许景明。

"盾法不是用来防御的吗？许景明的盾法怎么就这么强？"

"太强了，我感觉他就是一只大猛虎！"

"他为什么叫枪魔？该叫盾魔！"

"他明显更适合盾牌，盾牌在他手里实在是太妙了，可攻可防！防护轻松，进攻凶猛，多么完美的兵器啊！许景明，以后就用盾牌吧。"

"攻防合一，盾牌的确是好兵器，我回头也练练。"

观众们看得热血沸腾。

这样使用盾牌的招式实在太赏心悦目了。

披着重甲的方虞和许景明再度厮杀在一起。

与进化法的契合度达到103%，觉得爆发所有力量太欺负人的方虞如今再也顾不得了，他爆发出所有的力量，许景明感觉到了吃力。

砰砰砰——

盾牌是非常适合防御的兵器，许景明也懂得太极拳的招式，但此刻，许景明感觉到了对战的艰难。

"这个方虞到底有多大的力气？爆发力怎么这么猛？"许景明咋舌。

在上一场比赛中，看到方虞扔出两根短戟的速度都达到约每秒400米时，许景明就震惊于对方的力量。即便短戟仅仅数斤重，这么快的速度也还是让他感觉匪夷所思，当时他就觉得，方虞的力量一定很大。

等方虞爆发出全部力量，他的力量让许景明感到不可思议。

这也太大了吧！

"与暴虎进化法的契合度达到103%，方虞的身体比一般人强太多了。"看台上，周局长看着这一幕。

一力降十会！

在对战时，身体的优势会令自身的胜算增大，方虞不但身体强大，而且力量、速度、灵活性等方面同样强大。

"方虞完全爆发了，虽然战斗技巧方面略逊色，但在身体上占据优势，他能获胜。"柳箭风老前辈到了看台上，他很清楚方虞的天赋何等高。

……

"我很佩服你的实力，但是，你输定了！"方虞挥舞着那杆长三米二的破城戟，破城戟每一次划过都带着刺耳的呼啸声，一次次袭击许景明。

许景明试着近身作战，但破城戟的威力太大，打得他不得不后退、闪避。

许景明仿佛陷入巨大的漩涡，破城戟宛如暗流，不断袭击许景明。

压制住许景明后，方虞终于能尽情展示戟法的奥妙了。

砰砰砰——

许景明在抵挡的同时一次次施展步法，竭力想要摆脱漩涡，冲到方虞身前。

只要近身，自己就能占据优势。

劈、刺、拉、切……

那杆破城戟一次次作用在盾牌上，一次次束缚许景明、威胁许景明，许景明越来越难受。

"你处于劣势，能防住多少次？只要出现一次失误，你就输了。"方虞竭力施展戟法，欲破开宛如龟壳的盾牌，这也让方虞的戟法更加精妙。

承受的压力越大，人的潜能越大。

"我的步法太笨拙了，爆发速度很快，但灵活性太差。"许景明在宛如漩涡的压迫下，发现了自己步法的缺陷。

他全身心投入这一战，全力调动身体机能。

渐渐地，步法似乎变灵活了，整个人好似变轻了很多。过去施展步法时，他觉得身体比较沉重，现在觉得身体轻飘飘的，改变方向时也灵活很多。

嗖！

许景明犹如鬼魅，手持盾牌和破城戟撞击在一起，借力顺势一闪，迅速到了方虞近前。

"什么?!"方虞震惊，连忙挥动破城戟抵挡。

砰！盾牌撞击在破城戟上，方虞抵挡不住，不由得后退了一步。

许景明看着他，笑了起来，笑得十分畅快。

"终于……终于突破了！我的步法，终于突破到三阶了。"这一刻，许景明心头无比欢喜。

……

"景明的步法……"看台上，柳海一眼就看出了区别。过去许景明的速度虽然快，但笨拙，不够灵活；现在，许景明灵活无比。刚才许景明就是借力顺势改变方向，瞬间就到了方虞的面前。

"连步法都突破了，景明的各方面应该都突破到了三阶。"柳海暗道。

"步法是许景明最弱的一项，也突破到了三阶？"冷峻的雷云放看着这一幕，眼睛亮了，"看来他的枪法、盾法、步法都突破到了三阶，对身体的掌控越发完美。在夏国，除了柳海那个老家伙，我总算又有一个对手了。"

……

许景明满心畅快。

"力从脚起，步法的突破对我的身体发力有很大提升，我的盾法、枪法都有了大幅度的提升。"许景明不用看战力面板都知道这一点。枪法是配合步法的，步法提升，自然可以令枪法提升。

方虞却有些惊疑不定，他看着许景明道："你刚才……"

许景明看着方虞，越看越喜欢，心道："就是这个对手，让我突破了啊！"

"方虞，"许景明开口道，"你是个可敬的对手。"

方虞微微一愣，盯着许景明。

"为了表示对你的尊敬，"许景明看着他说道，"我会使用我最擅长的兵器击败你。"

　　说着，许景明放开了手中的双盾。

　　砰砰！

　　两个盾牌砸在地上，发出声响，仿佛砸在方虞的心脏上，方虞有些发蒙。

　　许景明取出背着的枪杆、枪头，一转，咔的一声，锁死。

　　"枪魔许景明，请指教。"许景明微笑地看着对手。

　　……

　　"这是什么玩意儿？"

　　"许景明在干什么？"

　　直播间的观众都蒙了。

　　解说台上的主持人刘鑫有些不敢相信："他扔掉了盾牌！"

　　"是的，枪魔许景明扔掉了盾牌。"男嘉宾靳凡双眸放光地看着画面，道，"这下子更有意思了。"

衡方和杨青烁都站在古战场的另一边，不干扰他们的对战，当看到许景明扔掉盾牌，拿出那杆长枪时，二人都兴奋起来。

"许哥的枪法可比盾法强得多，早在大赛之前就已经达到三阶了。"杨青烁期待万分。

衡方双眸炽热，道："在这次大赛上，老许还是第一次使用枪法。"

……

许景明握着手中的长枪，觉得内心慢慢平静。从小他就握着枪杆练习六合大枪，一次次练习戳枪、拦拿，日复一日，年复一年。他就是凭着一杆长枪在青少年时期闻名全国的，十八岁时就成为国家队主力，二十岁时就登上最大舞台。

即便断腿后前途渺茫，他也从未放弃过手中的长枪，还练出了更强的枪法。数年后，他重整旗鼓，让整个武道界都认定他的枪法能排进历史前十。

这么多年来，枪意早已深入他的灵魂。

他一直有遗憾。

在现实中的大赛中，他的枪头是球形，还加上了一层缓冲材料，这样做就是为了比赛时保护选手。

虚拟世界到来后，他才真正感受到一枪击败对手的痛快。

"故弄玄虚。"披着黑色重甲、体形魁梧的方虞手持一杆破城戟，盯着许景明道，"许景明，放弃盾牌是你在这一战中做的最愚蠢的事。你只有使用盾牌才能挡住我的戟，如果使用长枪，你抵挡我的戟的难度会增大十倍。你我使用的都是长兵器，我的这杆破城戟长三米二，比你的枪长许多，一寸长一寸强，这最基本的道理，你不会不懂吧？"

实际上，方虞内心有些不安，所以用语言刺激许景明，想要探出其虚实。

"那就试试吧。"许景明说着身体动了。

嗖的一声，身影模糊，他直奔方虞。

方虞站在原地，全神贯注。

许景明和方虞之间的距离陡然缩短，到了许景明、方虞这一层次，这是一刹那的事，如果是世界身法第一的雷云放，或许能抓住这个机会，但方虞根本反应不过来。

人到，枪出。

一杆长枪旋转着，已然到了方虞的近前。

方虞连忙一抬破城戟。

唰——

他以破城戟的后半段颇为艰险地挡住许景明的一枪。他心头一紧，暗道："怎么这么快？"

"步法突破后，全身更灵活了，一念起，力从脚起，迅猛万分，出枪速度快了几分，随手施展的一记戳枪就已然威胁到了方虞。"许景明心中非常欢喜。

这是许景明在"火种杯"大赛上第一次施展枪法，且是步法突破后第一次施展，许景明觉得很畅快。

方虞挡住了许景明的一枪。

许景明脚下一动，长枪反转一圈，凶猛地劈过来，这是劈枪。在这样恐怖的速度下，枪杆都产生了弧度，枪如斧当头劈来。

方虞立即拦截，但劈枪产生的恐怖爆发力让方虞身体一震，后退了一步。

都说劈枪凶猛，但方虞毕竟是与暴虎进化法的契合度达到103%的绝世天才，身体方面有巨大的优势。

方虞虽然抵挡住了这一枪，但依旧被压制着。

这只能说明一点——许景明的身体发力技巧太高明了。

他即便身体素质普通，也能爆发出可怕的力量。

哧哧哧——

一枪又一枪，每一枪撕裂空气的声音都不同。

有时是具有穿透性的一招，有时是具有撕裂性的一招……连绵不绝，一招连着一招。

许景明通过步法，将每一次兵器碰撞的反弹力利用起来，借力打力。

这是许景明使用枪时最习惯的打法。

他断腿后再次登上世界武道大赛时，一往无前，以凶猛著称。实际上，那是因为腿伤和步法太弱，无可奈何选择的战斗方式。

实力强弱一半由步法决定，绝非虚言。

"痛快，痛快！"许景明畅快至极，方圆百米宛如成了他的领域，他能清晰把控领域中的每一个事物。

方虞仿佛陷入空间牢笼，根本不可能逃得掉。

许景明想近就近，想远就远。

只有许景明打方虞的份，方虞根本威胁不到许景明。

这也是许景明选择使用轻型铠甲的原因，轻型铠甲轻便，易于移动。

他一直非常重视身法。

直播间的看台上，乌陵战队的柳箭风等人都眉头紧锁。

"方虞麻烦了。许景明凭借身法，优势太大，而且他彻底掌控了空间方面的优势，想打就打，想走就走，主动权完全在许景明手上。"柳箭风道。

"虞儿的戟法取自黑水之意，连绵不绝，应该没那么容易被攻破。"一旁的方虞父亲忍不住道。

"没用的，许景明的枪如雷霆，以快著称。"柳箭风道，"速度快到一定程度，什么招式都没有用。因为人家根本不想和你周旋，通常是一击击败。许景明最出名的是无影刺，但过去的威力没那么大。"

"那时候，许景明的枪法还没突破到三阶。"方虞父亲道。

"进化法达到高阶，枪法达到三阶，他在这样的情况下使用无影刺，威力肯定要可怕得多。"柳箭风道。

他们几人看得神情凝重，都感觉到形势不妙。

……

和许景明搏杀的方虞感受最为强烈。

"太难受了！"方虞有些痛苦，他感觉许景明仿佛蜘蛛，能轻易控制蜘蛛网中的自己。冲，冲不出去；逃，逃不掉。

穿着重甲，挥舞着大戟，方虞越发觉得自己太过笨拙。

"步法，如果我的步法突破到三阶，那么以我的身体素质，他根本无法压制我！"方虞很痛苦，没办法，他的步法还没达到那一境界。

他只能竭力施展破城戟，努力抵抗许景明接连不断的招式。

许景明连续施展数十招后，步法和枪法配合得愈加完美、顺畅，打得十分痛快。

砰！

一记劈枪砸得方虞的破城戟微微一震，同时许景明握着长枪的双手陡然模糊，长枪也模糊了。

许景明嗖的一声回到原位，仿佛什么都没发生。

无影刺！

许景明看着对面的方虞握着破城戟，方虞的身体开始变得虚幻。方虞盯着许景明，他要牢牢记住这个对手。

这一战，他被打得很惨。

当方虞化作虚影从战场上消失时，许景明露出笑容，转头看向远处的衡方、杨青烁，喊道："我们赢了！"

"许哥，牛啊！"杨青烁跳了起来。

"老许，厉害厉害啊！"衡方大笑起来。

在欢笑中，许景明、衡方、杨青烁化作虚影。

梨木战队获胜，入围四强队伍。

第77章 // 个人战力面板

许景明、衡方、杨青烁三人来到直播间的看台上，早就在等待的黎渺渺、王怡、刘冲远，还有助理小曾、孔姐都热情地迎接他们。

"队长，我现在无比崇拜你！"刘冲远上前，虔诚地说道。

"我才是最崇拜队长的。"杨青烁立即说道。

"都让开！"黎渺渺大喝一声，所有人都立即让开。黎渺渺走上前来，许景明笑看着黎渺渺。

"打得真漂亮！"黎渺渺笑得开心，"我们是夏国最强的四支队伍之一，队长，我这个替补队员决定给你一个奖励。"

许景明低头，亲了一口黎渺渺。

黎渺渺瞪眼，红着脸看了一眼周围的人："这么多人呢！"

"哎呀。"衡方拍手叫好，周围王怡、孔姐等人都欢快地笑着。

"许哥太强了，我们如今居然进入四强了！"杨青烁眼睛放光，他道，"进入四强的队伍的奖金可是有一亿蓝星币，我有16%，那就是一千六百万！天哪，我这辈子还没赚过这么大一笔钱！"

"这也是我赚得最多的一笔钱！"刘冲远也兴奋地说道。

"而且这笔钱是虚拟世界直接发放给我们，我们只需要交税就行了。"杨青烁开心地道，"只要缴纳20%的个人所得税，最终到手一千多万，真是美滋滋。"

"这只是保底奖金，冠军、亚军的奖金更高。"刘冲远说道。

许景明、衡方二人在虚拟世界出现之前收入就不低了，但刘冲远、杨青烁的确没赚过这么多钱。

　　在场收入最高的是王怡，她年少成名，是连续三届奥运会冠军，大魔王级别的人物，单单广告费就赚得手软。虚拟世界时代到来后，她是排名前三的主播，收入可想而知。

　　王怡在一旁默默地看着，她能直观感受到杨青烁、刘冲远的开心。

　　"越到后期，队长的重要性越不可忽视。"王怡暗道，"队长已经多次给我提供磨炼环境，我数次陷入绝境，甚至被对手刺杀，但在如此情况下，我的箭术还是没突破到三阶。"

　　王怡骨子里是很要强的，她无法容忍这种情况发生，她感到无力，渴望突破。

　　看台上，方虞走到了长辈身边。

　　"方虞，感觉怎么样？"柳箭风开口问道。

　　方虞看向前方，主持人和嘉宾正在观看二人战斗时的精彩画面，画面中，方虞在许景明的压制下，完全失去了主动权。

　　"好快的一枪，快到我都没有反应过来！"方虞看完了视频，自然看到许景明最后那招无影刺。

　　"无影刺的奥妙就是出枪速度比神经传输速度还快。"柳箭风点头道，"只要让他抓到出枪的机会，你来不及反应，就会中枪。很多人都知道这一枪厉害的原因，但学不来。"

　　方虞点头道："出招时都有一个蓄势，蓄势发力的过程是耗费时间最久的，就算是刺拳，就算是寸劲发力这类极快的招式，也必须蓄势。"

　　一旁的方父道："许景明的无影刺是有蓄势的，只是他蓄势的时间很短，他放弃了一些东西，一切都是为了让这一招的速度达到最快。我仔细研究过他这一招，也学过，但学不来。"

　　"什么叫绝招？绝招可没那么容易学到！"柳箭风笑道。

"这一枪太快，他的步法也厉害。"方虞点头道，"我现在的确和他有差距，但我相信，一旦我的步法突破，那么以我身体的优势，完全能获胜。"

柳箭风、方父等一众长辈都点头。

方虞只要在战斗技巧方面和对手相差不大，那么凭借身体优势，他就能获胜。他在身体方面占据优势。

解说台上，主持人刘鑫抬头笑道："'火种杯'大赛第三轮到此正式结束。虚拟世界已经算出获胜的队伍的战力，除了柳海队伍、雷云放队伍分别固定为1号队伍、2号队伍外，其他队伍按照战力依次排名。"

一旁的光幕上呈现巨大的排名图。

1号队伍：柳海老年队（队长柳海）

2号队伍：雷云放战队（队长雷云放）

3号队伍：梨木战队（队长许景明），队伍战力23220

4号队伍：仙姿战队（队长张青），队伍战力21680

"明天，我们将举行'火种杯'的半决赛，共有两场比赛。"刘鑫期待道，"一场是全球第一人柳海老师率领的队伍对战夏国第一女子选手张青率领的队伍，另一场是世界身法第一人雷云放老师率领的队伍对战枪魔许景明率领的队伍。"

光幕上显现出了对战表。

9月5号0点，第一场：柳海老年队VS仙姿战队

9月5号1点，第二场：雷云放战队VS梨木战队

……

梨木战队的六人看着对战表。

"对手是雷云放前辈率领的队伍。"黎渺渺有些紧张，也有些期待，她道，"雷云放前辈可是世界身法第一人。"

"他在虚拟世界第一次展现实力时，他的身法就是三阶层次。"许景明点头

道，"一个多月过去了，他的身法到底强了多少，除非交手，否则谁也不知道。"

"那些和他交过手的，也很难说清他到底有多强。"王怡说道，"在夏国，能逼得雷云放前辈拿出真实实力的，没几个。"

队员都赞同，都感到了压力。

"总比和师父柳海交手要轻松些。"许景明笑道，"我师父柳海各方面都强，仿佛毫无破绽。"

"先击败雷云放前辈的队伍，再与柳海师父会师决赛。"杨青烁握拳。

"信心挺足嘛。"衡方笑道。

王怡说道："信心还是得有的。雷云放前辈的四个队友都比较弱，所以我们主要的对手就雷云放前辈一个。"

"是啊，就他一人。"许景明点头。

"我们这边能威胁到雷云放前辈的，同样只有队长一人啊！"杨青烁无奈道。

王怡沉默。

她是神箭手，本该起到作用，但雷云放太可怕了，十米之外，王怡没把握射中雷云放。至于十米之内，以雷云放世界第一的身法，近身二十米内就是去送死。

……

"我下一场比赛的对手是许景明吗？"看台上面容冷峻的雷云放起身道，"总算要来一场有点意思的战斗了。"

"火种杯"大赛开赛至今，雷云放都没有遇到过具有威胁性的对手。和许景明的这一战，雷云放觉得自己要拿出几分真本事了。

……

"下一场对战张青这丫头。"柳海也起身道，"那么决赛时，我会遇到谁呢？"

个人空间，练武场。

许景明站在这儿，点开了个人战力面板。

玩家：许景明

基因进化法：天蟒进化法（高阶5%；剩余练习时间六百零二天，不可提升）

身体指数：190

技能：枪法（三阶43%），步法（三阶3%），盾法（三阶31%）

基础战力：4608

实战加成：40%

战力：6451

"步法提升后，身体发力技巧全面提升了，枪法、盾法也有所提升。"许景明看着战力面板微微点头，和他猜测的差不多。

"现如今三个方面都已经突破，之后想要再提升就只能慢慢来了。"

"我如今实力提升了不少，可以试着去闯星空塔了。想要击败雷云放前辈，首先就得闯过星空塔第三层。"许景明暗道。

许景明当即点开任务空间，前往星空塔。

嗖，许景明宛如流星坠落，降落在了星空塔下。

许景明仰头看着熟悉的星空榜，榜上仅有六个名字，他的眼中有着期待，跟着走进了星空塔。

……

他又失败了。

9月4日，17点50分。

个人空间练武场中，许景明仔细练习着天蟒进化法，整个人仿佛一条蛟龙，时而翻腾，时而伏下，时而游走，时而疾飞……

练完一遍天蟒进化法后，许景明再次点开个人战力面板，暗道："进化法提升到极限了。"

玩家：许景明

基因进化法：天蟒进化法（高阶18%；剩余练习时间六百零二天，不可提升）

身体指数：195

技能：枪法（三阶46%），步法（三阶5%），盾法（三阶32%）

基础战力：4680

实战加成：40%

战力：6552

"我今天已经将进化法练习了二十多遍，想要再提升真是越来越难了。身体指数比凌晨时提升了5个点，看看这一次能否闯过去吧。"许景明看着个人战力面板思考着。

嗖！他再一次前往任务空间，似一道流光坠落在星空塔下。

"前面四次都失败了，光凭枪法，我根本挡不住虎王的攻击。如果使用盾法，倒是能撑得比较久，但以虎王的体格，盾根本无法对虎王造成伤害。"许景明头疼。

虎王的实力太恐怖，力量、速度、灵活性……全方位超越许景明。任凭八极盾法如何凶猛，也就让虎王鼻子流出少许血而已，没有其他伤害。

用枪倒是能伤到虎王，可一旦虎王反应过来，它的爪子太锋利，攻势又猛，那么许景明根本抵挡不住。

"当初师父是盾与刀相互配合。一手持盾，主防御，且可以拖延时间；一手持刀，主攻击，但放弃攻击虎王要害，另辟蹊径，不断攻击它的其他部位，令其受伤。时间久了，虎王伤势加重，实力降低。这样，师父才能斩杀虎王。"

"但我无法参照师父的策略，因为我的战斗方式和他不一样。我要想成功，方法只有一个——用枪。长枪能破能防，使用得好，自然可以威胁到虎王。难怪星空塔开放的这一个多月里，全世界那么多高手，也只有六位闯过星空塔第三层。"许景明暗道。

越是接近胜利，越是明白闯过这一关的不容易。

许景明再度来到星空塔第三层。

熟悉的热带雨林，幽暗潮湿，植物恣意生长。

许景明身穿轻型铠甲，手持一杆长枪，看向四周。

耳朵一动，听到一丝微弱的声音，许景明立即循着动静看过去，他看到在阴暗处有一双暗黄色眸子盯着这里。

"你这只大猫，别躲了。"许景明轻车熟路，直接持枪冲去，躲在那儿的猛虎也同样冲出。

二者正面交锋。

许景明脚下一点，灵活地一闪，长枪一送，根本不在原地逗留。

猛虎脖颈处多了一个致命伤口，然后化作虚影，消失。

身体全方位提升后，枪法等也都提升了，第三层的普通猛虎对许景明已经没威胁了。

"嗷——"

一个低沉的吼声响起，一只只猛虎从四面八方出现，并围了过来，其中还有那只体形最为庞大的虎王。虎王的一条前腿比许景明整个人还长、还粗，宛如大柱子，它的头更是巨大无比，重击类攻击对它根本没用。

"小家伙们，赶紧来，别拖延时间，我要对付的是虎王。"许景明手持长枪，主动冲上去。

与此同时，六只猛虎咆哮着冲来。

哧哧哧——

许景明身影变化，长枪化作道道幻影，一眨眼就接连刺死三只猛虎，剩下三只猛虎都惊恐地闪避。这时候，其他猛虎都围攻过来。

"哈哈……步法突破后，这些普通猛虎对我的威胁的确小了很多。"许景明是人类，体形小，而那些猛虎体形太大了，许景明靠着身法在猛虎群中钻来钻去，让那些猛虎捉摸不定，很难形成完美的围攻，许景明一般只需同时应对两三只猛虎。

长枪杀起来，比刀剑还要快。

在杀死十二只猛虎后，一直在一旁默默观察的虎王发出一声低吼，终于冲了出来，其他猛虎立即改变策略，乖乖配合虎王。

许景明脸色微变。

嗖！嗖！嗖！

许景明一次次闪躲到其他猛虎身后，根本不与虎王交手。

"嗷——"

虎王发出愤怒的咆哮声。

许景明体形小又灵活，钻来钻去，长枪飞舞，不停地攻击普通猛虎。

许景明施展身法，不停地攻击普通猛虎，很多普通猛虎都被许景明一枪毙命。柳海击杀普通猛虎时，需要近身后再给一刀，从这点来看，许景明比柳海轻松。

五分钟不到，围攻的猛虎就不足十只了。

虎王发出低吼声，剩下的猛虎退去。

"一对一了。"许景明看着虎王。

许景明如果同时应对虎王、其他猛虎的攻击，他根本扛不住十秒钟。

现在，他没有后顾之忧，可以专心对付虎王，或许能厮杀很久。

来了！

虎王扑来，伸出两只巨大的爪子，每只爪子都比许景明的盾牌大得多。

许景明一闪，躲在一棵大树后面，飞速刺出一枪。

那拍来的巨大虎爪非常灵活地勾了一下，哐的一声撞击许景明的枪刃，震开了这一枪。同时，虎王一跃，已然到了许景明近前。许景明再一闪，长枪挑向虎王的脖颈，虎王前肢略微一抬，撞飞这一枪，一只虎爪立即抓向许景明。

哧——

许景明收枪格挡，恐怖的冲击力让他立即倒飞开去，他在半空脚下一点，嗖的一声，蹿到远处。

虎王一蹿，跃到半空，速度恐怖。

许景明一时间狼狈无比。

在速度、灵活性方面，许景明处于劣势，只能借助周围环境闪躲，一棵棵大树、大量藤蔓……这些东西对体形庞大的虎王来说是有阻碍之效的。即便虎王一爪子就能抓碎大树，也总要消耗体力，且树木何其多，树木的枝与藤蔓盘旋交错。

许景明刺出一枪又一枪。

虎王不耐烦地一次次抓破大树，大树炸裂时，一杆长枪瞬间刺入虎王的左前肢，刺破了虎王的皮，鲜血流出。

"我想要近身直接攻击虎王的要害，根本不可能，只有先伤它的四肢，才有机会攻其要害。"许景明通过一次次交手才明白这点。

这只体形庞大的虎王愤怒地追杀着许景明。

许景明借助环境拖延时间，或用长枪防御。

但时间久了，终究会出现失误。

哧！

巨大爪子破空而来，抓向许景明的身体，许景明化作虚影，消失不见。

"又失败了！"许景明出现在星空塔外，反思着刚才的一战，"这次的时间算很久了，我给虎王添了七道伤口，但离杀死它还有一段距离。"

"想要获胜，要么枪法再提升些，要么步法再提升些，但我能感觉到已经不远了。一个星期的时间，应该能通过。"

能和虎王搏杀这么久，代表双方的实力已经很接近了，许景明算是看到通过的希望了。

家中，晚饭后。

许景明、黎渺渺坐在沙发上，吃着水果，看着电视节目。

"景明，你今天在虚拟世界待得也太久了，白天也待在里面，都快有十六个小时了吧？"黎渺渺问道。

"还差半个小时。"许景明笑道，"暂时不进去了，等大赛快开始时再进虚拟世界。"

"怎么这么拼？"黎渺渺问道，"过去我们不都是晚上才进入虚拟世界的吗？你改作息时间了？"

许景明轻轻搂着黎渺渺，慨叹道："一方面觉得自己离闯过星空塔的第三层越来越近了，想要一鼓作气地闯过去；另一方面是雷云放前辈带来的压力太大了，不敢有丝毫懈怠。"

"闯过去了吗？"黎渺渺问，问完立即拍了一下自己的脑袋，"我傻了，如果你闯过去了，网上早炸了，全球都会知道这件事。"

"虎王太强了，它的进化法超越高阶，虽然战斗智慧不如人类，但想要击败它是很难的事。我再花一个星期的时间，应该能闯过吧。"许景明道。

"一个星期？"黎渺渺有些兴奋地道，"现在星空榜上才六个人，一个星期后，应该到不了十人，那你就能进入全球前十了。"

"还没做到的事，别急着高兴。"许景明说道，"我们接下来需要应对的可是雷云放前辈。"

黎渺渺躺在许景明怀里，应道："是啊，雷云放前辈的身法匪夷所思。距离远了，神箭手对他根本没威胁；距离近了，他一闪就追上了，一刀将其击败。"

"如果神箭手都威胁不到他，那么普通战士更加威胁不到。至于一对一，我连星空塔第三层都没闯过，没有把握能胜雷云放前辈。"许景明道。

还有几个小时大赛就要开始了，但许景明的确信心不足。

"就算失败了，这也是一次难得的磨砺。"黎渺渺安慰道，"一场比赛有人赢，自然就有人输，不要在意一时的成败。高手竞争，不只是在现在，甚至持续到未来五年十年，乃至更久，我们眼光要看得长远些。"

许景明低头亲了一下黎渺渺的额头，道："谢谢你，渺渺！"

每当他疲惫、困惑时，黎渺渺总会开解他，让他豁然开朗。

许景明和黎渺渺在过二人世界时，衡方和他妻子正在逛商场。

"这可是全市最繁华的商场啊，这么冷清吗？感觉那些店铺里的营业员比客人还多。"衡方道。

他妻子道："自从虚拟世界开放后，人们晚上很少出来了，一下班，大多都进入虚拟世界了。"

衡方轻轻点头道："对，现在可以通过虚拟世界的直播卖货了。在虚拟世界，我们可以试穿衣服，而且想要什么样的衣服都可以，方便、快捷，在现实中逛街很费时间。"

"你看那边，那些都关门了。"他妻子指着商场的一处区域道，"现在商场的很多租户都退租了，虚拟世界才开放一个多月，就有这么大影响，依我看，半年时间后，商场的商户恐怕会所剩无几。"

"恐怕以后商场都会关闭。"衡方道。

"很可能。"他妻子道，"还有一些娱乐设施，虚拟世界里的要便宜得多。吃饭可以叫外卖，那都是一流连锁餐厅制作出来的，大厨都是顶尖的专业机器人，食材也干净。"

"珍惜眼前的商场吧，以后会成为记忆的！"衡方感慨道。

这就是时代的洪流，一开始只有一些网络公司遭到冲击，现如今，实体行业也遭到冲击。大家都开始转战虚拟世界，在虚拟世界里卖货，成本更低，客户更多。

......

"去虚拟世界喽！"刘冲远的三个女儿吃完饭立即回自己房间了。

刘冲远虚脱般地来到客厅。

"太累了，盯着她们吃一顿饭，比打十场比赛都累。"刘冲远坐在沙发上疲惫地说道。

"别急，等孩子们大点就好了。"他妻子安慰道。

"一个就够头疼了，三个……这哪里是父亲的小棉袄？这是三座大山啊！"刘冲远无奈道。

"要准备看房了。"刘冲远忽然说道，"赶紧换个大房子，三个小丫头叽叽喳喳，吵得头都疼了，再买一个好点的管家机器人，帮忙带孩子。"

他妻子立即期待起来，问："有钱了？"

"快了，比赛一结束，奖金就到手。"刘冲远想到奖金，美滋滋地道，"至少一千来万。如果冲进决赛，奖金更高！这也是我赚得最多的一笔钱！这次真是要感谢老许，我反而没帮上什么忙。"

"你得好好拼一拼，帮不上忙不要紧，别拖后腿。"他妻子说道。

"放心，我是很努力的。"刘冲远说道。

"今天的半决赛，有信心吗？"他妻子问。

"这个……"刘冲远头疼，"雷云放前辈的实力还是很可怕的。"

......

"三位数的加减法你做对了，两位数的加减法你反而做错了？"杨青烁看着儿子问，"杨陶，你到底怎么回事？18加13你也能算错？这是你幼儿园都能口算的题目！"

"我看花眼了。"杨陶低着脑袋。

"做一百道两位数加减法的题，做不完，不准进虚拟世界。"杨青烁严厉地说道。

杨陶抱着父亲道："爸，别生气，我会认真做的。"

杨青烁轻轻摸了摸杨陶的脑袋，语气温和："认真点。"

"小烁啊，我在外面都听到你的吼声了，教孩子，要耐心。"杨母走了进来。

"好的，妈，我知道了。你帮我看着陶陶，我先去虚拟世界了，今夜就半决赛了，我得再练练。"杨青烁起身。

"去吧去吧。"杨母笑着说道。

个人空间练武场内。

战场上，上百名骑兵飞奔向王怡，王怡手持弓箭，迅速射出一支支箭，箭的速度奇快，一名名骑兵接连倒下。最后一名骑兵冲到距离王怡五六米时，也被王怡一箭射杀。

"我的箭术依旧没有突破到三阶。"王怡暗道，"国家给我的五阶弓箭术，我按照其中的方法去学，却怎么也突破不了。"

"突破到三阶怎么这么难？"

王怡的各方面早就达到二阶99%，困在瓶颈超过半个月了。

"这场比赛不突破到三阶，我根本发挥不了作用，接着练！"

王怡继续练箭。

深夜时分，虚拟世界夏国官方直播间无比热闹。

人们不断拥入直播间，直播间显示人数的数字不断跳动。

最近几天，各大媒体都在全方位报道"火种杯"大赛，这是夏国最近最大的盛事，人们自然被吸引。越往后，大赛会越激烈，吸引力也越大。

许景明、黎渺渺一同来到看台上，看到了早就到了的队友。

"老许！"刘冲远带着三个女儿，冲他喊道。

"老许，你来得怎么这么晚？"衡方、杨青烁走了过来。

"是你们来得太早，比赛0点才开始，还有二十分钟呢。"许景明笑道，"怡姐还没来？我也不是最慢的嘛。"

一群人聚在一起。

"景明，我要去集结了，你跟我来，和长辈们打声招呼。"许洪道。

"来了。"许景明立即过去。

"走。"

二人直接被传送到了柳海的周围。

柳海站在看台上，周围是戴通达、田一曲、邱勇，还有一些亲属，戴晓青也在其中。此刻，周帆带着儿子周羿也出现了。

"赶紧来见见你的长辈。"许洪带着许景明走了过去。

"师父。"

"师父。"

许景明称呼戴通达、柳海二人。

戴通达笑了起来，道："景明这小子，严格来算，也就三个师父：我和他老爸，还有队长。如今，他的三个师父都在我们队里。景明，如果你进了决赛，你向我们出手，可不要手下留情啊。"

"你这话说的。"周帆走来，笑道，"对付你，景明都不需要出手，他的队友就足够了。唯一需要景明出手的，是队长。"

"我倒是很期待他能击败我。"柳海看着许景明。

"我现在和师父的差距还很大。"许景明说道，"而且我们现在的难关是雷云放前辈，我们队员的压力都很大，一点把握都没有。"

众人闻言也点头。

"雷云放的确很厉害，以他的身法，你们很难形成围攻之势，若一对一……这场半决赛，你们很危险。总之，别想太多，全力去拼！"柳海点头。

"谁强谁弱，打过才知道。"许洪说道。

许景明点头。

"许景明。"周羿走了过来，向许景明伸出手。

"周羿。"许景明伸手。

"我看了你和方虞的那一战，你压制住了方虞，彻彻底底地击败了他，我很佩服你。"周羿说道，"我就是输在他的手里。"

许景明道："他身穿重甲，的确有些克制你。"

"如果我遇到你，你手持双盾，依旧能冲到我面前，一盾击败我。"周羿摇头道，"我的实力的确比你们俩要弱。我的箭术不够厉害，若我的箭术提升了，方虞防不住我的箭；我的身法也不够快，若我的身法够快，他无法靠近我。"

"大家一起努力。"许景明说道。

周羿深深地看了一眼许景明，点头，离开。

许景明走向戴晓青。

"师兄。"戴晓青笑盈盈的。

"压力大不大？"许景明看着戴晓青。

"天大的压力啊！"戴晓青苦着脸道，"老爸他们几个长辈，个个都藏巧于拙，最可怕的是柳海前辈，那可是全球第一啊！我们整个战队都是抱着拼一拼的念头，能击败几个是几个。"

"加油啊！"许景明鼓励道。

戴晓青看了一眼系统提示语："我去和队伍集合了，马上就要上台了。"

"赶紧去吧。"许景明点头。

……

又见了一些朋友后，许景明回到自家战队。

0点到了，"火种杯"半决赛在全民的关注下，终于开始了

第80章 // 柳海的真正实力

看台上，许景明队伍的六人都看着即将对战的两支队伍接受过采访后，终于前往战斗空间。

"要开始了。"许景明开口道，"仔细看这一场比赛，仙姿战队的情况和我们很像，我们可以汲取一些经验。"

"柳海前辈已经很久没有展露真正实力了，希望这一场比赛，能看出点虚实。"王怡道。

雨后山林有些泥泞。

十人降临在不同区域，有的在半山腰上，有的在地面上，有的在树上。

"你们四个先联手对付四位前辈，柳海教练不会掺和你们的战斗。"张青穿着贴身的轻甲，背着两柄剑。她是一名美丽的女子，眼神凌厉如剑。

"是，队长。"

"是，师父。"

四名女队员分别应道。

在山林中，仙姿战队的孙玉婷、王媛、戴晓青、袁玉娇，和柳海队伍的许洪、戴通达、田一曲、周帆四人先交手了。

战士的交锋，神箭手的配合，一时间，箭呼啸，刀光剑影。

柳海饶有兴味地看着这一幕："周帆他们几个，经过我的引导和一场场大赛

151

的磨炼，招式愈加熟练，配合得也越来越好。那些小姑娘，实力也有，就是太年轻了，还是不够稳啊！"

经过一番搏杀，仙姿战队四人全被击败，柳海老年队的四人只剩弓箭手周帆。

嗖！

当全队只剩下自己一人时，张青动了，她速度极快，直奔周帆。

周帆没有逃走，留在原地默默等着，在张青冲到距离他三十米时，才开始施展弓箭速射，一箭又一箭。张青却没想躲，双剑略微闪烁，挡下了周帆的箭。

突然，唰的一声，一剑掠过周帆，周帆化作虚影，消失不见。

张青转头看向远处的柳海，柳海已经走了过来。

"柳海教练，你不取兵器吗？"张青看着对方。

"无妨，想要时自然会有。"柳海体形魁梧，头发散开，眼神炽热，颇为期待这一战，"出手吧。"

嗖！

张青持着双剑，灵动无比，一闪，直扑柳海。

张青的剑术和旁人不一样，是具有美感的，仿佛艺术品，所以张青的粉丝极多。看她施展剑术是一种美的享受。

同样，她的剑术非常强，她是公认的夏国第一剑客。

锵——

在张青靠近的瞬间，站在那儿两手空空的柳海瞬间拔出腰间佩刀，挡住了张青的一击。

张青未停，继续移动，一剑连着一剑，或刺，或劈，或挑，或切……一阵绚烂的剑光，一时间谁都数不清她到底出了多少剑，只听得到一阵阵刀剑碰撞的声音。

张青仿佛化成好几道身影，无数剑光从四面八方围攻柳海。柳海站在原地未动，仅仅凭借一柄刀，每一次都恰到好处地挡住了张青的剑。

"张青已经将身法和剑法发挥到了极致。"许景明看着直播的画面道，"最可怕的还是师父。师父的刀移动的距离非常短，却能达到最佳效果，不浪费一丝力气。"

"师父对力量的控制、对空间的控制，都达到匪夷所思的地步。"许景明有些惊讶，"张青的身法变化很快，出招的速度极快，但一切变化都在师父的掌控之中。"

"师父以前说过他掌控了敌人的速度，现在，师父是彻底掌控了空间。"许景明感觉得到柳海对战时的轻松。

......

"我接了你上百剑，你也接我一招。"原本站在原地一步未动的柳海忽然动了。

嗖！

张青脸色一变，她无法确定柳海最终攻击的区域，无比警惕地注意着柳海手中的刀。

柳海左手挥出一拳，快如闪电，划过虚空，直接轰击张青的腹部。

这一拳之快，仿佛毫无征兆，类似于许景明的无影刺，速度超过神经反射的速度。

张青根本来不及做出反应，整个人瞬间倒飞起来，撞击在后面的大树上，大树炸裂。

张青跪趴在地面上捂着腹部，她的轻型铠甲上有一块地方已经凹陷下去了，恐怖冲击力破坏着体内脏腑，她的口、鼻都有鲜血冒出。她抬头看着柳海，难以置信："一拳？!"

张青化作虚影，消失在战场上。

柳海站在原地，轻声叹息："一拳也接不住吗？"

星空塔开放三十八分钟后，柳海就闯过了星空塔第三层，经历一个多月的苦练和国家重点栽培后，他只觉得寂寞。即便是优秀的张青，也接不住他的一拳，他一拳就把她击败了。

依旧是柳海的队伍获胜。

夏国直播间沸腾了，有的光幕还在慢放二人刚才交手的画面。

在慢放中，一切更加清晰。

张青身法快如幻影，双剑配合，柳海没有移动一步，仅仅简单挥舞几下刀，就防住了张青的所有攻击。这柄刀仿佛在周围形成了一个空间壁垒，周围一米内的任何攻击都会被挡下。

"柳海前辈都没有用盾，他可是通过盾刀配合才闯过星空塔的第三层。"男嘉宾靳凡声音发颤，"虚拟世界开放一个多月后，柳海前辈到底提升到了什么地步？"

"其他高手和星空榜上的高手的差距就这么夸张吗？"女嘉宾鞠文晴本是张青的粉丝，但她此时也不得不承认，那二人的差距太大了。

"柳海前辈是世界第一人，所以其他人和他的差距才很大吧。"主持人刘鑫说道。

一旁的男嘉宾靳凡反驳道："雷云放前辈可是世界身法第一人，在身法方面，比柳海前辈更恐怖。"

"我算是明白官方为何要将柳海前辈、雷云放前辈的队伍一直分别固定为1号队伍和2号队伍了。"女嘉宾鞠文晴道，"实在是太强了！"

"看了这么多场比赛，一直觉得仙姿战队很强，一路连胜，张青一直很轻松，都没出使出全力，可在柳海面前，怎么一拳都接不住？"

"轻型铠甲不是可以防住刀、剑、箭的吗？柳海的拳头砸在铠甲上，居然能杀死对手！"

"柳海的拳头是拳头吗？那比重锤还可怕！你没见到，之前柳海一刀就将重甲一分为二。"

"柳海的境界太高了，我猜他的身体素质都强得离谱，战斗技巧也高得离谱，所以才能碾压张青吧！"

"这就是全球第一的实力吗？"

"都说年轻人有潜力，我怎么感觉，年轻人和柳海这位老人的差距越来越大了呢？"

观众一是为全球第一是夏国人而自豪，二是觉得柳海太强了，远超其他人。

……

"师父的实力真的强啊！"许景明暗惊，"在'火种杯'大赛中，师父直到遇到张青，才展露真正实力。"

许景明还能看出些虚实，觉得自己能与师父柳海交手十招八招，他的队友只觉得望尘莫及。

……

"柳海是真的强，现在他的境界应该依旧是全球第一吧。"看台上的庞泽道。

周局长轻轻点头："全球其他几大高手的进步速度虽然也快，但柳海同样也在进步，所以柳海如今依旧是绝对的世界第一。"

"这样的高手是夏国人，真是我夏国之幸！"庞泽说道。

周局长说道："我们现在非常重视他，全力培养他，只是柳海选了五阶盾刀术后，并未索要任何新的资源。"

"我非常看好他。"庞泽点头道，"他的未来，不可估量。"

周局长心中一动，他很清楚庞泽的眼光，非常毒辣。

"除了他，夏国高手中，你还看好谁？"周局长问道。

"你不是知道了吗？"庞泽笑道，"三年前，我就让我的儿子和许景明学习枪法了，你觉得我最看好谁？"

周局长微微点头："这么看好许景明吗？"

第81章 // 一触即发

"接下来的第二场半决赛，你认为哪一队会赢？"周局长笑着询问道。

庞泽微笑道："我虽然看好许景明，但必须承认，他现在的实力依旧逊色于雷云放。我觉得除非出现奇迹，否则雷云放获胜的概率超过90%。"

此刻，看台上另一边，程子豪默默坐在那儿，周峰陪在一旁。

程子豪听着解说台上开始谈论许景明，看着评论区的无数条评论。

"我更看好许景明，许景明太刚猛了，太帅了！"

"支持许景明！"

"许景明连星空塔第三层都没闯过，拿什么和雷云放比？"

"上一战，仙姿战队被横扫。这一战，梨木战队也会被横扫！"

"差距太大了！"

"支持猫猫，支持姐夫，姐夫你最棒！"

"分清事实，要正视许景明和雷云放的差距，说不定，在雷云放的身法面前，许景明连还手之力都没有。"

"雷云放，那是名列星空榜的大高手。"

程子豪看着，脸色阴沉地说道："看样子，绝大多数观众还是认为雷云放会获胜。"

"是，许景明和雷云放的差距还是很大的。"周峰笑道。

"但现在大家已经认定，许景明是夏国排在前四的高手了。"程子豪皱着眉头道，"许景明的运气真好，居然一飞冲天了。"

周峰立即说道："他就是一介武夫，只是有点名气罢了，哪里赶得上老板？老板你的公司在这一个多月里，估值都上涨到三百亿了。"

"只是估值。"程子豪心情顿时好了许多，谦虚地道，"如今是虚拟世界时代，我们得抓住机会，继续扩张，占据更大的直播份额。比如'火种杯'大赛上的一些耀眼选手，我们要想尽办法多签约几个，那个方虞就不错。"

"许景明呢？他很年轻，也有些许潜力，我们要签吗？"周峰问道。

程子豪微微皱眉，点头道："也可以签。他能为我赚钱。格局还是得打开，不过先看看，如果他在这场半决赛上输得很惨，签约金可以低一点。"

"是。"周峰点头道，"我明白，等签约计划书确定，肯定先让老板过目。"

……

孙笠一个人孤独地坐在看台上，看着解说台暗道："我本来也是许景明战队的一员，怎么就弄成这样了？我当初就感觉许景明有潜力，现在他都成了排在全国前四的大高手，我怎么就一时糊涂了呢？机会明明就在我面前，我却错过了。"

孙笠懊恼不已。

许景明名气越大，他越难受。

……

"走，上台了。"梨木战队的六人同意了官方直播间的邀请，起身。

解说台上，梨木战队的六人和雷云放战队的六人都坐下了，雷云放面容冷峻，坐在那儿不吭声。此刻，亿万名观众的目光都在两支队伍身上，而队员们已经习惯了。

"两支战队已经登台。"主持人刘鑫笑道，"雷云放老师，我想问，接下来的对战你们准备怎么打？还是说与柳海老师一样，先让其他队友交手？"

雷云放听后，思忖了一下，道："随便。"

"随便？"主持人刘鑫瞬间一愣。

"队长的意思是我们想怎么打就怎么打，没有明确方案。"立即有队友解释道。

男嘉宾靳凡笑着道："我一直有一个疑问，雷云放老师选队友的标准是什么？柳海老师说过，他是在好友中选择的。"

"随便挑的。"雷云放说道。

"随便挑的？"靳凡疑惑。

旁边的队友立即道："我们是在神级高手对战中恰好碰到了队长，赛后队长给我们发了邀请，邀请我们一起参加'火种杯'大赛。"

"我也是。"

"我也是对战后队长亲自邀请的，我自然答应。"

队友们都挺开心的，雷云放很大方，他们的奖金不少。

主持人刘鑫看向一旁的梨木战队："许队长，雷云放老师说了，他们没有作战计划，你有什么想法？"

"我们还是要全力以赴的。"许景明谦逊道。

"有把握吗？"靳凡问。

许景明看向身边的王怡、杨青烁、刘冲远、衡方，又看向黎渺渺，笑着看着男嘉宾："当然有把握。我有这么多厉害的队友，大家团结一心，定能获胜。"

坐着的雷云放眼皮动了一下，看了一眼许景明。

主持人刘鑫看了一下系统提示语，说道："最后，两支队伍的队长各送对方一句话吧。许队长，你先来。"

"雷前辈，"许景明道，"还请全力以赴，让我们年轻人见识一下你的真正实力。"

雷云放看了一眼系统提示语，站了起来："许景明，我给你一个忠告：面对我的时候，使用双盾吧，你可以撑得更久点。"

许景明也起身："我现在就告诉前辈，这一战，我会使用长枪。"

"年轻人，有胆量，希望你的实力赶得上你的嘴巴。"雷云放说完后，整个人消失，他的队友们也消失了，他们都前往战斗空间准备区域。

"走。"许景明他们也前往战斗空间准备区域。

战斗空间准备区域。

梨木战队的五人依次选择装备。

"队长，你真的不选择盾牌？"王怡问道。

"和雷云放面对面的时候，以他的身法，我来不及更换兵器。"许景明道，"而且这一战，使用盾牌，我的胜算几乎为零。长枪虽然危险，但攻击性更强。"

自己的八极盾法虽然凶猛，但也要看对手，面对身法世界第一的雷云放前辈，自己凭借八极盾法怕是近不了他的身。防守再厉害而不攻击，只能让战斗时间久些而已，而且要想闯过星空塔，要靠枪法。自己的枪法急需提升，万众瞩目下的巅峰之战是一次非常难得的磨砺。不管是否获胜，都得选长枪。

"队长，许景明没选盾牌。"雷云放的队友们看得清清楚楚。

雷云放微微点头，道："破釜沉舟，不给自己留退路，有点意思。"

嗖！嗖！

两支队伍准备就绪，皆飞入战场。

小镇细雨飘洒，十人分散在小镇各处。

"是小镇。"许景明出现在一个巷子里，露出笑容，回忆道，"记得第一次与神级高手对战，也是在小镇里。"

"所有人向怡姐集合。"许景明说道。

"好。"

"是。"

"雷云放在干什么？他在钟楼上。"杨青烁吃惊道。

许景明一跃而起，落在屋顶上，勉强能够看到小镇中央那座最高建筑——钟楼。此刻，雷云放正站在钟楼顶上。

雷云放一袭青衣，背着两柄刀，站在小镇最高的建筑上，俯瞰整个小镇。细雨飘洒在脸上，雷云放心情格外好。

他扫视四面八方。站得高，看得远，忽然，他看到远处一栋民居的窗户处隐约有一道身影，正是偷偷摸摸移动的衡方。

"发现一个。"雷云放脚下一点，化作残影落到远处屋顶上，再一点，嗖的一声飞出老远。

雷云放赶路时，感受着风在耳边吹。他没穿皮甲，仅仅穿着贴身的布衣，全身最重的装备就是两柄薄如蝉翼的刀。

"不好，他发现我了！"衡方有些慌。

雷云放的速度太快了，三百多米的距离，雷云放几秒钟就已经到了，衡方狼狈地飞奔在石板街道上。

一道青色影子袭来。

"去！"衡方骤然转身，甩出两根短矛。

嗖！嗖！

青色影子一闪，掠过衡方。

衡方瞪大了眼，眉心有道红色刀痕，身体化作虚影，消散。

青色影子一闪而过，离开原地。

……

"雷云放前辈这次彻底展露了身法，快看，他现在的速度达到了恐怖的每秒73.8米！"

系统立即标出雷云放赶路时的速度，简直是令人瞠目结舌。

"放眼全球，能达到这个速度的人很少。"主持人刘鑫说道，"面对这样的速度，很多人都来不及做出反应。"

……

"衡方被杀，刘冲远被杀。"许景明立即收到系统提示。

许景明冲进最近的一家酒楼，迅速来到三楼。以他的体重，外加兵器、铠甲的重量，部分建筑承受不住。

站在酒楼三楼，许景明环顾四周，看到一道青色影子在蒙蒙细雨中穿行。

"雷前辈，可敢来与我一战？"许景明喊道，声音宛如雷声，响彻整个小镇。

赶路中的雷云放停了下来，转头看向许景明。

"我没发现你，你倒主动现身了。"雷云放眼中有着兴奋，一动，青色影子直奔酒楼。

这一刻，夏国官方直播间沸腾了。

"雷云放冲过去了。"

"啊，要交手了！"

"雷云放和许景明要交手了！"

"比赛刚开始，两人就要交手了吗？不要这么快啊！"

"我的头皮都要炸了，不敢呼吸了，许景明你可千万别一招就败了啊！"

"这场半决赛的输赢，就看他们俩。"

……

"爸，许叔叔能赢吗？"方星龙带着女儿正在观战，女儿有些不确定地问。

"无论这场对战是输是赢，他都赢了。"方星龙笑眯眯地看着这一幕。当初被程子豪逼迫，他只能让许景明离开格斗馆。如今，虚拟世界时代到来，许景明一飞冲天，方星龙也为许景明感到开心。

另一边，许老爷子、许洪夫妇、黎辰安夫妇等人都紧张地看着。

"儿子能赢吗？"许母担心。

"有点危险。"

"交手了！"许老爷子的眼睛瞪得滚圆。

……

小镇内细雨如丝，飘洒到许景明的脸上。许景明站在酒楼三楼栏杆前，看着那道青色身影迅速逼近。

"哼！"许景明猛然一蹬，酒楼地面裂开，他整个人化作模糊的暗红色身影，直接冲出了十多米，踩在街道对面的院墙上，踩得院墙部分砖石炸裂。再一步，冲到了远处在屋顶上飞奔的青色身影近前。

许景明爆发，威势的确恐怖。

"好凶猛的小子。"雷云放只觉得一阵罡风扑面，一枪已然刺来。

"不可对抗。"雷云放追求的不是力量，他选择的是五种进化法中力量相对最弱的影豹进化法。

雷云放仅仅穿着布衣，携带两柄很薄的刀，他重视速度，追求极致的速度。许景明凶猛地杀来，雷云放一闪，画出一条曲线，避开了许景明这一击。

砰！

许景明这一枪戳穿了院墙，长枪旋转，令院墙炸裂，无数碎石滚落在街道各处，许景明顺势落到街上。

许景明持枪站在石板街道的中央，看着那一道青色身影。

"打不到人的招式就是没用的招式。"雷云放走到了街道上，看着许景明，眼神炽热，战意熊熊。

"雷前辈只会躲吗？随着时间的流逝，作战区域会不断缩小，雷前辈，你可是无法一直躲的。"许景明看着雷云放。

"哈哈……躲？"雷云放动了。

嗖！

雷云放身影模糊，犹如鬼魅，瞬间到了许景明近前。

迎接雷云放的就是一道枪影。

枪影如箭，瞬间射向青色身影。

"我自身的速度不如你，难道枪的速度还赶不上你吗？"许景明自信无比。一道道枪影闪烁，笼罩了前方一片区域，只听得一阵噼里啪啦声，他瞬间刺出了十余枪。

雷云放面色冷峻，一柄单刀接连挡住了十余枪。

招式陡然转为崩枪，迸发的劲道让雷云放脸色一变，身体受到冲击，被迫倒飞开去，他脚下一点，落在屋顶上，稳住身体。

"雷前辈，再这么只拿着一柄刀，数十招内，我必击败你。"许景明看着雷云放，战意熊熊。

刚才仅仅凭借十余枪就彻底压制住了雷云放，所以许景明说这句话时信心十足。

"哈哈哈……看来真不能小瞧你啊！"雷云放左手从背后拔出了一柄刀，双刀在手。

……

"厉害厉害！"

"许景明说数十招内必能击败雷云放，果然雷云放拿出了另一柄刀。"

"差距没那么大嘛，之前说许景明一招就会被击败的人，太小瞧许景明了吧。雷云放也不敢大意，否则许景明就送雷云放出局了。"

"接下来战斗要更激烈了。"

无数观众都盯着雷云放与许景明这一战，注意王怡、杨青烁等人的人越来越少。这一战是"火种杯"大赛开赛至今最精彩的对决。

虽然柳海更强，但柳海击败张青太简单了，一拳击败，那一战精彩程度比这一战逊色多了。

此战，双方差距没那么大，最终结果未可知，要想获胜，双方都须全力以赴。

……

雷云放持着双刀，认真观察着许景明，心道："这个许景明，从他刚才的枪法来看，估计离闯过星空塔第三层不远了，可能再过几天就会闯过去，他和我的差距没那么大。不过这样才更有意思啊。"

雷云放一动，再度袭来。

许景明持枪站在石板街道中央，在对方冲到近处时才突然出枪。

许景明的枪很快，能创出无影刺就是证明。此刻他不敢轻易施展无影刺，因为无影刺是放弃了防守，不留任何余力的攻击招式，一旦失败，对方就能趁机击败他。

雷云放的反应太快，许景明必须得有足够把握才会施展无影刺。

当然，他寻常的出枪速度也很快。

这是他从小练的基础招式。

哧哧哧——

一道道枪影接连刺出，一招连着一招，连绵不绝。

高手出招一般都是出七分力，留三分力，好接着施展下一招。一招连着一招，即便一招失败，另一招也能跟上，让敌人无法寻到破绽。

雷云放冲到近前，双刀配合，速度极快，诡秘莫测。

许景明悍勇无比，心道："长枪对双刀，我占优势，雷云放根本不敢近我身，一旦近身，我的枪就会击中他。他必须破开我的枪法才能近身。"

出枪，出枪，出枪！

长枪飞舞，轻松防住了一片区域。

雷云放不断出招，即便偶尔攻出具有威胁性的一刀，也被许景明防住了。

哧哧哧——

许景明压制着雷云放，一枪枪接连刺出，雷云放退着闪避，长枪刺在街道院墙上，院墙炸裂开来。

长枪顺势一扫，雷云放再躲，这一枪落在了一旁的商铺上，商铺崩塌，大量碎石飞向雷云放，雷云放一边闪退，一边施展刀法挡住碎石。

……

"怎么回事？雷云放怎么一点优势都没有了？"

"许景明攻势很凶，街都要被拆完了。"

"小镇的建筑这么脆弱吗？一枪就让一栋小楼都崩塌了！"

"我专门测试过，我是银月级玩家，进化法才达到初阶，全力劈打了上百枪，才在墙上劈出一个窟窿。这种砖石建筑是很坚固的。那些木制建筑，破坏起来更容易。一句话，不是建筑物脆弱，是许景明攻势太凶猛。"

"仿佛推土机啊，每一枪又仿佛炮弹！"

……

"我怎么感觉有获胜的希望啊！"黎渺渺紧张地看着，觉得自己要窒息了，"景明现在占据优势啊！"

柳海认真观看着这场对决，道："雷云放能够闯过星空塔第三层，靠的就是身法，他如果不发挥出身法的优势，仅仅凭借双刀，那么根本赢不了我徒弟。"

……

许景明一路进攻，雷云放终于忍不住了，心想："许景明使用的是长枪，长枪对双刀，长枪本就占据优势。我的双刀刀法才达到三阶47%，仅仅凭借刀法无法获胜。也罢，也算打得尽兴，就当磨砺我的刀法了。"

"那就结束战斗吧！"雷云放目光冷厉，嗖的一声化作一道青色影子，直扑许景明。

许景明一如往常，凶猛的一枪旋转着刺过去。

若是之前，雷云放会施展刀法格挡，但是这一次——

雷云放一闪，在许景明周围游走起来，时而近身攻击。许景明立即神经紧绷，小心翼翼地看着周围，心想："这是什么身法？对方就在我周围数米，时而近身攻击我，我的长枪却够不着对方。"

雷云放身法变化奇特，不需要时时出招，就让许景明紧张无比。

只要许景明露出一丝破绽，对方就能近身并一刀杀死他。

呼呼——

雷云放御风而动，时而加快速度，时而停下，时而改变方向，时而进攻……一切随兴而为。他的身法变幻莫测，整个人仿佛一阵风环绕着许景明。

"雷云放的刀轻快、灵巧。"看台上，柳海看着，暗道，"想要凭借轻快、灵巧的刀法或者剑法施展出七成实力，身法是关键。雷云放只要能逼近到刀法攻击范围，等景明露出破绽，一刀就能击败景明。"

"许景明现在只要出现一丝失误，就输了。"柳海道，"我的乖徒弟，全力施展身法的雷云放才是真正的雷云放。"

第83章 // 绝境

许景明手中的长枪突然刺出，快如闪电，红缨飞舞，直接刺向在周围转圈的雷云放。

雷云放持着双刀，脚步略微一顿，这一枪刺在他前方一米处，刺了个空。

对雷云放而言，即便是神箭手超声速的一箭，也必须在他周围十米内才有威胁。许景明的出枪速度哪里比得过神箭手超声速的一箭？雷云放有足够的时间避开这一枪。

许景明刺一百次都休想碰到雷云放。

一枪刺空，许景明根本不敢顺势打过去，立即收枪。

雷云放在许景明一枪刺空的刹那，冲到许景明身侧，刀光一闪。幸亏许景明退步收枪的速度快如闪电，枪杆险之又险地挡住了这一刀。但雷云放左手中的刀也到了他面前。

许景明立即一抬双臂，雷云放左手中的刀撞击在许景明的护臂上，八极崩的劲让雷云放受到影响，许景明立即再次退步收枪而立。

雷云放惊讶地看了一眼许景明护臂上的刀痕，道："护臂为盾，施展八极？"

"没有办法的办法。"许景明说道。

一套铠甲，各处的防御效果是不一样的。比如护心镜、护臂，它们的防御效果很好，很多擅长近战的高手，都将护臂当成盾使用。许景明这次亦是如此。

所以雷云放的一刀不可能劈开许景明的护臂。

"护臂太小了，能挡住几刀？"雷云放仿佛猎人，悠然行走在许景明周围。

许景明跟着雷云放转，他要时刻保证对手在自己的视线范围内。雷云放宛如一阵风般轻盈，许景明跟着转身，但在神级紧绷的情况下，压力反而更大。

"我刚才仅仅刺出一枪，还是攻防兼备的一枪，就被雷云放寻到出招的机会，我借助护臂才挡住。出招就会给他机会，但一直不出招，一直挨打吗？"许景明思索道。

这种感觉太难受了。

他体会到了当初方虞的感受，之前，他凭借步法优势，想打就打，想退就退，彻底压制住了方虞。

现在雷云放也是一样。

自己根本碰不到雷云放，他却可以随时进攻。他进攻失败，可以再次进攻，而自己却不敢轻易出招。

许景明根本看不到任何胜利的希望。

哧——

雷云放又刺出一刀，诡秘莫测且凶险。

许景明防御不当，雷云放立即近身，发起一轮攻击。

哧哧哧——

许景明又凭借护臂震退了雷云放。

"我一直在防守，还是让他找到了机会，到底该怎么办？"许景明压力越来越大。

进攻，碰不到对方；防守，对方依旧能找到机会。

"我算是体会到了世界第一身法是何等可怕了！"许景明心头发苦，暗道，"我是三阶步法，可在雷云放面前，笨拙得可笑！"

夏国直播间。

就算是普通人也看得清如今的形势。

"雷云放的身法太强大了！"男嘉宾靳凡做出判断，"他全力展现身法时，许景明都碰不到他！许景明一点机会都没有，他必输无疑！"

"靠护臂弥补防御的不足，但护臂不是盾牌，不可能每次都防得住。"女嘉宾鞠文晴点头说道，"我看不到他有任何获胜的可能。其实，许景明已经很强了，面对身法世界第一人的全力袭杀，他现在还在支撑，还没有言败。"

"对。"主持人刘鑫点头说道，"之前雷云放遇到对手，都是一刀将其击杀，这次使用两柄刀都做不到，还得全力施展身法，许景明能支撑这么久，的确很强了！"

观众们都在耐心等待结果，不管是对许景明怀有敌意的程子豪、孙笠等人，还是许景明的亲朋好友，都明白在这场对决中许景明的胜算几乎为零。

"看来，许景明要止步于此了。"

"已经很优秀了。"

"雷云放全力以赴施展身法，许景明都坚持三分钟了吧。"

……

"怡姐他们解决了对方四人。"衡方说道。

当几乎所有人都在关注许景明和雷云放的巅峰之战时，雷云放战队的其余四人已经全被击败。

伴随着一声枪响，杨青烁看着面前的对手消失。

"怡姐，所有对手都解决掉了。"杨青烁说道。

嗖！

王怡来到杨青烁所在的巷子，点点头，看向远处："队长和雷云放在交手，我们去帮他。"

"嗯。"杨青烁点头。

二人迅速赶路，很快就来到距离许景明和雷云放七八十米的一个客栈内。二人来到了客栈屋顶，清晰地看到七八十米处的那场对战。

许景明被压制得很惨，他必须全力以赴，长枪无法进攻，他只能努力防守。即便如此，他偶尔也会失守，只能用护臂去阻挡雷云放的刀。

幸好雷云放的刀劈不开许景明的铠甲。毕竟进化法达到高阶后，许景明铠甲的重量也增加了，坚硬度高了许多。

"我帮不了许哥，如果过去，怕是一招我就没了！"杨青烁说道。

"我试试。"

王怡仔细看着。

她感应着风，感应着飘洒的细雨，目光落在远处移动的雷云放身上，开始拉弓，箭搭在弦上。

嗖！

王怡目光冷厉，手指一松，箭瞬间撕裂空气。

超声速的一箭射过去。

对付许景明的雷云放感应着风，犹如鬼魅，御风而行。忽然，他感应到风中有异常，瞥了一眼，那是一支已经离他只有二十多米的箭。雷云放移动的方向略有变化，咻的一声，那支箭从雷云放身前飞过，最终射入石板地面，射出了一个坑。

"周羿的箭才需我全力应对，小姑娘，你的箭我都不需要看。"雷云放笑着道。凭借对风的敏锐感应，任何事物只要逼近到一定距离，即便是背对着，他都能察觉到。

"这么轻松就避开了这一箭吗？"

远处的王怡看到这一幕，感觉雷云放在正常移动，自己的箭却落空了。

"再来，至少得干扰到雷云放。"

王怡蓄势，再度射出一箭。

雷云放根本不需要去刻意留意箭，也不需要看，感应到风中有异常波动，顺势改变方向即可。

雷云放只当这是锻炼身法的一个乐子。

"我在练武场练习时，虚拟出一群神箭手围攻我，我都是一边闪躲一边杀敌的。这个小姑娘毕竟只是一人，根本没威胁。"雷云放盯着许景明，暗道，"反倒是许景明，还真能撑。我看你能撑多久。"

又一次突然近身，刀光闪烁。

许景明的注意力完全在雷云放身上，手中长枪全力抵挡。

防御，防御，再防御！

雷云放的身法之诡异、刀法之突然，让许景明每一次都竭尽全力地防御，根本来不及思考。

�——

护臂又一次艰难地挡住了。

"第五次了，我还能挡住几次呢？"许景明全身皮肤泛红，眼睛也泛红，他全身气血汹涌，已然全力调动身体的每一丝力量，但依旧感觉自己是陷入绝境的囚徒，越挣扎，越无力。

王怡在屋顶上移动，不断改变自身位置，一次次拉弓射箭，每一支箭的速度都超过声速。

雷云放作为身法世界第一人，御风而行轻松躲开每一支箭，已是本能。

但这一幕对王怡而言，却是莫大的羞辱。

"竟然背对着我，任由我射箭，我还射不中！"每一支箭都落空，射在石板地面上，却如同射在王怡的心上，她觉得憋屈、难受。

她何等骄傲。

她无法接受，有人背对着她，任由她出箭，她都射不中这个事实，她感到无力、愤怒。

越愤怒，王怡的脸色越冷漠，没有一丝波澜。外人根本感受不到她冰冷的面目之下，却是炽热的火山。

当愤怒达到极致时，她的眼睛一瞬间就红了，体内血液的流速都快了许多，这一刻，她觉得大脑的运转速度都变快了。

这一刻，身体的骨头、肌肉，她仿佛看得清清楚楚，她能够调动每一寸肌肉的力量，令全身爆发的力量达到新的层次。

"拉弓。"

王怡一如既往地拉弓，只是这一次，弓的弯曲幅度很大，真正拉满了。

王怡施展弓箭速射时，一般只拉到三分之一，施展破甲箭时，弓的弯曲幅度比之大一些。

此刻，她的弓的弯曲幅度接近极限，她都能感觉到弓在震颤。

"射箭！"王怡的头脑无比清醒，右手手指一松。

箭以恐怖速度飞出，直奔六十多米外的雷云放。雷云放依旧背对着这支箭，他主要的注意力在许景明身上。

"嗯？"雷云放感应到了风中的一丝异常声响，这一次和之前不一样，雷云放脸色微变，猛然转头。

这一转头就看到一道模糊的箭影已然到了十米之内。

太快了！

雷云放眼睛一瞪，几乎不可能地猛然移动。

唰！箭一擦而过。

箭仅仅擦过雷云放腰部位置的衣袍。

如此速度的箭，箭上带的劲风仿佛刀一样，雷云放连皮甲都没穿，衣袍碎裂成几片，鲜血流了下来。

……

"雷云放受伤了！"

"王怡的箭伤了雷云放！"

原本都觉得大势已定的无数观众发出一阵惊呼声。

之前王怡的箭根本碰不到雷云放，但是这支箭的速度明显快了许多，而雷云放依旧背对着这一支箭，等发现时，已经慢了一步。

"虚拟世界系统显示这支箭的最快速度达到每秒612米，王怡之前的箭，最快的也就在每秒460米左右。"男嘉宾靳凡指着虚拟世界系统显示的数字，激动地说道。

"王怡突破了！"女嘉宾鞠文晴更是大喜。

"那么雷云放老师麻烦了。"主持人刘鑫说道。

……

这一刻，许洪夫妇、黎辰安夫妇、许老爷子、黎渺渺，包括出局的衡方、刘冲远都无比兴奋地看着。

"什么玩意儿?!"程子豪、孙笠等人难以置信，"这都能扭转局势吗？"

"师父加油！"庞昀和同学们在看台上兴奋地高呼。

……

受伤的刹那，雷云放脚下一点，瞬间化作一道青色影子，直扑远处屋顶上的王怡。

"王怡竟然突破了！"雷云放感受到了腰部受伤的影响，连速度都慢了一截，只有原先的九成。

许景明刚才被压制得都快崩溃了，纯粹凭着本能艰难抵挡，忽然雷云放受伤了，并且放弃攻击他，直奔王怡而去，许景明顿时感觉轻松多了，但他明白，必须抓住机会。

"不能浪费怡姐创造的机会。"许景明脚下一蹬，全力爆发，化作一道模糊的暗红色影子，追击雷云放。

六十多米的距离，雷云放巅峰之时，不受任何干扰，需一秒。

王怡站在屋顶，未移动，箭在弦上，目标是雷云放。

她看着这道青色影子向自己袭来。

"冲！"

雷云放面目狰狞，后面是全速飞奔的许景明，速度比他略慢些。但他只要停下，只要闪避，许景明就能追上，长枪会随之袭来。

如今的情况，雷云放根本不适合与许景明搏杀，他必须先除掉神箭手王怡。

"就是这时候。"

距离缩小到三十米，王怡猛然将弓拉满，箭瞬间射出。

一箭、两箭、三箭。

王怡任由对方冲杀过来，全部精力都放在手中的弓箭上，刹那间连续射出三支箭。

随着距离越来越近，一箭比一箭的威胁大。

后面是追杀而来的许景明，雷云放持着双刀，没有选择闪避，而是身体略微改变方向，挥舞双刀抵挡箭。

第一箭，还算轻松。

第二箭，险之又险。

第三箭，已经在十米以内了。

就算是没突破的王怡，如此近距离射出的一箭，对雷云放的威胁都很大，而此刻，面对这恐怖的一箭，雷云放只能竭力挥刀抵挡。

呼！

他只觉得腹部一痛——空了，没能挡住。

雷云放知道不妙，强行挥刀，刀光一闪，王怡身上出现了红色痕迹，身体化作虚影。

王怡却露出笑容。以她的速度，如果一开始选择逃跑，只会被雷云放追上，一刀击败。不逃，全力射箭，反而还有获胜的希望。

"也不错，一换一！"王怡看着雷云放的腹部。

雷云放停了下来，低头看向腹部，又转身看向了追来的许景明。

许景明也停了下来，手持长枪看着雷云放。

"我输了！"雷云放看着许景明，心情复杂地道，"没想到会输给你们这些小家伙！"

"我和怡姐联手，才能侥幸获胜。"许景明说道。

经过之前的交手，他很清楚自己和雷云放的差距，对方全力以赴时带给自己的压力是多么大。

"输了就是输了，毕竟这是团队的比赛。"雷云放看着许景明，"只是你们两个小家伙，一定要联手给柳海一点苦头吃。"

"一定！"许景明点头。

雷云放身体化作虚影，消失，离开了这方天地。

"竟然赢了。"许景明自己都有些不敢相信，"单凭自己根本无法击败雷云放，但怡姐突破了，我俩配合起来，威慑力自然大增。"

在雷云放消失的同时，小镇中飘洒的雨停了，天空中出现太阳，光芒照耀着这座雨后的小镇，彩虹也出现了。

许景明看向不远处，杨青烁站在屋顶上，二人都笑了。

终于赢下了这场半决赛！居然可以进入决赛，最终和柳海的队伍进行决战！

小镇在眼前崩溃，许景明、杨青烁化作虚影，回归战斗空间。

……

"恭喜梨木战队获得了这场半决赛的胜利，他们将与柳海的队伍一决胜负！"主持人刘鑫激动地说道，"再告诉大家一个消息，梨木战队是这次'火种杯'大赛开赛以来，唯一一个拥有两名三阶高手的队伍。"

"决赛在明天，也就是9月6号0点准时开始，大家可别忘了。"主持人刘鑫笑着道。

一旁的男嘉宾靳凡道："我们来聊聊刚才这一战，这场战斗有太多有意思的地方了。许景明和王怡联手击败了雷云放……"

解说台上正在回放刚才的精彩战斗视频，嘉宾们仔细剖析着战斗中的每一个细节，直播间的观众数量却在不断减少。

"王怡那个小姑娘也突破了，两个三阶高手配合，还是有些威胁的。"柳海眼中有着期待，消失在直播间。

看台的另一处。

"老许、怡姐，你们太牛了！"刘冲远兴奋地跑来迎接。

"我们竟然进决赛了，哈哈哈……我可是一开始就被淘汰了，没想到最后居然赢了！"衡方大笑。

许景明、王怡、杨青烁走向队友们。

"我们梨木战队真的进决赛了，我得考虑决赛登台接受采访时说什么话了。"黎渺渺笑得眼睛都成了月牙，她道，"前几天，我的歌曲下载量大增，今天比赛结束后，我估计下载量会继续增加。"

"我在练武场时，经常将《梨木》这首歌当背景音乐。"衡方说道，"这可是我们队的队歌。"

"老公，老公，恭喜你们！"刘冲远的妻子跑过来，拉着丈夫小声地问道，"我记得亚军的奖金是两亿吧，比四强的奖金多了一倍，我们可以换个更大点的房子了吧？"

"买买买！"刘冲远笑着。

"嫂子，"衡方突然冒出来，道，"亚军的奖金是两亿，冠军的奖金是五亿啊，要相信老许和怡姐的实力。"

队友们都格外开心。

王怡笑看着一切，对队友们说道："我刚突破，就先回去了，得抓紧时间巩固，准备决赛。"

"怡姐赶紧去吧。"许景明点头，"如果能在决赛前让进化法突破到高阶，我们赢的希望就更大了。"

"一天时间就让进化法达到高阶吗？队长，你有什么经验吗？"王怡认真地问道。

许景明想了一下，道："我也不能保证，建议你先花两个小时巩固箭术，熟悉身体发力，再试着练习三遍进化法，然后花两小时继续磨炼箭术，依次练下去，最后在比赛之前，尝试静下心练习十几遍进化法，看能否突破。

"三阶的发力技巧是调动身体更深层次的力量，高阶的进化法是更深层次地调动身体参与进化法的修炼。有意识地引导身体深层次修炼进化法，突破的希望就大了。"

"明白。"王怡仔细听完，"多谢队长，我先走了。"

王怡和大家说一声后就离开了直播间。

此刻，直播间的观众人数不断下跌，跌落到三亿多了，解说台上嘉宾们正在展望决赛。

"许景明与王怡配合能够击败雷云放，这对柳海来说，怕是也有足够大的威胁。"

"王怡擅用弓箭，许景明擅长用盾，他们俩一个负责射箭干扰，一个负责进

178

攻,他们配合起来,一加一,那是大于二的。我也觉得决赛充满变数,柳海甚至有可能输掉这场决赛。"主持人和嘉宾们讨论着。

忽然,主持人收到了一条消息。

这个消息有些惊人。

"我们刚刚得到消息,星空榜上出现了第七人,一位来自罗马国的高手。"主持人刘鑫惊讶地说道。

"什么?!"

原本开始相互告别,准备散开的许景明等人都吃了一惊。

"全球第七?"许景明产生了一丝紧迫感。

"去看看。"许景明说了一声后,立即前往任务空间的星空塔。

黎渺渺等人也立即前往任务空间的星空塔。

星空塔下,许景明仰望夜空中和星空塔等高的巨大榜单。

榜单上如今有七个名字。

全球第一:柳海(夏国)

全球第二:泰格·福森(白鹰联邦)

全球第三:阿兰·艾米连科(罗刹国)

全球第四:迩雅诺·西雷(波瓦纳)

全球第五:雷云放(夏国)

全球第六:魁·圣·米尔斯(白鹰联邦)

全球第七:里文·古利特(罗马国)

"里文·古利特,罗马国的冰雪巨兽?"许景明看到这个名字,就知道全球第七是谁了。

里文·古利特,世界武道大赛上近几年来出现的霸主级人物,虽然达不到"三王"那种高度,但他一般稳居前三,并且累计获得过两次世界第一。

里文·古利特今年三十二岁,身高两米二八,体重两百二十五公斤。

这是虚拟世界开放前里文·古利特在世界武道联盟的最新身体数据。那时候身高就达到两米二八，体形实在太庞大了，绝对是巨兽级的存在了。

"武道界对里文·古利特的实力一直有所质疑。因为他凭借身高臂长、力大无穷等优势，披着重甲，挥舞着大锤，在世界武道大赛中轻轻松松冲到最前列。他虽然体形庞大，但灵活性不够，所以一般都是被身体灵活的对手击败。世界上体形庞大的人有很多，大多动作缓慢，灵活性不够，里文·古利特与世界顶尖高手相比灵活性差些，与普通人比他动作迅猛，速度很快。"

"修炼进化法后，每个人的身体素质都可以变得很强，身体上有天赋的已经没有优势了。没想到过去一个看似靠身体的武道高手，竟然成了全球第七。他是罗马国的第一人。"许景明暗道。

罗马国可是格斗强国。

罗马国有着约十亿人口，格斗风气浓厚，涌现了很多世界级高手。

"景明，景明，"黎渺渺联系许景明，"赶紧来！现在全网都在议论这个全球第七，不少直播间都在播报里文·古利特的最新情报。"

"哦？"许景明立即前往黎渺渺所在之处。

许景明走到黎渺渺的身边坐下。

"虽然各国的虚拟世界不同，暂时没有连通，但是外界的普通网络是互通的。"黎渺渺说道。

许景明看向这个直播间的主播。

"我一直在搜集全球各大高手的详细情报。"一名精瘦青年坐着介绍道，"这位登上星空榜的第七人，他在现实中的成就，我之前已经简单说过，至于虚拟世界开放后关于他的情报，国内知道的人怕是不多。"

青年指着旁边几个正在播放的视频："这些都是他在虚拟世界中的对战视频，他修炼的是暴虎进化法，他修炼进化法后，身体灵活性差的弱点被弥补了，变得更加灵活、凶猛。

"披重甲，持一对大锤，灵活、凶猛，他就是罗马国最凶猛的一头巨兽。现在罗马国也在举行大赛，里文·古利特就是无敌的一个！他带队杀进了决赛，决赛前，他就闯过星空塔第三层，罗马国已经沸腾，他是如今公认的罗马国武道第一人！"

许景明看着播放的视频。

"里文·古利特的战斗技巧很高明。过去，他是被太过庞大的身体束缚了，身体灵活性差，所以难以达到武道界'三王'的成就。但他修炼进化法后弥补了缺陷，他的实力变得更恐怖了。"

黎渺渺若有所思地点头。

"过去我就觉得很奇怪，在武道界，这么一个巨人居然能这么强。"许景明感慨。

现实中很多巨人在实战时根本不行，一上场就被击败。里文·古利特不一样，他稳居前三，还得过两次世界第一，很不可思议。

"在国内，我仅次于师父柳海、雷云放前辈，但放眼全球，高手很多啊。"许景明感觉到全球高手众多、竞争激烈的境况，说道，"还得继续努力，我先去训练场了。"

"嗯。"黎渺渺点头，看着许景明离去。

个人空间的练武场。

许景明看了一眼自己的个人战力面板，微微点头："和我预料的差不多，在巨大压力下与雷云放前辈的一战，对枪法、步法都有不少帮助。"

枪法提升到三阶48%，步法提升到三阶9%。

"再去星空塔试试。"

全球出现了第七位闯过星空塔第三层的高手，这让许景明心中滚烫，充满斗志。然而片刻后，许景明失败，无奈地回到了练武场。

"又失败了！

"虽然比上次的表现略好些，但想要成功击杀虎王，还是有点距离。而且我与这些名列榜单的高手之间的差距明显。"

许景明轻轻一点，点开了自己半决赛的视频。

他认真观看自己和雷云放的对战视频，研究每一招每一式，找到自己的缺点，努力提高自己。

……

时间流逝，虽然获得了半决赛的胜利，但许景明他们显然没怎么庆贺，而是沉浸在修炼中，追求更高更强的战斗技巧。

夜色降临，晚上8点多。

许景明和黎渺渺正在客厅吃着水果看着节目，有一搭没一搭地闲聊。

他们难得地享受着二人世界。

"今天怎么这么多节目都在谈论星空榜？"许景明忍不住感慨，"今夜'火种杯'大赛就要决赛了，许多节目却都在谈论星空榜，星空榜的热度与'火种杯'大赛平分秋色。"

黎渺渺点头："星空塔开放这么久，全球一共才七个人闯过第三层，每次有人闯过星空塔第三层，都是全球的盛事。"

"名留星空榜的才是真正的高手。"许景明说道。

"火种杯"大赛只是夏国的赛事。

……

"里文·古利特的这两把大锤，比人的头还大些，简直可怕！"节目中主持人解说着视频，慨叹道，"他穿着重甲，只需要护住头部，两把大锤配合，别人根本威胁不到他。他的大锤施展起来，比许景明的盾还凶猛得多。"

"许景明虽然刚猛，但他使用的是盾牌，兵器之间的区别还是很大的，盾牌主要用于防御，大锤才是真正的攻击类兵器。"女主持人说道。

凭借大锤，劈、砸、刺、扫，各种动作的威势都恐怖至极，他的一对大锤上还有尖刺。

"罗马国也有三阶层次的神箭手，但里文·古利特防守得滴水不漏，拥有一手使飞斧的绝技，大斧飞过去瞬间就击败了那名神箭手。"男主持人赞道。

视频中，里文·古利特单手持着大锤抵挡箭，从腰间取出一把斧子迅速一甩，斧子旋转着化作残影，速度之快，怕是达到了声速。

"他的力道不弱于方虞，"许景明对黎渺渺说道，"甚至在战斗技巧方面比方虞更强。"

里文·古利特毕竟是征战世界武道大赛多年的老将，虽仅比许景明大三岁，但大赛经历比许景明丰富多了。

"不愧是闯过星空塔的人，几乎找不到他的破绽！"男主持人赞叹道，"他配合得太好了，防守严密。许景明如果有这么严密的防守，就不至于被雷云放压制成那样。"

"许景明不错了，至少撑了那么久。"女主持人说道，"正因为撑得久，比赛才出现转折。"

"他多次失守，靠着护臂才能勉强支撑。"男主持人说道，"许景明的长枪还是得好好提升，否则真的敌不过全球顶尖的几个高手。"

"都出现在星空榜上了，当然比许景明强。"女主持人笑道，"许景明，他已经很优秀了。"

"我是着急。许景明应该是我们国内实力仅次于柳海、雷云放的高手，也是现如今最有望闯过星空塔第三层的。"男主持人说道，"看着其他国家的登榜人，再看看我们国内，我们国内还没有新人出来，急啊！"

"不管怎样，全球前五，我们夏国占两个，很了不起了。"女主持人说道。

"别躺在过去的功劳簿上，我们在榜上的，一个七十多，一个五十多。年轻人呢？人家逖雅诺·西雷才二十岁，现在的里文·古利特也才三十二岁，我们夏国的年轻人呢？年轻人修炼的时间短，更能看出潜力啊！"男主持人说道。

女主持人点头道："国内比较显眼的年轻人，就是许景明和方虞了。"

男主持人期待地道："也不知道等到什么时候国内年轻人才能登上星空榜。"

"就看许景明和方虞了。不如我们猜猜看，他俩谁先登上星空榜？"女主持人道。

"许景明吧。"

"也许是方虞。"

……

许景明感受到了夏国人的急切心情。

"三天！我的枪法、步法再提高些，应该能闯过星空塔。"许景明道。

黎渺渺搂住许景明的手臂，安慰道："别太在意社会上的压力，你把握好自己的节奏就行了。你已经很刻苦了，你也说过，修炼是自然而然的事，是最享受的事。别让一件享受的事变成一件有压力的事。"

许景明看着黎渺渺，笑着点头道："我热爱武道，走这条路是因为热爱它。"

深夜，观众不断拥入虚拟世界的夏国官方直播间。

许景明和黎渺渺也来到了直播间。

"队长。"

"老许。"

其他队员都笑容满面。

许景明二人微笑问好。

"怡姐来得这么早？"许景明本以为王怡会最后到。

"练了一整天，也要放松放松。"王怡笑道，"总算没辜负大家的期待，在一个小时前，我的进化法突破了。"

"怡姐太牛了！"黎渺渺听了眼睛一亮。

"箭术达到三阶后，一天就突破了？厉害！"许景明也赞道。

许景明是枪法突破后，花了一天多时间，进化法才突破的。当然他当时没有决赛即将来临的压力，相对而言更放松些。

"队长，你的经验很有用，我一次次试着调动身体深层次的力量去练进化法，最终才成功。"王怡开心地道，"我配合队长，我们能好好地和柳海教练斗一场了。"

如果我们赢得冠军……衡方美滋滋地想。

"要么是我们赢得冠军，要么是叔叔他们赢得冠军。"黎渺渺微笑道。

许景明笑了。

"今天，我们许家肯定要出一支冠军队伍。"许景明笑道。

"儿子，"刚提到许洪，许洪夫妇就一同出现，许洪咧嘴笑得很开心，"我们父子俩都进入决赛，哈哈哈……我之前可真的想都不敢想啊！"

许景明能有如此成就，许洪很开心。

当父母的，自然望子成龙。

"儿子，"许母立即道，"到时候尽管使出全力，反正在虚拟世界，不碍事。"

"尽管来。"许洪自信地道，"我倒下了，还有你师父柳海。"

"你可真是的。"许母摇头。

许洪笑了，道："如果不是儿子，我可结识不到柳海。"

……

越来越多的人来到了直播间。

"这个许景明，居然都杀到决赛了。虚拟世界开放后，我的事业一飞冲天，但我怎么感觉他的崛起速度比我的事业上升速度还快？"程子豪坐在看台上，恨恨地道。

此刻孙笠也来到看台上，他没和朋友一起，独自一人默默地看着，心道："许景明都进决赛了，难不成他还能拿冠军？明明我原本也是队伍中的一员。"

其他队伍获胜，他没啥感觉，但梨木战队胜的次数越多，他越觉得自己错失良机。若是他没有退队，那么名气、奖金，甚至是未来的发展前途都会截然不同。

……

生命进化局的周局长和四位副局长也在看台上，准备观看即将开始的决赛。

"局长，我们夏国的年轻一辈有些落后啊。"女副局长说道。

周局长说道："要有耐心。"

"老王、梁倩，你们两位准备下。"周局长看了一下消息，"蓝星联盟各大议员国的使者要到了，你们两位跟我去迎接。"

很快，在看台的一个区域，一支数十人的蓝星联盟使者团到来，他们来自三十一个议员国。

"欢迎来到夏国！"周局长带领两位副局长负责迎接。

这并非公开来访，由周局长负责接待即可。

蓝星联盟五大理事国的各个大赛，使者团都会出席。

"周，你好。"为首的一名老者笑道，"听说你们夏国'火种杯'的决赛很有看点，一方中有全球第一的柳海，另一方中有你们夏国年轻一辈中最有潜力的两位高手。我们使者团都对你们夏国年轻一代的高手充满期待。"

"夏国的年轻一代实力越强，代表我们蓝星联盟的年轻一代实力越强。"樱花国的一名使者笑眯眯地说道。

第86章 // 击败我吧!

　　"我们都是蓝星联盟的一分子，需要团结协作。"周局长笑着道，"我们都是为了蓝星文明在奋斗。"

　　"周说得很好，我们都是为了蓝星文明在奋斗。"老者点头，"正因为如此，我们更要服从我们整个联盟共同的决定。"

　　"什么叫共同的决定? 共同的决定不是三五个国家决定的，共同的决定是这颗蓝星上所有国家共同决定的。"周局长微笑道，"关于这个话题，我们以后慢慢聊。诸位赶紧入座，比赛就要开始了。"

　　所有使者都点头。

　　只要仔细观察，就会发现使者们用的是不同的语言，有罗马国通用语、樱花国通用语等，但周局长最终听到的都是夏国通用语。

　　这是虚拟世界特意设置的，在夏国境内，以夏国通用语为主。

　　周局长等人陪同蓝星联盟使者团坐在看台上，等着观看即将开始的比赛。解说台上如今坐着三人，分别是主持人刘鑫以及雷云放、张青两位嘉宾。主持人刘鑫情绪有些激动地道："经过几日鏖战，我们终于迎来了'火种杯'大赛的决赛。两支最强大的队伍经历了重重对战，进入决赛。虚拟世界的出现，让人类迎来了新的时代，而'火种杯'大赛是我们这个新时代的第一次全国大赛，注定载入史册!

　　"现在是夜间11点43分，直播间的观众数量已经达到十一点二亿，可以说虚拟世界的人，九成都进入了夏国直播间，打破了之前直播间观看人数的最高纪录。今天很荣幸请来了两位嘉宾，这两位嘉宾是四强队伍中的队长，有请雷云放老师、张青老师！"

"大家好。"雷云放、张青挥手。

顿时欢呼声一片。

虽然雷云放、张青都止步于四强，但他们的人气都非常高。

"两位老师对进入决赛的两支队伍应该都比较熟悉。"主持人刘鑫说道，"希望两位老师能从专业的角度预测一下哪支队伍能获胜。"

主持人刘鑫看向张青说道："张青老师，你先来。"

张青刚要开口说话，又是一片欢呼声。欢呼声太大，张青不由得露出一丝笑容，停顿一下，这令欢呼声更热烈了。

"看来观众们都非常喜欢张青老师。"主持人刘鑫笑道，"大家都控制一下，让张青老师先和大家问好。"

张青虽然已过四十，但常年习武，保养得非常好，修炼进化法后愈显年轻，别有韵味，仿佛剑仙。她有着一双剑眉，眼神中有着动人心魄的锋芒。她不同于一般女子，一举一动都散发着剑的意境，是天生的剑术天才，有粉丝无数。

"大家好，我是张青。"张青评价道，"许景明是我见过的最有天赋的枪法天才，至于王怡，她是最有天赋的箭术天才。"

"张青老师的意思是，王怡在箭术上的天赋比周羿还高？"主持人刘鑫再次问道。

许景明的确是夏国使用长枪的人中实力最强的，这是毋庸置疑的，所以刘鑫没有反驳，但王怡……论箭术，周羿的成就要更高些。

张青点头："是的，我认为她的天赋比周羿高，但周羿更虔诚。"

……

许景明他们都认真听着张青的评价。

"张青前辈说得没错，论对箭术的痴迷度，我不如周羿。"王怡轻轻点头，若有所思。

许景明也承认张青说得对。

周羿在虚拟世界开放之前，就是夏国箭术界的传奇人物。他成年后将自己的名改成羿，很多人讥笑他，觉得他很傻，一根筋。但周羿根本不在乎他人的眼光，甚至功成名就后，舍弃世俗生活，钻入深山老林练箭。

那时候他退役了，不能参加任何箭术比赛，也不知道虚拟世界会出现，他独自一人在深山老林里练箭。这是出于对箭术的热爱，他追求更高的箭术。

王怡退役后，接了好些商业代言，享受生活去了。

……

"许景明和王怡的个人实力都很强，配合起来就更恐怖了。"张青点头道，"但我觉得，他们也不会是柳海教练的对手。"

"你觉得柳海老师的队伍会获胜？"主持人刘鑫问道。

"是。"张青点头。她忘不了面对柳海时的那种绝望感，任凭她倾尽双剑之术，柳海用一柄刀就能轻松拦截，一拳就击败了她，双方的差距实在是太大了。

"雷云放老师，你觉得呢？"主持人刘鑫问道。

"许景明与王怡配合，击败了我。"雷云放说道，"当与许景明这种层次的高手厮杀时，暗中还有一个王怡瞄准射箭，那种滋味只有体会过的人才知道。"

主持人刘鑫笑了："雷云放老师可是深切体会到了。"

"我输得心服口服。"雷云放点头道，"我觉得柳海在面对这二人时，估计也不轻松，但我也看好柳海。"

"雷云放老师也看好柳海的队伍？"主持人刘鑫追问。

两位嘉宾都看好柳海，这太没娱乐性了，选择不同的队伍才更有话题性。

"等柳海出手后，你就知道我为什么要选他了。"雷云放说道，"就看许景明和王怡能逼柳海使出几分实力。"

"哦？"主持人刘鑫追问，"柳海老师一拳击败张青老师时施展了几分实力？"

"我也不清楚。"雷云放不再多说，"我只知道，他是全球第一。"

……

在嘉宾们的谈论中，时间逼近0点。

主持人刘鑫说道："现在是9月6号晚0点，我们直播间人数有了新纪录——十一亿五千八百万。现在让我们邀请参加决赛的两支队伍登场。"

柳海老年队和梨木战队的十二人出现在解说台上。

"啊啊啊，猫猫无敌！"

"怡姐加油！"

"柳海，全球第一！"

欢呼声爆发，宛如山崩海啸，让蓝星联盟的使者团都有些咋舌。那名樱花国的使者转头看了看看台上的无数人，笑道："夏国的人可真多啊。"

"夏国人喜欢夏国的高手是很正常的事。"周局长说道。

……

两支队伍，一支坐在解说台左边，一支坐在右边。

主持人刘鑫看向柳海老年队，饶有兴味地说道："我知道一个秘密，柳海老师的队伍里有三个人都是梨木战队队长许景明的师父。"

柳海微笑点头，看向身侧的许洪。

许洪开口道："我和戴通达是景明小时候的师父，算是启蒙老师。景明进入国家队后，柳海队长则成了他的师父。"

"对方队伍里有三个人都是许队长的师父，许队长出手时会不会束手束脚？"主持人刘鑫看向许景明。

许景明看向身侧的王怡，王怡开口道："我们队伍分工明确，将由我出手对付队长少年时的两位师父。"

"这小子。"许洪笑了。

"让神箭手对付我们？"戴通达气得瞪眼。被一个三阶神箭手盯上，他们也很绝望啊。

许景明不吭声。

既然是比赛，当然是要赢的，就让怡姐出手送老爸和戴师父出局。

"猫猫，记得第一次采访你时，我问你登台的感觉怎样，你说等决赛时再回答我这个问题，如今果真到决赛了，你可以回答了。"主持人刘鑫看着黎渺渺。

"当然是开心啊，我运气真好。"黎渺渺笑得很开心。

……

主持人刘鑫看了一下时间，看向柳海："比赛要开始了，柳海老师，送给对面队伍一句话吧。"

柳海点点头，看向许景明六人，微笑道："你们拿出全部实力，尊重师父的最好方式就是击败他、超越他，我很期待你们击败我的那一刻。"

"许景明队长，有什么话要对对面队伍说吗？"主持人刘鑫问道。

"我也很期待自己有一天能击败师父。"许景明看着柳海，他将用自己最擅长的八极一脉挑战柳海的太极之道。

"好，两支队伍请进入战斗空间。"主持人刘鑫提醒道。

柳海老年队、梨木战队的人起身，前往战斗空间准备区。

……

选择好装备后，十人化作流光，降落到了山林。

决赛，正式开始！

第87章 // 师与徒

雨后，山林泥泞。

柳海背着盾和刀，穿着黑色轻甲，站在山林中，道："你们自由行动，尽情发挥。"

"是，队长。"

"让这些年轻人知道，我们不是好惹的。"

周帆、许洪、戴通达、田一曲配合得很默契，"火种杯"大赛期间，他们四人一直配合行动，如果他们能解决对手，队长柳海就不需要出手了。

许景明在半山腰上前行，一眼看到远处山林中静静站着的柳海。

柳海体形高大，这次还穿上铠甲，更明显了，当然这也表现出对许景明队伍的尊重。

嗖！

许景明立即俯冲而下，直奔柳海所在之处。

"师父在A点，大家避开。"许景明说道，同时在地图上标出柳海的位置，"我会钉着师父。"

"好，我们先对付其他人。"王怡立即带领其他队友行动。

许景明和远处的柳海相对而视。

"虚拟世界的景色不错吧？"柳海笑看着许景明，他是单独对许景明说的，直播间的观众是听不到的。

柳海看向周围林子，伸手摘下一片树叶，放在鼻下一闻："雨后山林的气息。这种气息，只有老林子里才有，现实中的城市公园里没有这种气息，这里的气息更深沉、悠远。"

　　许景明看到树木、草叶上都有残存的水滴。

　　"人的生活不只有武道，要懂得放松，懂得观看世界。"柳海看着许景明，"武道和世界万物是有共通之处的。"

　　他们二人谈话时，王怡四人和许洪四人正在搏斗。王怡的箭术毕竟达到三阶了，比其他人强，她一开始先让老一辈尽情发挥。

　　"是的，武道和世界万物的确有共通之处。"许景明点头道。

　　柳海接着说道："就像一片叶子，有充满生机之时，也有枯萎之时，一个孩子都能轻易撕碎它，可若用得恰当，一片叶子也能变成利器。"柳海手指夹着叶子一甩，叶子嗖的一声刺入一棵树的树干上。

　　许景明暗惊。

　　"万事万物都有阴阳两面，武道也是如此。刚不可久，柔不可守。刚柔并济，阴阳相合，才是大道。"柳海看着许景明。

　　"万事万物的道理……"许景明说道，"我称之为物理。"

　　"武道也可称为物理。"许景明看着师父道，"这一招的速度是多少，力量是多少，蓄势需要多长时间，对手的神经反射时间是多少，弄清楚这些，我就能灵活出招。若我的这一招从蓄势出招到刺穿敌人的速度，比对方的神经反射速度还快，那么对方自然来不及躲。"

　　"我和对方的距离是多少，兵器的长度是多少……弄清楚这些，我自然可以做到，我可以击败对手，对手却碰不到我。"

　　"身体发力技巧有多种，利用肌肉，利用杠杆，职业高手的力道比普通人强好几倍，就是因为掌握了身体发力技巧。这些都是物理。"许景明道。

　　许景明看着四面八方："万事万物皆蕴含物理，例如树木的生长，朝阳的一面长势更好。山林地面因为水变得泥泞，水蒸发后，它又坚硬了。一切都有科学的道理，并非玄之又玄。万物如此，武道也是如此。

"都说刚不可久，柔不可守，但万事万物中总有例外。传统武术的理念我们不能照搬，需要钻研其根源，前人说的并不都是对的。"

柳海笑了："徒儿，前人虽然技术有限，但他们总结的万物规律，可能超出科学的范畴。"

一旁的战斗还在继续。

一个个队友接连倒下。

"前人总结的万物规律，有的是对的，可有的是错的，因为古人掌握的科学技术不够。"

"如今科学愈加发达，连虚拟世界都出来了，几乎将前人认为的万事万物规律都一一论证了。拥有一双观察物理的眼睛，探索武道的本质，方能在武道上走得更远。"许景明说道。

在杨青烁、衡方接连被击败后，王怡终于下狠手了。

一箭又一箭，持着双盾的许洪终于倒下了，伴随着最后一箭，柳海老年队的其他四人全部战败。

"太极阴阳本就兼容并蓄，包容一切，一切皆可吸纳。"柳海说道，"以太极阴阳为根基，诸多招式可被吸纳融合，为我所用。"

"一切武道皆符合物理。科学无限，物理无限。"许景明说道，"武道有无限可能。"

柳海笑了："很好，敢在我面前坚持自己的观点了。"

"师父，你在武道上的成就远超弟子，可我在感悟身体如火那一刻就明白，武道修炼需遵循自己的理念。自己悟出的才是自己的，别人教的，终究是别人的感悟。"

"自己悟出的才是自己的？"柳海微微点头，笑容愈加灿烂，"那就让我看看，你到底成长了多少。"

说着，他从地面上捡起两块石头，猛然扔出。

嗖！嗖！

两块石头瞬间划过长空。

许景明咋舌，连忙对队友说道："小心！"

他都来不及多说几句，因为石头的速度太快了。

夏国官方直播间的众人听不见师徒二人的对话，只看到二人相对而立，另外八人在搏斗。忽然，柳海捡起两块大概巴掌大的石头，猛然甩出。

虚拟世界的系统标出了两块石头的最大速度。

"每秒723米！"

"每秒718米！"

这两个数字让所有人色变。

雷云放、张青、周羿、方虞等人看到这两个数字无比震惊。

"怎么可能这么快?!"

蓝星联盟使者团出席夏国的"火种杯"大赛，一是礼节需要，二是看看夏国顶尖高手的实力。

柳海此刻扔出的石头的速度真的让他们难以置信。

"只是随手丢出两块石头，怎么和三阶神箭手射出的箭速度相当？"

"这个柳海到底有多强？"

柳海堪称全球第一，扔出的石头宛如现实中的炮弹，速度超过每秒700米，这是让其他三阶高手都绝望的速度。

要知道，方虞扔出的短戟速度达到每秒407米就让许景明咋舌了，因为在进化法达到高阶的高手中，这就算是很厉害的了。

但和柳海比起来，仿佛天和地。

"普通三阶高手和全球第一差这么多吗？"蓝星联盟的那些使者原本对本国高手的实力很自信，但当他们看到这两块如炮弹般飞射的石头时，都有些发慌了。

……

山林中。

"什么?!"得到许景明提醒的王怡、刘冲远都转头看去。

但石头的速度太快了!

王怡勉强来得及移动了一步,她一侧身,石头从她胸前扫过,划过长空,恐怖的劲风冲击在她衣袍上,衣袍裂开,软甲上面都出现了裂痕。

刘冲远的反应慢了些,石头击中了他的头,他直接化作虚影,消散不见。

这块石头让王怡一阵后怕,她震惊地看着远处的柳海。

要知道,整个山林大约一千平方米,柳海又在山林中央,距离王怡他们已经算远了。

但她差点就被一颗石头击中。

柳海拔出了身后的刀,单手持刀看着许景明,又看了一眼远处的王怡:"就剩下你们俩了。"

第88章 // 二对一

"怡姐，我来挡住他，你寻找机会！"许景明道，眼睛一直盯着柳海，伸手从背后取出了一对盾牌，一手持着一面。他走了几步，挡在了柳海和王怡之间。

"用盾？"柳海笑了一声，猛然踏步向前冲。

他魁梧的身影模糊，直接冲向许景明，这一幕让许景明心头一震，暗道："好快的速度，比我快好多！"

柳海冲到许景明近前的刹那，许景明也猛然向前冲，双盾往前一挡，仿佛要推开一片天。

柳海身影一闪，到了许景明侧面，刀光一闪，刀已经落了下来。

许景明左手的盾一收，拦截住了这一刀。

盾牌非常适合防御，就算是普通人，使用起来效果也很好，两面盾牌横在面前能挡住一大片区域了。许景明这种高手稍微移动盾牌，就能抵挡住敌人猛烈的进攻。

哧哧哧——

刀光没有消失，连续三刀，刀刀威猛，都劈砍在许景明左手的盾上，让许景明的手臂都有些发软。

当许景明抵挡第四刀时，刀却诡异地贴在了许景明的盾牌上，许景明脸色微变，贴着的刀此刻突然发力，但许景明的反应也快，右手的盾与左手的盾一合，挡住了袭来的刀。

砰！呼！哧！

刀光继续闪烁。

看似都是一刀，但与盾牌碰撞发出的声音并不相同。不同的撞击声音，代表着不同的发力技巧。

这让许景明非常难受，仿佛陷入了暗流。暗流汹涌，不同的刀法力道让他有些难以应对。

"我的借力卸力招式根本没用，还让自己有些乱了。"许景明发现了这一点，"只有以攻对攻，用瞬间发力进攻破坏师父的刀法，双盾配合弥补防御短板，才有希望挡住。"

几乎在一瞬间，许景明的盾法就发生变化，变得刚猛至极。

刀和盾牌碰撞的那一瞬，许景明突然发力，或是正面碰撞，或是侧面撞击。每次兵器发生碰撞，都让柳海感觉面前的盾牌仿佛是旋转的风车，或是顺时针旋转，或是逆时针旋转，毫无规律。

"有点意思。"即便如此，柳海也仅凭一柄刀就能压制许景明。

夏国官方直播间。

当柳海冲向许景明时，观众们都兴奋起来了。

来了，来了，他们期盼的巅峰之战来了。

"许景明，千万别一刀就被击败了。"

"多撑一会儿啊！"

观众们紧张地看着。

接着，他们看到刀光闪烁，劲力却截然不同，有刚猛，有阴柔，时刻都在变化。许景明持着双盾再次混乱了，开始出现破绽。但是就在一瞬间，许景明的盾法变了，变得刚猛无比，凶猛攻向前方大片区域。

"刚猛才是王道！"

"就要这么刚猛，刚猛的盾法，破解难。"

"哈哈……许景明挡住了，这下精彩了！"

观众们愈加期待，他们想要看战斗出现转折。

"八极一脉擅长近战，格外擅长近距离发力。"被淘汰出局的许洪已经和妻子在一起观战了，他满意地点头，"即便是柳海队长，想要破解景明的盾法，也没那么容易。"

这是战斗方式的区别。

盾擅守，八极一脉擅长近战，二者配合起来，攻防兼备，一般人难以应对。许景明双盾凶猛至极，就算是柳海，仅仅凭借一柄单刀也很难破。

……

当柳海劈向许景明时，已经到了五十米外的王怡站在大树后，抬手就是一箭。

嗖！

进化法达到高阶、箭术达到三阶的王怡如今射出的一箭速度极快，恐怖至极。

"嗯？"一直留心注意王怡的柳海眉头微皱，身体一闪，避开了这一箭，箭射入他身后的树干，大树炸裂，直接断裂倒下。

"王怡的进化法也突破了，箭够快的啊！"柳海发现了这一点。

嗖！嗖！嗖！

王怡寻找着机会，一次次放箭。

柳海刚攻击许景明几刀，就得躲闪。

"我也无法全神贯注地对付景明，超过一半的注意力要放在王怡身上。在与景明对战的同时，任由一名三阶神箭手射箭，即便是我，也很难做到。"

"如果大意中了箭，可就输了。我的身法可赶不上雷云放，雷云放都栽了。"柳海暗道。

柳海可不敢大大方方地背对着王怡，他要一直能看到王怡，大半注意力都放在王怡身上。

……

"王怡的箭速度超过每秒700米，这样的速度，柳海也有些慌啊！"

"在与景明对战的同时，任由神箭手射箭，柳海还是太自大了！"

"柳海如果中箭，可能就会输掉比赛。"

观众们都看得出来，在那可怕的速度下，柳海全力闪避，竭力施展刀法抵挡。

箭实在是太快了！

即便是全球第一人，也需要小心应对这样的箭。

"这名女神箭手的箭术挺厉害的。"蓝星联盟使者团有人评价道，"那个使用盾的高手也挺能守的，一次次挡住了柳海的刀。"

"使用盾的高手和女神箭手，放在我们樱花国，也是排在前三的大高手了。"樱花国使者面色郑重，暗道，"夏国真是强大啊，夏国的年轻一代又这么厉害，我们国家至今都没有一个人闯过星空塔第三层。必须得让国人更加拼命，我们人口少，再不拼命，怕是会更落后。"

……

柳海忽然取出了背后的盾，一手持盾，一手握刀。这让许景明一惊，愈加小心，心道："师父要尽全力了吗？"

嗖！

柳海直冲向远处的王怡。

"什么?!不是对付我，而是去对付怡姐？"许景明一惊，连忙跟上。

"柳海教练对付我们也要逐个击破？"王怡一慌，暗道，"还以为他会自信地任由我射箭呢！"

柳海全力爆发，与后面的许景明离得越来越远。

王怡一眼就判定，柳海的身法比她快太多，她逃不掉，唯一的希望就是一箭射中柳海。

王怡瞬间取出了一支破甲箭。

破甲箭足以破开三阶高手的轻型铠甲。

"他用大盾挡在面前，我根本射不中，唯有破甲箭，但现在距离很近，我只来得及射出一支破甲箭，我只有一箭的机会。"

王怡平静地站在原地，目标是柳海。

五十米距离对柳海而言很近，不足一秒钟就能冲到王怡身前。

王怡淡定地看着柳海冲来。

三十米、二十米……

距离在缩短。

"在十米以内出箭，我就不信他来得及挡！"王怡静待最佳时机。

但柳海冲到距离王怡十五米时，猛地甩出手中的刀，这让王怡有些措手不及，瞬间放箭。

柳海太谨慎了。

他扔出的刀无比迅猛，王怡来不及躲，被劈中了。

而王怡射出了那支破甲箭，柳海仅仅移动些许，就挡住了。

"他一定学过扔刀的诀窍。"王怡身体变得虚幻，不甘心地道，"柳海教练也太聪明了！"

柳海来到刀跌落的地方，伸手捡起了那柄刀，心道："一般这种情况我扔的都是暗器，这次与小辈对战，我就没带暗器。"

柳海不管是扔刀还是扔石头，都一样精准，他的确练就了一手使暗器的功夫。

对他而言，单手持盾也有把握击败对手，刀扔了就扔了。

"一直被神箭手盯着，真难受，现在舒坦了。"柳海左手持盾，右手持刀，看着冲来的许景明。

"师父，以你的实力，有必要这样吗？"许景明忍不住问道，"对付我们两个小辈，也要先除掉神箭手？"

柳海悄声说道："这可是全国大赛的决赛，对战时要多动动脑子，没必要让自己深陷险境。能赢，就尽量赢。

"为师当年连续参加五届大赛都没受伤，为何？你第一次参加世界大赛就断了腿，为何？就是因为我不让自己深陷险境。

"冒进，容易栽跟头。你吃过那么大的苦头，还没吸取教训？战斗不要冒

202

进，要讲究战斗策略。"

　　许景明暗叹："师父强大到世界第一，还如此谨慎小心，我能击败他吗？"

　　"来吧，没有了神箭手的干扰，为师能好好地磨炼你！"柳海笑眯眯地看着许景明，笑容温和。

如今整个山林中，只剩下许景明和柳海。许景明毫不犹豫地扔掉了手中双盾，取出背后的枪杆和枪头，连接在一起，一转，锁死。

这一刻，许景明心无旁骛，眼中只有对手。

"这下，比赛就没有悬念了。"解说台上，张青轻声说道。

主持人刘鑫点头："王怡被杀，战场上就只剩下许景明和柳海老师。必须得承认，许景明与世界第一的柳海老师，还是有很大差距的。这一战的结局看来已经确定，柳海老年队应该会获得这次'火种杯'大赛的冠军。"

"当然我也希望出现奇迹。"刘鑫笑容灿烂，道，"那将是震动整个夏国的奇迹。"

"武道不能一蹴而就。"雷云放说道，"许景明与柳海的差距太大，如果王怡还在，可能还有变数，但柳海实在太谨慎了，不愿让自己处于危险之境，先解决了王怡。"

"他的确很谨慎。"张青点头。

"要输了！"黎渺渺、王怡、杨青烁、刘冲远等人都看着这场战斗。他们虽然都期待许景明能赢，但有点不现实，希望是那么渺小。

……

许景明猛然向前冲，战靴踩在泥泞中，身影模糊，直扑柳海。

"气势汹汹。"柳海一手持盾，一手持刀。

许景明冲到近前，手一动，长枪如龙，旋转着刺向柳海，红缨飞舞，长枪轨迹难以捉摸。

柳海随手一刀劈在枪杆上，枪杆歪斜。

许景明脚步变化，长枪收回再度刺出。

许景明连续刺出十余下，长枪仿佛一瞬间变成十几条龙——速度太快，枪影同时出现在视野中。

许景明心想："枪对上刀和盾，长度是优势。我的攻击范围更大，师父想要攻击到我，需要近身。长枪擅攻守，能连续出招。"

许景明很懂得发挥兵器本身的优势。

一时间出现道道枪影，宛如一支支箭，真让人眼花缭乱。

柳海左手持着盾，却没有抵挡，仅仅使用右手的刀在挡。

他右手中的刀向左劈、向右划、向下压……画出一道道弧线，这些弧线仿佛形成了一个个圆。

面对许景明的迅猛攻击，柳海都能挡住。

太极之道，擅守。柳海很轻松，他都不需要动用盾牌，仅仅凭借一柄刀即可。

轰！

有一道枪影突然发力，欲击退抵挡的单刀。

看似温柔的刀光却在刹那坚韧了许多，轻轻一震就让力道散去七八分，剩下的就不足为虑了。

哧哧哧……

许景明一次次刺出手中的枪，陡然施展出一记短距离的劈枪，但刀光坚韧无比，挡下了这一记劈枪。

一瞬间，许景明疯狂进攻，他的战斗方式和过去不一样了，追求快以及瞬间发力，他的招式愈加难以防范。

但柳海能防得住。

……

"这个夏国年轻人的枪法好狠！"在蓝星联盟使者团里，樱花国使者对枪法了解得最多，看出了许景明枪法的狠辣之处。

樱花国的人也擅长枪法，且练枪的人非常多。樱花国剑道兴盛，剑道排第一，枪道排第二，特别是在用冷兵器的搏斗中，枪比剑的优势大太多。虚拟世界开放一个多月后，枪道已然快超越剑道了。

"这个叫许景明的，他的枪法，一个字——'快'，并且许多动作，如劈枪、挑枪，幅度都很小，且瞬间发力，一般的对手难以抵挡。"樱花国使者看得面色凝重，暗道，"若放在我们国内，已然是一等枪法。夏国的这次大赛视频，定要让国内好好研究！"

天竺国、白鹰联邦等各国的使者都仔细观看，心中也将柳海二人和自己国内的高手进行比较，神情郑重了几分。

因为许景明在他们国内代表顶尖水准，至于柳海，他们更是看不到其实力极限。

……

许景明连续进攻了三分钟，竭尽所能地发挥自己的实力，但柳海依旧凭借一柄刀挡住了许景明的所有攻击。

"景明，我要进攻了，而且我的进攻力度会越来越强，直至达到我的极限。"柳海忽然说道，"就看你能撑到什么时候。"

话音一落，柳海招式就变了。

刀光一闪，刀贴在了许景明的长枪上，这让许景明颇为难受。贴上的刹那，那柄单刀顺着枪杆而下，欲劈开许景明握枪的手。

一切自然而然，快如闪电。

幸好许景明在刀贴上长枪的一瞬立即发力，拉开刀与长枪的距离。

刀光继续闪烁，一次次近身，刀光只要碰触到枪杆，就欲贴上长枪，顺着枪杆攻去。

许景明被迫不断后退，不断挥舞长枪。

"黏枪劈手，能挡住这一招，那就接我下一招。"柳海悠然自得，招式时而阴柔，时而刚猛，威力在提升，速度更快，令许景明越发吃力，仅仅一分钟，就被逼得只能防御。

仅仅凭借一柄刀，逼得手持长枪的许景明只能防御。

许景明非常憋屈，但刀光实在是太可怕了！他全力防御时都觉得可能防不住。

"怎么会有人将刀法练得这么可怕？我遇到过很多对手，在虚拟世界中更见识了很多兵器的运用之法……但我感觉，师父凌驾于所有人，差距也太大了。"许景明感觉快窒息了。

许景明和雷云放交过手，但雷云放只是身法可怕，他的刀并没有带给许景明致命的威胁，其他人就更别提了。

许景明对付其他人，能在兵器上压制对手。

只有遇到柳海时，感觉柳海仿佛大海，看不到边。许景明尽了全力，柳海依旧凭借一柄刀压制得他喘不过气。

"出现这种情况，主要是因为在技巧方面，我比师父差太多。想要破解，要么以力量，要么以速度。我的进化法提升没多久，身体发力也不如师父，力量上肯定也不够。我唯一的希望在速度上，我要凭借达到极限的速度才可能击败师父。"许景明暗道。

"我最快的一招是无影刺。"

许景明在被压制得快窒息时，决定放手一搏。

他过去施展无影刺，都是寻到机会有把握了才出手。

这一次，他即便没有把握，也要出手。

不出手，必败；出手，就会露出破绽。

"就是这时候！"许景明在柳海近身时，毫无征兆地施展无影刺。

师父的逼迫，决赛的影响，在没有任何把握下强行施展无影刺……这都让许景明感觉这一次和往常不太一样。

往常，这招是致命一击。这一次，是图穷匕见，是不顾自身的一击。

许景明不顾性命、不顾一切地去追求速度，这一刻，他感觉到全身骨头、肌肉正在被调动。

他调动了身体更深层的力量，发力更迅猛，速度更快。

"要比我过去任何一招都快！或许，我能赢！"许景明在刺出这一枪时，只感觉这一招无比美妙，甚至觉得自己可能会赢。

柳海加大攻势，看许景明能扛到什么时候。他只是使出很平常的一刀，没承想这时候许景明突然爆发。

枪太快，柳海感到头皮发麻。

"不好！"柳海来不及移动，左手上的盾立即一挡。

砰的一声，枪刺在了盾上。

盾终究是擅长防御的兵器，而且柳海的盾比许景明的盾要大些，只要稍微一挡就能挡住大片区域。

枪被挡住，产生反冲力。

柳海发现许景明被震得露出了明显破绽。

柳海进一步，刀光一闪，击中许景明。

"被挡住了！"许景明喃喃道。

他超越过往巅峰的一击，快到极致的一击，竟然还是被挡住了。不是被刀挡住的，是被柳海的盾挡住的。

"也算是逼得师父用盾了。"许景明身影变得虚幻，消散在山林。

整个山林中只剩下一人，他持着盾和刀，有些后怕。

"这个傻小子，最后一招的速度还真快！"

第90章 // 余波

　　最后一击被挡住，许景明有些遗憾，但冷静下来他又觉得，一对一的时候柳海基本上只用一柄刀，但其实盾刀配合，柳海才能发挥出真正的实力。即便面对无影刺，柳海也只用盾一挡，算不上真正的盾刀配合，现在许景明是威胁不到柳海的。

　　离开战斗空间，许景明回到夏国官方直播间，走到看台上亲朋好友所在之处。

　　"队长！"

　　"景明！"

　　"老许！"

　　"儿子！"

　　各种称呼，一群人笑着迎接许景明，没人觉得遗憾。毕竟柳海是全球第一，实力比许景明强太多了。

　　杨青烁笑道："当初组队的时候，我都没敢想我们能杀进决赛，'火种杯'全国大赛，我们是全国第二！亚军！我们击败了很多厉害的队伍！"

　　"我们捡了大便宜。"衡方搂着杨青烁，道，"那么多次我们都早早被淘汰了，能赢那么多场比赛，全靠老许和怡姐。"

　　"是靠队长。"王怡说道，"我到半决赛才侥幸突破，如果不是在梨木战队，而是在其他队伍，可能早就被淘汰了，我不可能这么快就突破。"

　　"我们是一个团队。当然，因为怡姐我们才走到决赛。"许景明说道。

"诸位高手，我才是队伍里最不劳而获的那个。"黎渺渺作揖感谢道，"谢谢诸位，太感谢诸位了！大家知道在'火种杯'大赛期间，我的那首单曲《梨木》的下载量增加了多少吗？"

大家都摇摇头。

衡方干脆去查看歌曲下载量。

"五千六百万次！"黎渺渺开心地道，"这可是要付费的。比过去几年的累计下载量还多，还带动了我的其他歌曲的下载量，我的天哪！"

"我们战队队歌的累计下载量竟然还未到一亿次。"衡方看着数据，打趣道，"作为梨木战队的队员，我觉得有必要帮嫂子好好地宣传一下。"

"是得给猫猫好好地宣传一下。"王怡点头，"我赞同。"

"许哥，我们的热度不够，还是得你来。"杨青烁看着许景明，笑道，"这次大赛后，你的热度肯定很高，你多给嫂子宣传一下，嫂子的歌曲肯定越来越火。《梨木》可是我们的队歌。"

"宣传，一定宣传。"许景明立即笑道。

这时候，体形魁梧的柳海笑眯眯地出现，他走了过来。

"队长！"许洪、戴通达见状，立即迎接。

"师父！"许景明、杨青烁、衡方都一惊，忙去迎接。

柳海笑眯眯地看着许景明，道："不错，最后那一刺更是不错。你的枪法突破了？"

"有了一点点突破。"许景明点头。他比赛结束回到战斗空间时，立即查看了个人战力面板。

"有突破是好事，只是你与为师之间，还是有比较大的差距。"柳海点头道，"加油，我可是等着你来击败我呢。当师父的就期待你们这些徒弟哪天能超越我。"

杨青烁、衡方相视一眼："超越？差距越来越大了啊！"

许景明走上前去，小声问道："师父，我想问问，师父和我交手时拿出了几成实力？"

柳海思索一下："五成吧。"

"五成?!"

许景明勉强对师父的实力有了模糊的认知。

"继续努力吧。"柳海笑眯眯的，期待得很。

他喜欢教导徒弟，看着徒弟成才，比自己突破更开心。

他想方设法地将自己的战斗技巧掰开揉碎，尽量清晰地传授给徒弟们。在教导过程中，他自己领悟得越来越透彻，境界越来越高。虚拟世界出现，他直接成了世界第一。但他最期盼的，还是徒弟能够赶上他，超越他。

"队长，准备一下，我们作为冠军队伍要登台领奖了。"许洪看了一眼提示语，提醒道。

"还要登台领奖？"柳海立即召集柳海老年队的所有队员。

"火种杯"大赛作为夏国第一次全国性大赛，大赛的冠军自然万众瞩目。

柳海老年队的队员一个个开心地登台。看台下的许景明他们非常羡慕。

"五亿奖金啊！"刘冲远看得眼热。

"我们的奖金也到账了。"杨青烁一直关注着个人账户，发现账户里的金额变了，立即提醒大家。

"好多钱啊！这么多年，我终于狠狠地赚了一笔！"

衡方、刘冲远大喜。刘冲远更是喜极而泣，他从来没赚过这么多钱。

"我一个替补队员居然也能得这么多！"黎渺渺非常开心，"官方还真是干脆，直接帮我们扣税了。"

许景明、王怡笑看着，他俩比较平静。

王怡本来就赚得多。许景明参加"火种杯"大赛后，特别是从击败铁莲云那一战开始，获得的打赏金额越来越多。

几场比赛下来，许景明早就全民皆知了。毕竟那几场比赛的观看人数超过十亿了。

论武道选手的名气，许景明绝对能在国内排前几名了，甚至比王怡更胜一筹。过去现实中的任何赛事，在国内的影响力都远远无法和虚拟世界的"火种杯"大赛相比。

蓝星联盟使者团观看完颁奖典礼后，准备离开了。

"这次比赛真让我们大开眼界。"为首的老者微笑道，"夏国的高手的确不凡，不管是全球第一的柳海，还是年轻一代的许景明和王怡，都很优秀。相信在整个蓝星文明踏入新时代之后，夏国一定会为蓝星文明做出更大的贡献。"

周局长笑道："夏国是蓝星的一分子，我们自然会为蓝星文明全力奋斗。"

"力量越大，责任就越大。"罗马国使者说道，"如今全球前五的高手中，夏国占两个，夏国的实力可想而知，但在荧火星上，夏国出的力气还不够啊。"

"白鹰联邦也在星空榜上占了两个席位。"周局长说道，"而且论贡献的力量，都是按照之前商定的份额各自承担。我们夏国可没少出力，倒是天竺国，说好的资金，至今才兑现承诺的三分之一吧？"

天竺国使者连忙说道："我们已经在努力了，我们的负担——"

"下次联盟会议时再讨论。"为首的老者说道，"总之这次夏国之行，还是颇有收获的。"

"欢迎诸位下次再来！夏国一直是礼仪之邦，欢迎任何一个朋友！"周局长说道。

打完招呼后，使者团在看台上悄然离去。

周局长以及诸位副局长也消失，离开了直播间。

夏国，生命进化局。

周局长和三位副局长在会议室，梁倩副局长通过投影技术出席会议。

"'火种杯'大赛已经结束。"周局长看向在座的几位副局长，"我们必须确定国家第二批重点栽培名单，按照规则，我们五人商议后将商议结果交给最高当局审核。"

"这次和第一次不同，第一批人的栽培力度都是一样的，如今既然得知了高手们的实力、进步速度，就会重点栽培名单上的前三人，后面的十七人的栽培力度与上一批人一样，所以前三人格外重要。名单上的第一人是谁？"周局长道。

　　"名单上的第一人？肯定在方虞和许景明中选。"梁倩副局长说道。

　　"我赞同。我选方虞，他今年才二十岁，没有职业赛事经验都能成长到如此地步，他还是全国唯一一个与进化法的契合度超过100%的人，他拥有103%的契合度。大家应该知道，修炼到后期，达到极限难以突破是很正常的事。"王书祁副局长说道，"当大家都停留在原地，无法突破时，契合度达到103%的方虞将会是最强的一个，他的身体全方面超越其他选手。如此天才，必须得栽培，大力栽培！"

第91章 // 争议

"其他人的意见呢？"周局长目光扫过其他两位副局长，道，"老方，你多年来一直负责武道这块，你说说。"

儒雅的中年人方宏点头道："我选许景明。"

其他人都认真听着。

"大家都知道，蓝星文明在未来将面临何等挑战。夏国要栽培的高手，可不是只在同层次中做到最强，而是要不断地突破，越来越强。生命层次的突破取决于境界，只有境界突破了，才能凭借进化法达到新层次。

"现如今，我夏国的三阶高手中，最年轻的两位就是方虞和许景明，他们都没有得到过栽培。比较二者，许景明的枪法达到三阶后，成长速度明显迅猛得多。截至目前，他的枪法已经突破到三阶56%，方虞的步法至今没突破，戟法也停留在三阶21%。"

"放眼国内的三阶高手，许景明的成长速度是最快的。当然，柳海是发展最全面的，各方面都已经达到三阶99%。论境界，我最看好这两位。我觉得我们更应该看重战斗技巧的境界。一旦境界突破，那就完全是不同的生命层次；若战斗技巧的境界不高，即便契合度达到103%，意义也不大。"方宏道。

周局长点头："老方的意思很明确，其他人呢？"

"方虞年仅二十岁，没得到栽培，凭自己就达到三阶，若论境界，他同样成长得很快。"张童方副局长说道，"只是年轻，经验不够，人生阅历不够。等他到了二十九岁，论悟性，丝毫不逊于许景明。而且你们也知道，生命层次的突破，越往后越难，许景明和方虞大概率都会停留在同一个高度，我觉得栽培方虞更稳妥。"

"我选许景明。"梁倩副局长开口道，"我们夏国会培养出一代代高手，柳海、许景明他们是虚拟世界开放后的第一代高手。再过十年，只被允许赤手空拳参加格斗的少年会成长起来，他们基础更扎实，接触兵器后，成长速度更快，会有更多天才涌现。第二代天才、第三代天才……一代代天才不断涌现。"

梁倩副局长继续道："我们这次对栽培名单中的第一人的栽培力度是最大的，难道我们要的只是他在同层次中做到最强？反正以后会涌现很多高手，我们如今最需要的就是最强大的生命体，越强越好！"

"不要想得太远，我们应该脚踏实地！"王书祁说道。

张童方点头道："这次名单中的第一人，我们必须慎重，必须稳妥！"

"以许景明的成长速度，再弱也弱不到哪里去，很稳妥。"梁倩副局长道。

"有时候，胆子还是要大点。"方宏笑道，"说不定，有奇迹呢？"

四位副局长在争执。

周局长点头道："第一个栽培方案，因为未摸清国内高手的实力，仅仅针对在格斗上有成就者栽培，栽培力度有限。这一次是虚拟世界开放后，在全国范围内筛选，对前三名的栽培力度非常大，而第一名更是特别，栽培力度最大。大家的考量我都能理解，但如果我们给不出方案，就只有让最高当局自行决定人选了，最高当局可不一定会在这二者之间选择。"

四位副局长对视，仍坚持自己的意见。

"不管我选谁，我们都无法统一意见。"周局长点头道，"第一人选、第二人选都待定。我们五人各写一份报告，交给最高当局，由最高当局决定。"

"好。"四位副局长都点头。

"前两名的人选，我们统一意见，许景明、方虞，没问题吧？这样最高当局也会重点考虑许景明、方虞二人。第三名，赵樊，有没有意见？"周局长问道。

"没意见。"

"就他了。"

"这个赵樊，过去从未接触武道，仅仅在虚拟世界练习一个多月就能击败一些武道大师，年仅十八岁，天赋真高！"

大家都赞同。

"接下来的十七人，我们从虚拟世界筛选出的三十人中选。我们先自行选择，每人选十七位，按照票数排序，票数多的先入选。"周局长说道。

当天，生命进化局就将大概名单及名单上人员的详细信息上报最高当局，最重要的第一名、第二名未确定，候选人是许景明、方虞。

早晨，许景明一大家子人聚集在一起吃着早饭，庆贺"火种杯"大赛的胜利。

虽然许景明没拿到冠军，但许洪拿到了。

"'火种杯'大赛的决赛在今天凌晨结束，由柳海率领的柳海老年队获得了冠军，许景明率领的梨木战队获得了亚军。"客厅光幕上正播放着早间新闻。

"我吃完了，先进虚拟世界了。"许景明起身。

"你小子，大赛刚结束，这么急匆匆干什么？"许洪说道。

"得赶紧复盘。"许景明笑着说道，"大家慢慢吃。"

说完，他就立即去卧室了。

……

黎渺渺坐在沙发上，看了一会儿新闻，又换成别的节目。

"本次'火种杯'大赛涌现一批年轻高手，像许景明、王怡、方虞等，虽然夺得冠军的是柳海的队伍，但不可否认的是这批年轻人的实力很强。"这是一个访谈节目，主持人和两位嘉宾看似闲聊着。

"许景明算是如今夏国年轻一代中的领先者了，当年他断腿时我还遗憾，觉得他的武道前途毁掉了。没承想几年后，他就重返擂台，大放异彩，全国皆知。"

"许景明很优秀，毋庸置疑，但他这一层次的高手，要与全球高手比……我们得承认，与全球顶尖高手们相比，许景明的实力还是差些。"

"的确，从许景明与柳海的交手、与雷云放的交手都能看出来，在一对一时，许景明被彻底压制。"

"现如今，全球第四才二十岁，刚突破的全球第七也才三十二岁，和这些全球顶尖高手相比，许景明还得加油。"

黎渺渺看着节目，眉头微皱。

"心态得放平。"黎辰安坐在了黎渺渺身边，说道，"星空榜上的毕竟是全球顶尖的人。人啊，别总是和最强的比，压力太大。要多和自己比，只要自己一直在进步，就很好了。"

黎渺渺点头道："我懂，景明他一直很努力。"

个人空间练武场。

许景明仔细地看着眼前显现的对战场景，他仔细地研究自己与柳海交手时的动作。

"我全力进攻，师父仅仅凭借一柄刀就挡住了。"许景明看着，"之前张青拿着双剑狂攻，师父也是凭借一柄刀就挡住了。如果每一招都要思索，是来不及的，师父是本能反应。"

许景明眼睛一亮，说道："对，让所有出招都化作本能反应！

"我的招式其实已经很快了，但现在看起来，常用的招式能本能地使出，有些招式却不行，无法像师父一样，所有出招都化作本能反应。师父眼中只有对手的破绽，发现破绽，施展出应对招式，不需要思考。

"心中无招，出招都成了本能反应。"

许景明隐隐看出了柳海的境界。

就像人走路，不会特意去考虑先迈左腿还是右腿。

对战时，只要对手攻击，他自然而然就施展出最适合的招式应对，一招连着一招，快得可怕。

"试试。"许景明开始设置对手，尝试新的战斗方式。

　　决赛结束后，他一直在复盘，一遍遍回看视频，不断反思，完善自身技能。

　　他打算等复盘结束后，再去闯星空塔。

虚拟世界，黎渺渺的直播间。

黎渺渺坐着，笑着道："这是'火种杯'大赛结束后，我第一次开直播。作为梨木战队的替补队员，作为队伍的经理，作为队长许景明的领导，我宣布，有什么想问的尽管问。"

"猫猫开播了呀。"

"猫猫现在好霸气啊。"

"猫猫，能请姐夫来吗？我们也想要看姐夫。"

"让姐夫也接受我们的采访。"

黎渺渺看了一眼好友列表中许景明的状态，无奈道："我也很想请你们姐夫，但你们姐夫实在太痴迷武道了。决赛结束后，他几乎就一直在闭关苦练。"

"姐夫辛苦。"

"姐夫辛苦。"

"姐夫辛苦。"

黎渺渺见状，当即转移话题："关于这次'火种杯'大赛，大家最想知道什么？之前需要保密，现在很多都可以公开了。"

"猫猫姐，我们想知道，作为队伍中的关键一员，你有奖金吗？"

"当然有。"

"有1%吗？"

……

当黎渺渺和粉丝们聊天时，许景明待在个人空间练武场，沉浸在枪法的练习中。

"就是这种感觉。"

许景明毕竟从小练枪，之前很多基础招式的出招都已经化作本能反应，现在是刻意让所有招式的出招都化作本能反应。

练习三个多小时后，许景明逐渐进入状态。

"来一百个基础战力为3000的对手。"

嗖！嗖！嗖！

一道道身影宛如鬼魅，从四面八方袭向许景明，与此同时还有暗器袭来，的确恐怖异常。

这些对手都挺强，一百个联手，若是大赛前的许景明、方虞，恐怕都得殒命。但现如今的许景明已然蜕变了。

哧哧哧——

许景明舞动长枪，长枪化作条条枪影，轻松挡下了一个个暗器，击杀了一个个对手。

"这种感觉太美妙了！"

许景明甚至可以分心。

看到围攻而来的敌人，立即出招应对，不需要思考。

这时候，大脑反而空下来了，他能够很冷静地分析整场战斗，身体随心而动，施展出诸多招式。如此一来，出招速度就快太多了。

"虚拟世界刚开放时，师父与我交手，讲究的是掌控敌人，是后发制人，一念动时，招式已出。"许景明暗道，"而我如今从与师父的战斗中体会出的是用心灵掌控全局。心中无招，本能地出招。这一战斗方式的前提是必须全方位掌控身体。"

以许景明如今对身体的掌控，他是能够做到这一步的，虽然有些生疏，但还是达到了这般境界。

嗖！

一记扫枪，扫过身后最后一名对手的脖子。

所有对手都已化作虚影。

一百名基础战力3000的对手，就这么被击败了。

许景明想："在这之前，面对一百名如此高手的围攻，我会手忙脚乱。现在心中无招，本能地出招，用心灵掌控全局，我甚至可以冷静分析对手有哪些破绽，怎么逐个击破，如庖丁解牛般轻松。"

"是时候去闯星空塔了。"许景明这一刻心中平静，充满自信。

与柳海交手时，枪法突破；复盘时，掌握了心中无招、用心灵掌控全局的战斗方式，这让他的实力全面提升。

任务空间。

嗖！

一道流光降落在巍峨的星空塔前。

许景明看了一眼夜空中的巨大榜单后，走入了星空塔，前往第三层。

星空塔第三层，幽暗潮湿的热带雨林。

许景明太熟悉了，他直奔那一只只猛虎。

猛虎被触怒了，咆哮而来，甚至一跃而起，虎爪欲撕裂眼前的人。

嗖！

许景明到了近前，一闪，手中的长枪一抖，击杀了跃起的猛虎。

瞬间拔回枪，许景明已然离去，那只猛虎在跌落途中就化作虚影消失。

"这些普通猛虎体形太大，最多也就几只同时围攻我，完全没有应对那些基础战力3000的对手的压力大。"许景明很轻松，行进中，一枪一只，击杀一只只猛虎。

用长枪这类兵器对付猛虎，的确比刀、剑方便太多了。

许景明现在和过去完全不同，过去他在战斗中完全沉浸其中，而现在，以心灵掌控全局，出招自然而然，无比顺畅。

"嗷——"

在远处的虎王终于愤怒地冲出，带领着一群猛虎围攻许景明。

许景明没有盲目地迎战，先施展身法，借助一只只普通猛虎，尽量避开与虎王的交锋，并持续攻击那些普通猛虎。

两分钟后，伴随着虎王愤怒的咆哮，残余的六只猛虎仓皇逃离。

只剩下许景明和虎王一对一。

"就剩下我们俩了。"许景明有些兴奋，虎王带给他的压力虽大，但也没有大过柳海。

"嗷——"

虎王一扑，仿佛一座小山压过来。

许景明与虎王交手太多次，对虎王实在是太熟悉了，如今即便自身实力提升了不少，但论体质、力量、速度、灵活性等各方面，依旧逊色于虎王。他必须利用自身战斗技巧、兵器的优势，才有望获胜。

虎王当面扑来，灵活无比，移动速度比许景明还快，一双巨大的爪子更是恐怖的利器。

许景明仿佛和周围环境融为一体。

"以心灵掌控全局，周围环境也可以被利用起来。"许景明冷静无比，以防御为主，利用每一个事物，找到机会就是一枪。

长枪长两米六，比虎王爪子长，他现在的一刺，即便是虎王，也会受伤。

双方疯狂搏斗。

一方凶悍，发挥着身体的优势，灵活至极，迅猛至极。

另一方冷静无比，利用环境，在虎王身上留下一道道伤口。

许景明现在甚至都能分心做出判断："以我的体力，完全能保持半小时的疯狂搏斗，我不会给虎王任何机会。"

仅仅八分钟后——

虎王身上出现数十处枪伤，伤势严重，出招速度都慢了许多，被许景明一枪刺穿脖颈。许景明这一枪拔出后，虎王哀嚎一声，挥了两下虎爪，却根本碰不到许景明。

许景明手持长枪，平静地看着虎王倒下，化作虚影，消散。

"第三层通过，准备进入星空塔第四层。"美妙的声音在耳边响起。

许景明的身体又恢复到战斗前的状态，兵器上的血迹消失了，变得干干净净。

眼前场景变化。

"第四层来了！"

许景明已然看到星空塔第四层的场景。

当许景明通过第三层时，星空塔外，夜空中的巨大榜单上出现了一个新的名字。

全球第八：许景明（夏国）

这一刻，几乎全球人都看到了这个名字。

这条消息立即以恐怖的速度疯狂传播，短短数分钟就传遍全球。

许景明看着眼前安静的山谷和一座座怪石嶙峋的山峰，山峰中隐约有猿啸声传来。

"这就是星空塔第四层？"许景明手持长枪，小心翼翼地观察四方。

嗖！

远处山峰上隐隐有一道身影一跃而起，画出一道巨大的弧线，落在山谷内的一棵大树上。

它站在粗大的树枝上，盯着许景明。

"这是……猿猴？"许景明有些不确定。

它比较瘦，全身长着棕黑色的毛，单手拿着一根黝黑的棍子，正一脸敌意地看着许景明。

它的确是猿猴，许景明之所以不确定，是因为它看着像智慧生物。

"它的眼神太有灵性，不像野兽，像智慧生物。"许景明看着它。

"嗷——"

这只猿猴猛然发出一声低吼，嗖的一声蹿出，快如闪电。

"速度可与雷云放媲美。"许景明更加谨慎了，暗道，"在速度方面，我无法和它比。"

彼此距离数十米，猿猴仅用半秒时间就到了许景明面前。许景明一个闪身，长枪闪电般刺了过去。

棍抽打在许景明的长枪上，许景明觉得沉重无比，立即长枪一转，再次刺去。但棍在撞击后顺势而去，棍头直击许景明。

许景明本能地用长枪拦截下这一棍，却不由得后退一步。

"力量比我略大，速度比我快得多，而且它有一套厉害的棍法，这是我闯星空塔以来，第一次碰到用兵器的对手。"许景明感到了压力。

前三层的对手分别是狼、熊、虎，都是猛兽，都有体形优势。

第四层遇到的猿猴，不但有兵器，而且精通棍法。

嘭嘭嘭……

猿猴以劈打、抽扫、戳等招式为主。

其实，棍的威力略逊于长枪，毕竟棍能用的招式，长枪也能用，而且长枪在穿透性方面要强得多。

但这只猿猴凭着棍子，压制住了许景明。

这只猿猴实在是太灵活，速度太快，虽然力量略逊于许景明，但一棍连着一棍，出棍速度比许景明快得多，打得许景明被迫以防御为主。

嘭！嘭！嘭！

许景明和这只猿猴不断移动、不断对打，嘭嘭的兵器碰撞声接连响起，山谷内的树木被波及，断裂开来。

这些动静引起了周围山峰中其他猿猴的注意。

只听得猿啸声阵阵，一只只猿猴从四周山峰中跃出，画出道道弧线，落在山谷中。有的落在树上，有的落在草地上，每一只猿猴都拎着一根黝黑的棍子。

猿猴体形各异，有偏瘦的，有极为壮硕的，更有一只毛微微泛红的猿猴，这只猿猴被其他猿猴簇拥着，应该是它们的首领。

"在前三层，我对付的分别是狼群、熊群、虎群，这次要对付一群猿猴吗？"许景明心中疑惑。

柳海他们都还没有闯过第四层，许景明这次只是试试，探探第四层的虚实，并不在意自己会失败。

虽然分出心思，但许景明仍旧掌控战场，出枪速度极快，一招连着一招。他在那只猿猴的强势压迫下，坚持了足足五分钟。

忽然有一只猿猴不耐烦了，手持棍子冲出，加入了战斗。它突然冲来，一道棍影破空而至，让许景明的压力陡增。

他挡下了这一棍。

只见连续的棍影铺天盖地而来，许景明勉强挡下几棍，就被一棍砸中，整个人化作虚影，消散在山谷中。

"一只猿猴就压制住我了，两只猿猴我根本敌不过。"许景明化作虚影时，还看了一眼那只全身长着暗红色毛的猿猴，"那只猿猴的实力肯定深不可测，短时间内，我是没希望闯过第四层了。"

……

当许景明试着闯星空塔第四层时，外界早已沸腾了。

其他各国非常关注星空榜上新出现的人，在疯狂挖掘许景明的所有情报，而夏国彻底陷入狂热之中。

在"火种杯"大赛期间，全球第七出现时，夏国过半的直播间和媒体都在谈论全球第七。如今大赛结束，全球第八诞生，还是夏国人，人们的狂热程度可想而知。

"就在刚刚，星空榜上出现了第八个名字，全球第八——许景明！"

"全球前八，我们夏国占三个！这就是夏国的实力！"

"许景明年仅二十九岁，是年轻一代的领军人物，我们夏国年轻一代的高手，同样能位列全球前十！"

虚拟世界的观战平台上，众多直播间在激动地谈论着许景明。

而黎渺渺的直播间内，观众数量一开始只有十几万，忽然人数猛增。

二十万、三十万、五十万、一百万……

"怎么回事？"黎渺渺有些发蒙，她看到直播间的观众数量在暴增，立即看向观众们的发言。

"姐夫成为全球第八了！"

"全球第八！"

"许景明，全球第八！"

"姐夫，全球第八！"

"猫猫，姐夫太牛啦！"

黎渺渺眨巴一下眼睛，心跳加速，脸色泛红。

"景明终于闯过星空塔第三层了！"黎渺渺道。虽然许景明早说过他在三天内能闯过星空塔第三层，但当那一刻到来时，黎渺渺还是感到无比激动，为许景明感到骄傲。

黎渺渺右手轻轻一点，点开好友列表，看向了排在第一位的许景明，状态栏显示的是正在星空塔内战斗，这让黎渺渺压制住下线的想法，因为现在下线也见不到许景明。

黎渺渺点开观战平台，看了看其他直播间。

其他直播间有星空榜的截图，她清晰地看到一个新出现的名字——许景明。

"我看到大家的发言了。"黎渺渺的眼睛微微泛红，微笑道，"我为景明感到开心！"

观众人数还在增加，直奔千万，对个人直播间而言，这是一个匪夷所思的数据。

黎渺渺一边和观众们聊着，一边关注着好友列表中许景明的状态栏。

当发现许景明离开星空塔的刹那，黎渺渺立即说了一句："你们姐夫在找我，我先下线了！"她迅速走了，甚至都忘记关闭直播间，直播间内的上千万名观众只能看着空无一人的直播间。

许景明刚返回个人空间，就发现黎渺渺来到了院门外。

只有黎渺渺可以不经允许来到他的个人空间。

"渺渺！"许景明立马去开院门。门外有积雪，黎渺渺穿着单衣站着，一点都不冷，她满心火热。

"景明！"许景明打开院门的同时，黎渺渺兴奋地一跃而起，跳到了许景明身上。

　　许景明连忙抱住黎渺渺。

　　"现在大家都为你感到高兴。"黎渺渺说道，"我的直播间就在刚才突然进来上千万人，都是因为你！"

　　"好好好，我知道了，你先从我身上下来。"许景明笑道。

　　"不，抱着我进屋。"黎渺渺摇头。

　　"好吧。"

　　许景明只能抱着黎渺渺进屋。

9月7号，上午10点。

夏国，生命进化局。

"诸位，"周局长看着其他四位副局长，将盖着印章的红头文件放在桌上，道，"第二批栽培名单已经确定。"

方宏、张童方、梁倩、王书祁四位副局长一眼就看到红头文件上排在第一位的正是许景明，第二位则是方虞。

"等所有都准备妥当，就可以请来许景明、方虞、赵樊三人了。上一批人中，只有柳海得到了第二次栽培，最高当局特批他的栽培级别等同于许景明。"周局长道。

四位副局长都点头。

"抓紧时间，赶紧行动，要确保今天下午2点前，一切准备妥当。"周局长吩咐道。

"是。"

中午，许景明和黎渺渺吃完午饭后，坐在客厅内吃着水果，看着光幕上的节目聊着天。

"师兄。"许景明接了一个视频电话，此人正是方星龙。

"景明，我受白熊集团委托，邀请你加入他们正在组建的白熊战队。"方星龙笑着道，"你不用顾及我，我只是个传话的。"

"白熊集团？"许景明惊讶，"这个大集团也要组建战队？"

虎鲨集团巅峰时，都与白熊集团有差距。

白熊集团是国有集团，是世界电池产业的第一巨头，现如今所有的汽车，甚至很多电器都会用到电池，电池技术是核心技术。

白熊集团也制造汽车，甚至还制造飞行器。

"虽然国有集团的动作慢了点，但一旦决定进军虚拟世界，其决心、阵仗还是很大的。"方星龙笑道，"他们邀请你担任战队的队长，固定年薪一亿，战队奖金占50%，个人直播间的打赏金额归你个人，对你的要求很低。"

"我暂时不想解散梨木战队。"许景明说道。

"行吧，详细资料我发给你，你如果有想法再联系我。"方星龙笑道，"我给你一个建议，虚拟世界刚开放一个多月，各国都在引导国民练习武道格斗，这绝非一个简单的游戏，你不要轻易和任何一方绑定。即便签约，也不能被束缚得太多。"

许景明点头："多谢师兄！"

"说起来，你从我的格斗馆离职，真是龙归大海，一飞冲天啊！"方星龙笑道，"行了，不多聊了，你继续加油。"

挂断后，一旁的黎渺渺酸溜溜地道："你今天的电话好多，都是来邀请你的，一个邀请我的都没有。"

"他们不邀请猫猫姐，我怎么可能会过去？"许景明哄道。

忽然，又有一个电话来了。

"衡公子，什么事？"许景明问道。

"一个熟人请我帮忙。"衡方憋着笑，"我就是个传话的，你要骂别骂我。"

"赶紧说。"许景明催道。

"就是那个……那个程子豪，邀请你……当白龙战队的队长。"衡方说道，"薪酬——"

"让他滚！"许景明气愤地道。

"我知道你会骂人。不管怎样，话我算是传到了，对不住了，队长！"衡方笑着，"对了，我想问问，你应该不会离开我们梨木战队吧？"

许景明瞥了他一眼，说了一声"你呀"，直接挂了电话。

黎渺渺难以置信，开口道："这个程子豪脸皮还真厚啊，还有脸来邀请你？"

"哼，无耻之人！"许景明也道。

办公室内。

"老板，许景明拒绝了。"周峰说道。

程子豪坐在办公桌前都没抬头，问："他原话是怎么说的？提条件了吗？"

"就说了三个字——让他滚！"周峰说道。

程子豪瞬间怒火冲天，面部微微扭曲，但他强行控制住了，笑道："心胸真是狭隘啊。既然邀请不到就罢了，反正只是试试，试试又不用花钱。"

"是，老板的器量哪是许景明能比的？他就是个武夫！"周峰吹捧道。

"好了，下去吧。"程子豪说道。

周峰悄然离开，离开时还小心地关好了办公室的门。

待整个办公室只剩下程子豪一人时，他平静的面孔才变得扭曲。

"什么玩意儿！"程子豪猛地一摔手中的文件和笔，骂道，"给他面子，派人客客气气去请他，居然不给我面子！虎鲨集团还在我程家手里的时候，谁敢这么对我？真是虎落平阳被犬欺！"

"我忍！为了公司，我能忍常人所不能忍！"程子豪咬牙。

这么多年，这是程子豪第一次如此认真地经营公司，几乎所有时间都花在公司经营上。

下午时分，许景明正在院子里练天蟒进化法，忽然看到半空一个大型飞行器正在朝自己的住处降落。

"这是怎么回事？"许景明停下修炼，仔细观察。

"怎么了？"

客厅中的黎渺渺走了出来，站在院子中仰望天空。

一个插有夏国国旗的大型三角形飞行器，降落到别墅上方时就不再下降了，悬停空中，光芒笼罩了许景明家。

周围人根本看不清光芒内的情形。

飞行器的门开启，放下金属阶梯，一直延伸到许景明家的大院子里。

三道身影从阶梯上走下，为首的是一名老者。

"周……"许景明看着那名老者，不由得瞠目结舌。虽然现在在节目中很少看到这位老者，但在三十多年前，许景明还没出生的时候，这位老者就已经是国内的领导人之一了。

"许景明，你好，我是周宇阳。"老者伸手道。

许景明有些受宠若惊，立即伸出双手，握手道："周老先生好！"

"我如今担任夏国生命进化局局长一职。"周局长微笑道，"生命进化局负责夏国人民生命进化的事宜，虚拟世界归生命进化局管。"

许景明一惊，心道："生命进化局我听都没听过，'生命进化的事宜'是什么？生命进化对人类的意义不言而喻，周老先生的重要性肯定大得惊人。"

"你随我乘坐飞行器前往滨海，详细事由，我们路上说。"周局长道。

"好。"

许景明点头，转头看向不远处的黎渺渺："渺渺，我去一趟滨海。"

"黎渺渺，你好。"周局长笑道，"我带着你的男友去一趟滨海，估计一两天就回。"

"周局长，好……好……你带走他吧！"黎渺渺有些紧张，她没想到这辈子能见到这位老人。

许景明立即跟随周局长，在两名警卫的护送下登上了金属阶梯。

进入飞行器舱内，周局长指着一旁的座位道："坐。"

许景明乖乖坐下。

"这次邀请你是因为国家的栽培计划。"周局长坐下解释道，"你成为国家最高栽培等级的人了，属于最高等级的，仅有你和柳海二人。"

第95章 // 选择

"周局长，国家会怎么栽培我们？"许景明有些疑惑。

"武道方面的栽培，生命进化方面的栽培。"周局长微笑地看着许景明，"你不会以为，虚拟世界内设置出星空塔，决出全球第一第二，各国设置各类大赛让高手们比拼，仅仅为了一款游戏吧？"

许景明心头一紧。

他早就觉得不对劲了。

官方全面引导，让全球人在保证白天工作的基础上，花费大量时间待在虚拟世界，如果仅为了生命进化，不太可能。因为普通人稍微练练，都能轻松进化。

"这不只是一款游戏。"周局长说道，"从某种程度上来说，蓝星未来的大半命运都由虚拟世界决定。"

"蓝星未来的命运？"

许景明心头一紧。

周局长看着许景明，没有细说，但他的眼神让许景明感受到了压力。

"有些事情暂时不适合公开。"周局长说道，"你接触到的一些机密，包括你受到栽培这件事，都需要保密。"

"明白。"许景明点头。

国家让自己保密，自己自然会保密。蓝星的命运……

许景明感到压力很大。

自己只是一个职业武道选手，距离蓝星未来的命运十万八千里，自己能做什么呢？不是更多要依靠国家和科学家们吗？

　　"在虚拟世界开放前，我们根据过去的格斗成绩，选择了一些高手进行栽培。"周局长说道，"他们都属于普通级别的栽培。那时，全国有十几亿人口，我们无法判断谁的天赋高，只能在职业格斗选手中选择。"

　　许景明认真听着。

　　"第一批人中，有些人成长到了三阶，有些人的战斗技能已经足够高。他们都是夏国的种子，他们让广大民众去学习武道，让许多高手有奋斗目标。虚拟世界开放一个多月后，根据你们一个多月来的表现，经最高当局审核，最终，你和柳海的栽培级别暂定为最高级别。"

　　"国家为此付出了很多。"周局长看着许景明，"非常大的代价！"

　　许景明说道："国家需要我做什么，我一定尽全力！"

　　"进化法有初阶、中阶、高阶……远比你想象的要强大。比如星空塔现在有七层，你们连第四层都闯不过去。"

　　许景明点头。

　　"国家希望你的生命进化层次越来越高，迅速成长起来。"周局长看着许景明，"至于详细原因，我觉得以你的天赋，一年之内，你就会清楚。"

　　"是。"许景明点头。

　　"到滨海了。"周局长看向窗外。

　　飞行器的确进入了滨海市区。

　　许景明也看着窗外。

　　夏国有高空管制，购买一些小型飞行器很容易，但想要在城市高空随意飞行，不是一件容易的事。

　　国家对大型飞行器的管制更为严格。

　　飞行器缓缓降落在草坪上。

　　许景明跟随周局长一同走了出去，外面是一片建筑群，建筑群的许多地方都有警卫重重警戒。

一栋建筑的大门开启，两名警卫肃立问好。

许景明和周局长一同步入其中，很快来到一个休息厅。

"在这儿坐会儿。"周局长从一旁拿出一块面板递给许景明，"你先看看资料，然后做出选择，选择其中一项资源。"

许景明坐在椅子上，伸手接过面板触碰一下，面板亮了。

他轻轻点击唯一的文件夹，开始查看资料。

他的面色逐渐凝重起来。

——天蟒流派的一套八阶枪法。

——天蟒流派的一套八阶盾法。

——体验一次附在一位天蟒流派的擅长枪法的高手身上。

——体验一次附在一位天蟒流派的擅长盾法的高手身上。

四种选择。

许景明心头一紧，轻轻点开，查看详细资料。

"十大进化法分别代表不同的进化方向。"许景明看着介绍，"每一种进化法适合的枪法、盾法也是不同的。"

"荧火星上发现的遗迹？外星文明已经发展到这种地步了？"许景明不由得看向周局长。

"我说过，以你的天赋，一年之内就会知道一切。"周局长说道，"现在的你，生命进化的层次还不够。"

许景明点点头，继续查看详细资料。

明月市，许景明家中，许洪夫妇二人都赶了过来。

"叔叔阿姨，你们看。"黎渺渺指着别墅监控拍摄到的画面。

许洪看得目瞪口呆。

"这么大的飞行器直接进入市区，市区内的摄像头肯定早就发现了，系统却没有阻止，显然是合法的。"许母说道，"这等大型飞行器很难买到，还是那位周老先生亲自来接！"

"过去景明还在国家队的时候，国家召开会议，都是让景明自行赶到会场所在地，现在居然派大型飞行器到家门口来接，还是周老先生本人过来，这真有点吓住我了！"许洪说道，"按理说，以周老先生的身份，他要见谁，何须亲自来接？多大的面子啊！"

"不管怎样，配合国家就是了。"许母说道。

许洪点点头。

黎渺渺看向滨海的方向："也不知道景明现在在经历什么。"

"我决定了。"许景明看了大半个小时，终于把所有资料都看完了，内心做出了决定。

"为了栽培你，国家要付出巨大代价。"周局长看向许景明，"你不用太着急，可以多想想，想清楚了，确定绝对不会后悔时，再做出选择。"

"不后悔。"许景明说道。

"选哪一种？"周局长问道。

"体验一次附在一位天蟒流派的擅长枪法的高手身上。"许景明说道。

周局长起身："随我来。"

许景明起身，跟随着周局长出了休息厅，沿着走廊，经过一个个房间，来到一扇足有八十厘米厚的暗金色的合金大门前。

大门缓缓开启，许景明随周局长步入其中，他觉得眼前场景开始变化起来。

通道是光滑的合金，上面有一条条纹路，一些岔口处安排了警卫值守。

他们又来到一扇门前，三道光芒先后扫过周局长、许景明。以许景明对身体的敏锐度，他感觉到有肉眼不可见的电波扫过身体，身体有一丝麻麻的感觉。

门终于开了，周局长带着许景明走入其中，门自动关闭。

"这是……？"许景明看到了一个巨大的悬浮着的球，球的直径超过十米，此刻，球上自动开启一扇门，台阶延伸而下。

"进去吧。"周局长微笑道。

"好。"许景明没有犹豫，虽然内心忐忑，但坚定地踏上台阶，步入其中。

封闭的球内，许景明略显困惑地看向四周，球的内部光滑无比，光芒亮起，笼罩了许景明。

"是否进入虚拟世界？"

一个声音在许景明的脑海响起。

"进入。"许景明说道。

自己在家戴上虚拟头盔就进入虚拟世界了，这里为何是这样？

许景明独自一人出现在一个虚无之地。

"你好，许景明。"一名美丽的女子出现，微笑地看着许景明，"你选择的是体验一次附在一位天蟒流派的擅长枪法的高手身上，请仔细体会，把握这珍贵的机会。"

许景明点头。

"蓝星文明申请接入虚拟世界网。

"申请学习。

"申请附身'轩'。

"购买价……

"支付成功。"

听到购买价，许景明心中掀起滔天巨浪。

"开始附身。"

随着这个声音响起，许景明进入了一个广袤的世界。

第96章 // 传奇人物

　　许景明看到了一个郁郁葱葱的世界，他还看到了一座山的山峰被斩断了，一名男子正席地而坐，默默地看着这个世界。

　　这名男子披散着暗红色长发，双耳尖尖，眼神平静似无垠星空，他坐在那儿，仿佛整个世界的中心。

　　从容貌来看，他酷似蓝星人，仅仅发色、耳朵略有区别。

　　许景明迅速坠落，直接融入这名男子体内。

　　"这是何等强大的身体！"许景明在附身的刹那感到十分震撼，"这名男子拥有的力量太强悍了，感觉手指一点，就能令一座高山粉碎。这名男子甚至能感应到整个星球！"

　　"这颗行星的外形接近球体，最大直径与最小直径之差是三十六千米，平均直径是三万两千六百二十七千米。"许景明心中浮现数字，"行星自转周期是九十小时三十七分钟十二秒。"

　　"对空间距离、自转周期的感应都这么敏锐？"许景明不敢相信。

　　"这颗行星此刻的公转速度是每秒35.612千米，行星上23%的区域是海洋，其余是陆地，陆地几乎都被森林覆盖。这颗适合生命生存的行星有很多动物，但仅有一个人类，就是我附身的这个。

　　"按照资料上的介绍，我是附在一位天蟒流派的擅长枪法的高手身上，体验这位传奇高手的一段经历，但无法操纵其身体。

"嗯？"

许景明感应到行星外有波动，一艘宇宙飞船出现。

这名有着暗红色长发的男子轩忽然抬头，一艘宇宙飞船穿越虚空，来到了这颗星球的半空。

这是一艘仅仅三十余米长的宇宙飞船，通体银灰色。舱门开启，一名头发干枯的老者出现，从头发、耳朵能看出，这名老者应该和轩属于同一族群。老者飞出舱门，飞到了山顶，向轩恭敬地行礼，他道："老师。"

老者说的是异族的语言，但许景明附身后完全能听懂。

"你怎么来了？"轩露出一丝笑容，看着老者，"我说过，在生命的最后一段日子里，不想受任何打扰。"

"家乡的族人很惶恐，很不安。"老者说道，"虽然知道会触怒老师，但我还是来了。"

轩看着老者，眼神复杂："还记得你拜入门下时才三岁，转眼，你也老了。"

"辜负老师的期待了！"老者恭敬地说道，"如今家乡的族人最担心的就是失去老师的同时失去在宇宙人类联盟的议员席位，失去了议员席位也就会失去话语权。"

"把握不住就放弃吧。"轩道，"将要失去的权力，强行留下只会压垮自己。"

"放弃？"老者微微点头，"放弃后，家乡文明将一落千丈，他们是不会甘心的。但老师的话，我也会带回去。"

轩感到疲惫，该说的他早说了，那些族人还想要从他身上获得更多。只是他这一生，已然要到尽头了。

"我给家乡族人留下最后一句话：不要眷恋权力。"轩说道，"其实，唯有自身强大，才能立足于宇宙之林。好了，你回去吧。"

"老师，没有别的安排了？"老者问道。

"回去。"

轩一挥手，许景明能清晰感应到一股无处不在的力量，那是存于宇宙中的浩瀚力量，不管是脚下的这颗星球，还是外太空，都存有这股力量。

轩挥手间利用这股力量，直接将老者和那艘宇宙飞船送到数十亿千米之外。

"空间传送？"许景明仔细感应，惊颤，"宇宙飞船才能做到空间传送，没想到一个人也能做到！"

虽然早知道这个轩是一位宇宙传说人物，但这也太匪夷所思了。

轩暗道："我的确给家乡的族人留有安排，但那个安排只有当家乡文明陷入绝境时才会启动。若是你们真的沦落到那等地步，就太让我失望了。"

"这是生命走到尽头前的最后一战，希望能进化，达到人类的至高之境。"轩的眼神炽热起来。

他起身，一伸手，手中出现了一杆长枪。

长枪长三米二，通体黑色，唯有枪尖泛着一丝红光。

轩开始练起了枪法。

"开始练枪法了。"许景明立即仔细感应，深深体会，不愿错过分毫。

他的记忆力非常好，并不担心自己会记不住。

轩的练枪速度并不快，一招一式看似简单，但许景明能感应到，每一枪都引动了身体里的所有力量，并且还调动了存于宇宙中的浩瀚力量，甚至星球外上亿千米远的力量都被调动了。

他身体里的所有力量与外界的那股力量的强度之比是1：10000。

以自身力量统领外界力量，完美合一，施展枪法，威力凝聚在一杆长枪上。周围看似很平静，风依旧温柔地吹着。

但许景明知道，一旦爆发些许，就足以贯穿整个星球。

"太可怕了！"许景明胆寒，"这是个人力量所能达到的？而且听之前的对话，他是宇宙人类联盟的议员？"

许景明仔细记忆着这套枪法，枪法施展起来看似平静，实则仿佛火焰在疯狂燃烧，而且一直在蓄势，只等爆发。

轩练了三遍枪法后就收起了长枪，席地而坐，精神波动不断扩散，覆盖范围越来越广。

许景明能感觉到精神波动掠过了周围的行星，甚至掠过了遥远的一颗颗庞大的恒星，渐渐地，几乎扩散到这颗恒星所在的恒星系。这时，精神波动达到了极限。

一个人静静地坐着，自然地释放着精神波动。

这让许景明十分震撼，他牢牢记住轩在这一刻的状态。

就这么席地而坐，也不知过去了多久，轩一直没有任何动静。

许久后，他睁开了眼，原本瓢泼的大雨骤然停歇。

"你来了。"轩露出笑容。

"我来了。"一名穿着金属铠甲的壮汉跨过虚空，出现在山顶半空，他看着轩道。

"谢谢你来助我！"轩微笑道，"这不仅是在现实中的战斗，还是我追求最后一步的战斗，很可能会死的。我一个生命即将到尽头的不在乎，你却愿意来，我很感激。"

壮汉身高五米出头，棕色的皮肤，光头，只是站在那儿居然都让时空扭曲。

"所以我穿上了铠甲，我怕被你打死啊。"壮汉微笑道。

"走吧，去这个恒星系的边缘战斗吧。这是我最喜欢的星球，我不希望它被破坏。"轩说道。

二人一同离开星球，每一步都借助那股存在于宇宙各处的浩瀚之力跨出遥远距离，将一颗颗行星甩在身后。

"他们可以身处真空状态，射线对他们来说没有威胁，他们甚至能自然吸收。"许景明能感受到，这两位在太空中行走仿佛普通人在街道上散步。

他们一次次借助浩瀚之力跨步，一会儿就来到了恒星系的最边缘，在恒星系的最边缘观看那颗恒星，非常渺小且光芒暗淡。

二人看着彼此。

轩单手一伸，那杆黑色长枪出现在手中。

壮汉双手一伸，一手持着大盾，一手持着大锤。

二人对这一战都有所准备，这一战可能是他们突破到那一层的最大契机。

轰！

二人没多说，直接杀在一起，招招致命。

在孤寂的恒星系边缘，一场大战正在进行。

轩沐浴在火焰中宛如神灵，手中长枪化作一道道耀眼的枪影，时而有枪影四射开去，撕裂虚空。

壮汉手持大盾阻挡，任枪影的穿透力再强，大盾都抵挡住了。而且壮汉的每一锤都令时空扭曲，空间距离、时间流速都在发生变化。

与长枪碰撞，大锤占据优势。

但是，长枪太快了。

嗖！嗖！嗖！

一眨眼，长枪再次化作一道道耀眼的枪影。一次不成，那就十次百次。

壮汉必须配合使用盾、锤，才能防守住。

嘭！嘭！嘭！

双方兵器的每一次碰撞，小范围的空间内的一切都被毁灭，余波冲击，上亿千米外都有波动，但威力已经可以忽略不计了。

这等层次的高手交手，按理说许景明是根本看不清的，但他附在轩身上后，轩能感应到的，他也能感应到。

许景明清晰地感应到每一招枪法的精妙之处，甚至能感应到对手的盾法、锤法的精妙之处。

"虽然我能感应到每一招枪法的精妙之处，可我……看不懂啊！"许景明觉得此刻的自己是一个一年级小学生，刚学会加减法，却要去解大学物理题，这怎么可能呢？

"怎么办？"

"这种级别的战斗，即便让我附身体会，差距太大，我也体会不出啊！"许景明焦急地思考。

"那就顺其自然吧。"许景明不敢迟疑，他不知道这一战会持续多久，不能浪费宝贵的时间。毕竟他现在隐隐知道，夏国是以蓝星文明一分子的身份接入虚拟世界网，付出了巨大的代价让自己拥有这次机会，必须抓住每一分每一秒。

"看不懂，那就记住这种感觉。"许景明不再多想，认真体会这场战斗，他仿佛彻底与轩融为一体，仿佛在和壮汉搏杀。

攻！攻！攻！

轩的招式都是进攻招式，而且都只是同一招——刺。但他的刺，汇聚了身体力量，汇聚了广袤宇宙的浩瀚之力，更有精神意志为引领。

精神意志引领着这一招，欲破开时空。

枪快到极致。

一枪刺出，只有枪尖爆发些许威力，壮汉挡住这一枪后，长枪一转，又刺出一枪，动作非常流畅自如。轩肆意地施展长枪。

双方仅仅搏斗三分二十秒，但许景明感觉他们已经搏斗了很久，因为在这三分二十秒中，双方交手千万次，每一招许景明都能清晰地感应到。

许景明能感觉到，随着搏斗逐渐激烈，轩的精神意志逐渐疯狂，仿佛在燃烧自己，燃烧着所剩不多的身体潜力。

轩的内心一直有一个声音："化作光！化作光！化作光！"

许景明能听到他的声音，能感觉到此刻轩的心中没有任何杂念，唯一的念头就是让自身化作光。

轰！

在战斗的三分二十一秒，这一刻，一道耀眼的光亮起，这道光比远处的恒星都要璀璨夺目得多，瞬间刺穿了壮汉的身体。

这道光在虚空中停下，化作了轩。

壮汉的身体正在迅速恢复，铠甲已毁坏了大半。

"你突破了？"壮汉顾不上心疼，一迈步就来到轩的身边，激动万分。

"是的！在最后一枪时，我的确突破了极限，达到了光速。"轩的神情复杂，点头道，"若是再给我一两万年时间，我定能完善枪法，完善自身，让自身达到至高之境，但我没有那么多时间了。这次突破令我能控制身体了，应该还能苟活三百年。"

"光速?!"壮汉慨叹道，"枪法能到这一步，在宇宙人类联盟中，你永远都是传说！"

"传说？"轩思索后点点头。

"得谢谢你，最后对我手下留情了。"壮汉笑道，"若不是你在关键时刻收敛些许威力，我就陨灭了。"

"你愿意和我一战，我已经很感激了，怎么可能杀你？"轩说道。

"你的枪法达到光速，堪称宇宙人类中的传奇，宇宙人类联盟一定会请你在虚拟世界网烙印下这一战的精神印记，让后来者能够参悟。"壮汉说道。

"那就留下精神印记吧。"轩说道。

这时候，许景明的意识脱离了轩的身体，轩转头，目光看着许景明的方向："如果后来者的枪法能达到光速，并且完善了自身，就可踏入至高之境。"

这话似乎是对壮汉说的，也似乎是对许景明说的。

随后，整个世界消散。

轩、壮汉以及无尽的宇宙都在消散，许景明的意识被排斥出去了。

许景明睁开了眼，他正处于巨大的球的内部，门已经开启，许景明走到了门口，顺着阶梯而下。

他走下后，阶梯收回，门再度关闭。

前方大门开启，周局长走了进来。

"感觉怎么样？"周局长期待地看着许景明，他只知道这些情报资料，对于附身后的效果并没有了解太多。

"我需要回去。"许景明的精神有些恍惚，说道，"不能被任何人打扰，我要细心领悟。"

他有太多需要仔细剖析的地方。

"好，现在就送你回去。"周局长点头，"你的附身持续了一天多的时间，肚子应该饿了，在回去途中，赶紧吃点东西。"

……

片刻后，大型飞行器直接抵达明月市许景明家的上方，阶梯直接通往院子。

"景明回来了？"黎渺渺立即跑到院子中，看到许景明走下了阶梯。

大型飞行器收回阶梯，关闭舱门，离开。

"景明，"黎渺渺立即走过去，"你没事吧？你饿了吗？"

"刚刚在飞行器上吃过了。"许景明看着黎渺渺，挤出一丝笑容。

"你怎么了？"黎渺渺觉得许景明的状态不太对，精神恍惚，说话时精神都不集中。

"我没事，渺渺。我现在要进入虚拟世界，从现在开始，你不用管我，也不用担心我，我非常好。我饿了，会自己醒来。"许景明说完后，直接朝屋内走去。

"去滨海市待了一天多时间，一回来就要进入虚拟世界，还让我别管他？"黎渺渺有些困惑，有了自己的猜测。

许景明这次是被那位周局长亲自接走的，一定是有关国家的大事。

此刻，许景明已经戴上虚拟头盔，进入虚拟世界了。

个人空间，练武场。

"改变场景。"许景明改变练武场的场景，练武场变成了一片郁郁葱葱的山林，一座山耸立其中，顶端却被斩断。

许景明这次设置的场景太大，虚拟世界需要收费，许景明立即付了钱。

许景明席地而坐，让自己的精神状态和记忆中的轩契合。

他必须抓紧时间去参悟，因为人的记忆会随着时间的推移慢慢模糊。

熟悉的环境令许景明的记忆更清晰。

他伸手轻轻一点，系统开始录制视频。

"枪。"许景明起身，一伸手，手中出现了一杆长枪，这杆长枪完全模仿轩的长枪，同样通体黑色，长三米二。

许景明微微皱眉："我的身高比轩略矮一些，对力量的掌控也不如他，三米二的长枪对我而言还是长了些，要短点。"

长枪开始慢慢变短，许景明一次次尝试，最终将长度定为两米八六。

这个长度最为适合，也最契合记忆中轩持枪的感觉。

"轩曾练枪三遍。"许景明记得很清楚，"这套枪法与他战斗时的枪法截然不同，有各种各样的招式，速度不快，看似平静，实则仿佛火焰在疯狂燃烧，而且一直在蓄势，只等爆发。"

许景明因为附在轩身上，所以很清楚这套枪法的精髓，他开始一招招地练起来，同样看似平静，速度不快，实则仿佛火焰在疯狂燃烧，只等爆发。

练了三遍后，许景明停下。

"看看练得怎样了。"许景明开始播放录制好的视频，他看着自己施展枪法的画面，眉头紧皱。

附在轩身上时，他的感觉无比敏锐，连所在行星的自转、公转、时间流速、空间距离都能准确判断出来。当轩施展枪法时，每一枪刺出时的速度、高度，甚至旋转的角度，他现在都记得一清二楚。

现在，凭他自己，无法精准感受到自己每一枪刺出时的速度、高度和旋转的角度，只能靠观看录制的视频来仔细分析。

"这一招的发力太刻意，不够自然，长枪旋转时的幅度也过大了。"许景明仔细看着。

仔细剖析后，他又立即开始练枪。

又练了三遍。

他感觉比之前好了不少，继续观看视频。

……

练枪，观看录制的视频寻找问题所在，再练枪……

如此，他练了二十七遍才停下。

"差不多了。虽然达不到我记忆中的那种程度，但这是我如今能做到的极限了，我现在只能达到这种程度。"许景明看着录制的视频，"将视频保存好，将来观看时，希望还能有所触动。"

许景明现在挺满足的，练完这套枪法，他已经开始习惯从时间、空间的角度去分析枪法。

"这套枪法施展起来，表面平静、内敛，速度不快，那么我就将这套枪法重新命名为养生枪法吧。"

许景明起了一个简单的名字。

"接下来就非常关键了，练习轩战斗时的枪法。"许景明开始改变练武场的场景。

场景变化，完全模拟轩与壮汉战斗时的场景。练武场变为宇宙中的一处虚空，远处是渺小的恒星、行星。

寂静、幽暗的宇宙虚空中，许景明站在那儿，前方出现一个外形类似与轩对战的壮汉的对手。看着这个对手，许景明非常有代入感，仿佛回到那处虚空。

"可惜我虚拟出的对手，实际上只是一道虚影。"许景明暗道，"毕竟不管怎么设定都没有壮汉的那种感觉，还不如直接设定成一道虚影。"

虚影一手持着大盾，一手持着大锤，站在那里。

许景明开始施展枪法。

许景明想要刺出一枪。

"在虚空中，没有着力点，不太好发力。"许景明立即感到别扭。

对轩而言，虚空和陆地没有什么区别，轩一脚就能令虚空震荡、扭曲，但许景明不行。

"算了，弄出一块大陨石。"许景明在自己和虚影的脚下虚拟出一块大陨石，陨石表面比较平整。

"开始吧。"

脚踏陨石，许景明的发力才算顺畅，他开始刺眼前的虚影。

刺出后，许景明微微摇头，又刺出一枪。

轩战斗时的枪法，只有一招——刺。在战斗时，这一招他施展了上千万次，许景明的记忆太深刻了。

同一招不断印入脑海，就算过去很久，依然会记忆深刻。

"不管对手使用什么招式，轩都是这一招。这一招能进攻，也能防守。因为出招的速度太快，即便对手攻来，他也能后发制人，找出对手的破绽，破解对手的进攻招式。"许景明很清楚这一招的厉害。

"同样，这一招也有身法的特性。"

"看似用枪刺出，实际上像老虎的利爪、牛的角，锋利无比，坚固无比。枪成了轩身体的一部分，他整个人最后化作了一道光，枪就是光的一部分，他达到了光速，枪也达到了光速。"许景明道。

这一招能进攻，能防御，还有身法的特性，甚至是轩的精神意志的体现。许景明清晰地记得，轩最后仿佛燃烧生命般，脑中只有一个念头——化作光。

"化作光。"许景明努力让自己脑中只有这一个念头。这很难做到，但他在心中一遍遍默念，同时一次次施展枪法。

刺！刺！刺！

身影如火焰般耀眼，如闪电般迅速，他一枪枪刺出。

十次、百次、千次……

许景明沉浸其中。

他现在在虚拟世界，就算身体累了，系统也能将他的身体恢复到巅峰状态。至于精神，此刻，他无比亢奋，丝毫不觉得累。

刺了数万次后，他的精神才感觉到疲劳。

只见许景明在宇宙虚空的陨石上前进、后退、左闪、右闪，移动速度极快，仿佛化作一杆枪，快且凌厉。

许景明过去的身法宛如雷火爆发，很凶猛。

现如今，他的身法是快，是凌厉，是干脆利落。

在移动的同时，长枪会顺势刺出，步法与其完美配合，每一枪都携带着身法的冲锋之力，威力超越过去创造的破山。

"真的有些累了。"

"这一招刺我就练了超过十个小时？"许景明看了一下时间，有些惊讶，"幸好0点后，在线时间会重新计算，我还可以练习十五个多小时。"

至于饥饿，身体进化后，两天不吃不喝也没关系。

"刺，看似一招，实则包罗万象，凭借这一招，足以成为宇宙传说，我就暂且称它为化虹枪法吧。"许景明起了一个简单的名字。

随即，许景明轻轻一点，调整场景，恢复之前的山林场景。

一片郁郁葱葱的山林，许景明在山峰席地而坐。

"我附在轩身上一天多的时间，轩练习养生枪法以及战斗的时间加起来就一小时，其他时间几乎都保持放空状态。"许景明清晰地记得那种状态。

轩那时没有思考，仿佛天体般寂静，自然地扩散精神波动。

许景明模仿轩的那种状态。

此刻他已经心神疲惫，更利于放空自己。

放空，放空……

自身宛如天体般寂静，静静地坐在那里，时间仿佛过去了千万年，他依旧岿然不动。

许景明引导着自身，努力朝轩当时的状态靠拢。虽然远远达不到那般境界，但在尝试中，许景明觉得头脑越发清醒，心越发寂静，真的产生了一种星球运转、寂静无声之感。

这么多年，许景明的心从来没这么静过。

这不是失去意识，而是大脑放空，没有一丝念头。

他依旧感应着四周，知晓周围一切，但脑中就是不起一丝念头。

时间流逝。

"嗯？"

许景明忽然惊醒过来，立即看向时间，已经是早晨8点22分。

"我刚才一坐就是八个小时？"许景明自己都有些吃惊。

第99章 // 勤学苦练

许景明察觉到了自身的变化：一方面心神轻松愉悦，另一方面对周围的感应更加敏锐了。

许景明感受着身体的变化，暗暗吃惊："达到三阶时，心灵能感受到身体各处，大大提升了身体敏锐度；而现在，我对身体的感应更强了。不仅是骨头、肌肉，还有体内的脏腑，我都能清晰感应到。过去的感应是模模糊糊，现在是清清楚楚。"

"感应力变强了，对身体力量的调动应该也会顺畅不少。"许景明起身，伸手拿出那杆黑色长枪，开始尝试起来。

长枪一抖，旋转着刺出，出现道道枪影。他连续刺出数十枪，速度比过往明显快不少。之后又施展拨草寻蛇，发力迅猛，朝两侧抽打。又施展劈枪、崩枪、拦拿等招式。

"感觉更清晰，掌控起来更自然了。感谢国家的这次栽培，我获得了锻炼心灵的方法，它的重要性或许不亚于枪法！"

"这种锻炼心灵的方法，我不知道它的真正名字，就暂时称它为炼心法吧。"许景明微微点头。

"从那位传奇高手轩的身上，我学到了三种手段——养生枪法、化虹枪法以及炼心法，到底哪种更重要，现在还无法判定。"许景明暗道。

化虹枪法看似最厉害，但许景明未达到轩那般境界，战斗时不可能仅仅凭借

254

刺这一招就击败对手。

与之相比，养生枪法反倒有诸多招式。

炼心法对心灵、精神意志有提升之效，对掌控身体亦大有裨益。

"对了，除了这三样，还有轩的对手。"许景明想到了那名身穿铠甲的壮汉，"那场大战，轩的对手施展盾锤之法，其中盾法施展了九百八十七万余次，每一次我都感应得清清楚楚。"

"虽然不清楚盾法的精髓何在，但我至少看穿了部分虚实。"许景明暗道，"那位高手在轩突破之前，在与轩硬碰硬的对战中居然占优势，只是速度方面逊色些。"

"他的盾法很霸道。"许景明回忆着，记忆太深刻了，"盾法霸道至极，镇压时空，毁灭万物！"

盾与枪尖碰撞，小范围空间都被毁灭了。

许景明的右手一伸，空中出现了一面方形盾，与壮汉的那面很像。在学习的时候，用类似的兵器效果更好些。

嘭！许景明模仿壮汉试着用盾一砸，效果还不错。

他以自身盾法为基础，一次次尝试。在山峰平台上，就这么施展一招一式。左手练累了，就换右手。

因为那名壮汉是单手持盾，许景明在学习时，也是用单手持盾。

嘀嘀嘀！

中午12点，系统提示时间已到，许景明方才停下。

许景明准时下线，他居然倍感饥饿，来到客厅看到黎渺渺坐在沙发上。

"景明，你饿了吧？"黎渺渺看向许景明，笑道。

"是有些饿了。"许景明充满歉意地道，"抱歉，修炼有些入魔了，回来后一直没下线。"

"饭菜刚做好。"黎渺渺说道，"我想就算是神级高手，每天在线时间也无法超过十六个小时，我估摸着你中午肯定要出来吃饭。"

"小五，开饭啦。"黎渺渺喊了一声。

管家机器人小五开始将饭菜端到餐桌上，许景明走了过去，大口地吃着饭菜。从滨海回来后，他超过三十个小时没吃饭了。

黎渺渺吃得倒是很慢，她白天一般不待在虚拟世界，是吃三餐的。夜晚会在线，但不会在虚拟世界花费大量时间，因为曜日级每天在线时间最多十二小时。

"你名列星空榜的第二天下午就被生命进化局带走，"黎渺渺边吃边笑道，"回来后你就闭关了，你恐怕很多事情都不知道吧？"

"什么事？"许景明问道。

"星空榜上昨天出现了第九人，今天出现了第十人。"黎渺渺说道。

"星空榜上出现了两个人？越往后，高手涌现的速度越快。"

夏国栽培了很多人，那么其他国家肯定也会栽培本国的天才。

"全球第九是樱花国的，叫清里藤一。"黎渺渺说道。

"哦，是他啊！"许景明微微点头，"他是老一辈的武道高手，今年应该四十五岁左右，是樱花国第一用枪高手，算是枪法界宗师级的人物了。"

许景明是练枪法的，自然知晓国外这位老一辈的枪法高手。在人类历史上，不但夏国钻研长枪，其他各国都有钻研，特别是世界武道大赛举办了三十年，全球许多枪法流派都发扬光大了，樱花国中练枪法的也挺多。

"全球第十是天竺国的，叫哈鲁·辛格，今年二十五岁。"黎渺渺说道，"原本也是武道天才，十六岁时因为比赛伤到了脊椎，瘫痪在床。虚拟世界时代到来后，他身体恢复如初，如今更是位列全球第十，天竺国的人民狂热无比，无比崇拜这位天才高手。"

许景明感慨："十六岁就瘫痪，的确是不容易。"

许景明一边聊着一边已经将一桌饭菜扫荡得差不多了，吃完他起身："我继续去练枪法了。"

"你在虚拟世界待了超过三十个小时，如今下线了还要练，你不累吗？注意身体！"黎渺渺忍不住道。

"不累，现在干劲十足。"许景明咧嘴一笑，拿了一杆长枪跑到院子中继续练习。

学习一本书中的知识，无法做到一蹴而就，要先了解大概，再非常认真地剖析一个个知识点，然后通过做题证明自己真的懂了，最后运用到实际生活中。学习枪法也是如此。

许景明之前在虚拟世界练习枪法，仅仅算是大概了解了一遍，连掌握皮毛都算不上。因为轩的枪法太深奥、独特了，即便掌握了皮毛，也需要花费大量时间去研究。想要更进一步掌握，就需要长年累月地训练。

"景明练枪怎么这么入迷？"黎渺渺透过玻璃窗看着院中的许景明正在专心致志地练枪，不由得嘀咕，"或许这就是他能名列全球第八，我依旧停留在曜日级的原因吧。"

时间飞逝。

许景明不仅在现实中钻研学习，还在虚拟世界中刻苦练习。

渐渐地，他养成了习惯。现实中，他以炼心法为主，搭配练习三次天蟒进化法。虚拟世界内，他以练习养生枪法、化虹枪法以及盾法为主。

过去，许景明没有明确的方向，只能自己摸索着前进，现在，他有了明确方向。不管是枪法、盾法，他都有太多的地方需要钻研。他彻底沉浸其中，不太在意外界的事了。

外界。

夏国的方虞、周羿、张青、铁莲云、熊天山、赵樊等，一个个也接连名列星空榜。

全球各国名列星空榜的高手越来越多了。

转眼，9月份已过去，进入了10月份。

10月5号傍晚时分，杨青烁的个人空间。

梨木战队的六人齐聚于此。

"干杯！"

许景明、黎渺渺、王怡、衡方、刘冲远、杨青烁的脸上都是开心的笑容，他们举杯。

作为武道选手，他们习惯了不饮酒，庆贺时都喝饮料。

"真的没想到啊，阿烁，你竟然比我和大熊更快一步达到三阶。"衡方捶了一下杨青烁的胸口，打趣道，"真是羡慕嫉妒恨啊。我怎么就一直困在瓶颈期突破不了呢？"

"怕什么？有我陪着你呀。"刘冲远拥抱衡方。

"滚，我不需要你陪。"衡方连忙避开，道，"我需要的是自我奋发，努力，努力，再努力。"

刘冲远撇嘴道："你老婆喊你，你立即屁颠儿屁颠儿地过去哄老婆。你看看我们的队长，这一个月里，队长就没陪猫猫姐练过。"

"别挑事。"许景明立即道，"我也没有陪你们练过。"

"许哥，你不陪我们，不陪嫂子，甚至我们也没看你参加任何对战，你可是风云人物，最近一个月你完全不冒头了。"杨青烁道，"你可知道，现如今方虞的名气可大得很，很多人都觉得，方虞现在是夏国第二。"

“对，方虞在一个星期前公开击败了雷云放前辈。”衡方点头，“柳海师父、雷云放前辈之前一直分别是夏国的第一、第二，方虞年仅二十岁，如今很多人都认为方虞天赋卓绝，将来都有可能超越柳海。”

“我听渺渺说过。”许景明点头笑道，“方虞的天赋的确不错。”

自己和师父都得到了最高级别的栽培，方虞也一定得到了栽培吧。栽培级别低于自己，却能击败雷云放前辈，的确天赋了得。

“许哥，你早就闯过了星空塔第三层，在这一个月时间里，你一定更强了。”杨青烁不服气地道，“你也得偶尔参加神级高手的对战，让外界知道你的实力比方虞强。”

“神级高手的对战？”许景明摇头说道，“不了，很多时候匹配到的都是比较弱的对手，与他们对战对我来说是浪费时间，还不如自己修炼，去星空塔中练一练。”

“浪费时间？”

王怡、杨青烁、衡方、刘冲远四人相视一眼。

“听听，许哥都觉得与神级高手对战是浪费时间了，我还觉得都是生死搏斗呢，我们的差距真的太大了。”衡方道。

许景明笑笑。

的确，许景明去参加神级高手的对战，可能对战一百场后，才能遇到对他有点威胁的对手。

效率太低了。

他看过一些神级高手对战的视频，他认为，放眼全国，除了柳海，只有方虞、雷云放、周羿三人，自己才有点兴趣，但这三人只是对自己有点威胁而已。

而且这三人自己在对战中很难碰到，还不如去星空塔中厮杀几场。

对自己威胁大的，只有师父柳海。

“火种杯”大赛结束后，师父和自己一样，没有参加过任何神级高手的对战。以师父的能力，与神级高手对战也是浪费时间的事吧。师父得到了与自己同级别的栽培力度，肯定也在努力钻研。

许景明没接话，他对神级高手对战没兴趣，队友们也没有办法。

"'火种杯'大赛时我就突破到三阶，和方虞的差距并不算远。"王怡坐在沙发上说道，"可仅仅一个月时间，方虞就远超过我，在夏国，我是第十一个闯过星空塔第三层的，在全球，我更是排在第四十七名了。"

黎渺渺坐在一旁，拉着王怡的手，安慰道："星空塔的虎群对神箭手很不友好，周羿也是耗费很久才闯过。怡姐，你终究是我们夏国数一数二的神箭手，即便放眼全球，在众多神箭手中，怡姐你也是排在前五的。我相信你，你一定很快就能更进一步。"

"猫猫，你最会安慰人了。"王怡笑着。

二人抱在了一起。

她们姐妹俩，感情好得很。

"嗯？"

"嗯？"

在场六人都收到了虚拟世界的公告。

"世界公告？"

许景明点开公告。

为了进一步提高全球高手的战斗技巧，虚拟世界将在京城时间10月10号晚上9点正式开放全球交锋功能。只要是神级高手，就可参加全球交锋，与全球各国的神级高手进行比拼。

因各国处于不同的时区，各国高手看到的时间有所不同。

"全球交锋？"六人都有些吃惊。

"截至今天，星空榜上恰好有五十人。"

"我原先猜测，星空榜满一百人时，全球可能有大动静，但现在才五十人。看来蓝星联盟等不及了，急着要推出这一功能。"黎渺渺说道。

"与全球高手交锋？"王怡眼神中充满期待，"这就有意思了。"

"我也挺期待的。"许景明道。

夏国得到最高栽培力度的是自己和师父，全球范围内得到同级别栽培力度的估计有好几人，而受到栽培的肯定不是只有几人，栽培力度低一级别的估计也有不少。

比如那位年仅二十岁的逖雅诺·西雷，他可是很早以前就是全球第四了，比老一辈的雷云放更早。

如今，逖雅诺·西雷提升到什么地步了？自己能敌得过吗？

而且全球共有七十亿人口，谁知道还会不会冒出什么天才？比如，比方虞更强的天才。

"我们抓紧时间修炼吧。"许景明起身道。

"撤了。"衡方也起身，眼中放光，"全球高手的竞争肯定比现在激烈得多，不能再这样下去了，我得和我老婆说说，我也要闭关了。"

王怡眼中也充满期待："可以与全球高手交锋了。"

大家迅速散去，个个充满斗志，包括刚突破的杨青烁。

许景明的个人空间。

他的练武场变成了恒星系边缘的场景。

当然仅仅看起来相似，其他方面还是有很大的区别。

比如许景明的实际活动范围只有半径五百米，比如有空气存在，比如温度保持在10摄氏度左右。

没办法，若是处于真实的太空，许景明是无法生存的。

此刻，飘浮的陨石上，许景明正手持一杆黑色长枪，继续练着化虹枪法。和初次练习相比，如今他每次都有蓄势的过程，之后进攻，步法变化，连续一枪枪刺出。

有了蓄势，再施展化虹枪法，他明显感觉自己可以爆发得更快、更凶猛了。

这是他一个多月来的体会，养生枪法的蓄势是可以和化虹枪法结合起来的。

一枪刺出，化作枪影，枪杆旋转时产生波动，发出嗡嗡声。

"化作光吧！"

许景明的心中只有一个念头。

经过一个月的修炼，他可以做到短时间内心无杂念。

读书百遍，其义自见。

这一招化虹枪法，许景明每天都要练习无数次。虽然他练习化虹枪法的次数逐渐减少，但效率提高了。

练到今天，一遍又一遍，量变产生质变，加上强大的意念，终于，许景明突破了那一层界限，他清晰地感应到了身体的更深处。

全身的每一块肌肉、每一条细微的肌束，他都感应到了。

此刻，许景明的意念已然能调动这些细微的肌束，令肌束团结发力，这样效率更高。

其实，不只是肌束，还有皮膜、滑囊、腱鞘、骨骼、关节等，他都感应到了。脏腑器官的一切运作他都感应到了。

整个身体仿佛无比精密的机器，在许景明的意念的调动下，一瞬间高效地运转，能爆发出无比恐怖的力量。

轰！

许景明身影模糊，一闪，瞬移到了十米之外，长枪震荡空气的声音仿佛爆炸声般刺耳。

"发现未知的四阶枪法，请命名。"

耳边传来声音。

许景明这才一怔，立即点开个人战力面板。

玩家：许景明

基因进化法：天蟒进化法（高阶95%；剩余练习时间五百八十三天，不可提升）

身体指数：251

技能：未知枪法（四阶3%），枪法（三阶99%），步法（三阶93%），盾法（三阶92%）

基础战力：15060

实战加成：55%

战力：23343

第101章 // 四阶

　　许景明看到自身的战力时是有些吃惊的。

　　"仅仅多了一门未知的四阶3%的枪法，我的战力翻了一倍多？在今天突破之前，我的基础战力只有7000多。"

　　"三阶突破到四阶，真是产生了质变！"

　　许景明想了一下，觉得虚拟世界的数据还是很准确的。

　　"刚才施展化虹枪法时，我甚至能调动每一条肌束的力量，脏腑器官的运转我都感应到了，爆发出的实力的确恐怖。

　　"不谈别的，就论我的速度，施展化虹枪法时，我的速度真的太恐怖了，比雷云放前辈快太多了！

　　"枪法依旧是三阶99%，只是多了一门未知枪法？"

　　许景明看着个人战力面板，有些疑惑，轻轻点开"未知枪法（四阶3%）"这一栏，查看详细介绍。

　　四阶技能，独一无二。

　　无数人学习同一流派的技能，达到四阶时，领悟的东西各有不同。因为四阶技能蕴含个人的心灵意志。

　　每个人的心灵意志都是不同的，创出的技能也不同。

　　如果许景明创出七八种蕴含不同心灵意志的枪法，那么每一种枪法都会单列出来，都可以单独命名。

"原来四阶技能的关键是心灵意志。"许景明看到解释才了然，"对，心灵意志必须足够强，对身体的感应足够深，才能深入肌束的层次。"

"化虹枪法的确是如今蕴含我的最强心灵意志的枪法。"许景明看向个人面板，"枪法、步法、盾法依旧处于三阶末期，必须有足够强的心灵意志，才能让这三门功法也突破。"

"但心灵意志必须与技巧契合。"许景明有经验，明白这一点。

化虹枪法的意志是一往无前地化作光，没有任何退路。

这和许景明的无影刺相似，同样都是不顾一切地追求极限速度。附身时，他看着轩施展了千万次，牢记于心，练起来很顺畅，自然而然领悟了属于自己的化虹枪法。

但盾法不适合一往无前、没任何退路的心灵意志。

枪法的其他招式呢？

枪法还有崩、劈、挑、划、拦、拿等各种招式，但大多不适合化虹枪法的心灵意志。

"当初我的枪法从二阶突破到三阶，盾法、步法都是过了几日接连突破的。"许景明暗道，"可显然，从三阶突破到四阶就没那么容易了，得有足够强的心灵意志。先熟悉我如今最强大的枪法吧。"

许景明开始练了起来。

练习化虹枪法，能调动身体深层次的力量，感受是很美妙的。心脏的跳动，一条条血管仿佛江河，江河奔腾，他都能清晰感应到。全身的骨头、肌肉都被完美地调动，每一招每一式都是享受。

生命进化局。

咚咚咚！

敲门声响起，略显急切。

"进来。"周局长平静地道。

秘书推门而入，眼中难掩激动："局长，局长，大喜事，许景明已经创出四阶枪法！"

"四阶枪法？"周局长吃惊。

周局长并不喜欢长期待在虚拟世界，他更喜欢在现实中办公，只有疲惫时才会进入虚拟世界。

"我记得柳海是两天前刚突破到四阶。"周局长追问道，"许景明今天就突破了？"

"是。"秘书接着补充道，"我们夏国如今可是有两位四阶高手了！"

"生命进化，越往后会越匪夷所思，难度也越来越大。

"从三阶突破到四阶已经超出了一般范围。必须有足够强的心灵意志，并且将其完美融入枪法或盾法，否则就会一直停留在三阶99%。"

"柳海得到栽培，他选择的是八阶盾刀术，那是一套非常高深的传承功法，包含心灵意志、步法、战斗技巧、身体修炼等诸多方面。柳海有明确的道路可以前进。许景明选的是附在一位天蝎流派的擅长枪法的高手身上，一切都是未知数。"周局长说道。

秘书道："但许景明提升的速度明显比柳海更快，柳海在'火种杯'大赛时就已经是三阶99%了。"

"局长，这是虚拟世界对二人的评判。"秘书将一份文件递给周局长，周局长接过。

柳海，善于学习，仔细学习传承功法的方方面面，且善于总结，融入自身太极盾刀术后自成一派。

许景明，附身于宇宙传奇人物的收获被他分成了多个类别。比如附身后所学到的每一招，他都单独分成一类，举一反三，不断钻研学习。在他的笔记中，枪法被分出了十八个大类七十三个小类。他并没有受原有枪法、盾法的影响，而是持着包容心态，海纳百川。他认定，宇宙浩瀚，蓝星的积累与宇宙相比，只是沧海一粟。他更虔诚地学习，在重新构建枪法系统。

二人都善于学习。

柳海在学习过程中会摒弃不适合自己的，吸取适合自身的融入自身太极体系，令太极体系越发壮大。

许景明的学习更精细，并且将体会分解成多个体系，多个体系结合，最终形成立体体系。他应该是受物理学思维的影响，仿佛研究宇宙物理，研究附身后的诸多收获。

……

周局长一直看着。

"局长，他们两人选择的资源不一样。"秘书说道，"根据我们得到的情报，宇宙中，选择一套完整八阶传承功法的，大多成长得更快，因为完整的传承功法包含了方方面面，不需要自己摸索。"

"但选择附身于宇宙传奇人物的，可能走得更远。我们夏国对柳海、许景明，都是同等级别的栽培力度。"周局长说道。

"他们都做了自己想要的选择，至于将来能走多远，就看他们自己了。我们夏国毕竟只是蓝星文明的一个国度，在前期能帮他们些，到以后，我们想帮也无能为力。我们需要兼顾全国所有人，还要培养第二代天才、第三代天才。"周局长继续道。

"在第一代高手中，柳海和许景明真的很强。"秘书还是很振奋，"等全球交锋的时候，定会让各国惊讶。"

"哈哈……"周局长微笑道，"也别高兴得太早，现在只是刚开始，等许景明和柳海都突破到五阶，那才是真正的大喜事。"

秘书点头。

五阶是截然不同的境界了。

……

时间流逝，转眼便到了京城时间10月10日晚。

全世界各国人们都蹲守直播间，兴奋地期待着。

全球交锋即将开启，全球顶尖高手们即将开始搏斗。

到底哪一国的高手更强大，很快就可以看到了。

10月10号晚9点，夏国官方直播间。

许景明、黎渺渺二人坐在看台上，喝着饮料看着直播。

"景明，今天是全球交锋的第一天，你真的不参加吗？"黎渺渺边喝咖啡边问道。

"全球的神级高手太多了，我们夏国现在就有超一万五千名神级高手，我听说全球有超过六万名神级高手，他们一窝蜂地冲进全球交锋战区，太乱了。"许景明说道，"先看看全球顶尖高手现如今的实力再出手也不迟。"

至少从神级高手对战的情况来看，国内除了没完全展露实力的师父柳海外，其他人都不是自己的对手。毕竟自己暂时没看到一个达到四阶的高手。

"国内都有一万五千多名神级高手了，我至今还没达到神级。"黎渺渺摸着鼻子，低着头，沮丧道，"我有你教，有晓青妹子教，有怡姐教……这么多大高手教我，虚拟世界都开放这么久了，我的基础战力才962，离1000还是差点！"

"按照你的速度，一个星期内你就能达到1000。"许景明安慰道，"那时候你就是神级高手了。"

"嗯！"黎渺渺握拳，道，"按照全球神级高手的比例，大概十万人中就有一个神级高手，很了不起了。"

许景明微微点头："虚拟世界开放两个多月了，在虚拟世界修炼两个多月抵得上在现实中苦练五年以上，现在有点天赋的，都能达到神级了。"

"你的意思是……我的天赋比较差？"黎渺渺盯着许景明。

"不不不，是你不够努力，你三天打鱼，两天晒网——"许景明话头一转，"但是现如今离神级也只差一步了，你再努力点，马上就成功了，所以你的天赋还是不错的。"

黎渺渺这才满意地点头。

许景明暗松一口气。

在许景明、戴晓青、王怡这么多顶尖高手的指点下，即便没那么刻苦，黎渺渺也该达到神级了。

事实就是，黎渺渺在武道方面的天赋只能算不错，不是十万分之一。

"我也清楚，我的天赋跟你们比差远了。唉，身边都是天才的滋味不好受啊，显得我好平庸啊！"黎渺渺道。

"但你在其他方面的天赋比我们强。看比赛吧，别垂头丧气了。"许景明笑着道。

"直播间的观众朋友们，我们直播的这一场对战，是我们夏国高手对战罗马国高手。"主持人刘鑫介绍道，"夏国这边，有星空榜上排名十二的方虞，其他四名队友的实力逊色些。而罗马国那边，有星空榜上排名十五的扎哈·麦格斯，他的四名队友也是普通神级高手。这场对战的胜负，主要还是看方虞和扎哈·麦格斯。"

刘鑫笑道："与此同时，罗马国的官方直播间同样在直播这场对战，观战人数达到六亿，而我们夏国的官方直播间，观看人数则突破了九亿。"

在主持人的讲述中，对战开始了。

黎渺渺说道："扎哈·麦格斯是罗马国的第二高手，使用的武器是双斧。方虞现在在国内呼声很高，击败雷云放后，国内很多人都认为他就是夏国第二，潜力无限。"

"是很有潜力，才二十岁。"许景明也认真观看这一场对战。

这场对战中有方虞、扎哈·麦格斯，其他八人就逊色多了。

二阶神箭手威胁不到方虞和扎哈·麦格斯，如果靠近，只会被二人轻松击败。

"夏国方虞？"扎哈·麦格斯又高又瘦，身高两米一九，手持一对战斧。

方虞比扎哈·麦格斯矮些，但更加强壮。

方虞穿着厚重的铠甲，手持一杆破城戟直接冲向扎哈·麦格斯。

"哼！"扎哈·麦格斯冷哼一声，已然迎上。

二人的速度都奇快，使用的都是重兵器，冲锋起来威势恐怖。

呼！

扎哈·麦格斯手中的战斧劈过去，战斧带着幻影划过长空。

当！

破城戟沉重无比，正面挡下这一斧。

但另一柄战斧从另一角度呼啸着劈来。

扎哈·麦格斯的一对战斧不但沉重，而且配合起来神秘莫测，只要中了一斧，就算是穿着重型铠甲的方虞也讨不了好。

"滚开！"方虞手中的破城戟一震，挡下这一斧。

一杆破城戟迅猛无比，舞动间带着道道黑色残影，袭向扎哈·麦格斯。

"好大的力气。"扎哈·麦格斯以力大出名，一对战斧施展起来刚猛又诡异，此刻却被一杆破城戟给压制了。

方虞的力量太大，速度太快。

方虞横冲直撞，他都不屑使用投掷类兵器。

连续攻杀数十次，终于攻破了扎哈·麦格斯的一对战斧，击中了扎哈·麦格斯，扎哈·麦格斯的身体化作虚影，方虞这才露出兴奋的笑容。

他喜欢击败一个个对手的感觉。

"方虞！方虞！"

"方虞无敌！"

"赢了！"

"罗马国的第二高手也被方虞击败了！"

观众们沸腾了。

这是全球交锋开启以来，夏国官方直播间播放的第一场对战，夏国方虞获得了胜利是很振奋人心的。

同一刻，罗马国的官方直播间，无数观众觉得难以置信。

"怎么可能?!"

"他怎么可能击破扎哈·麦格斯的双斧？"

"那个穿着黑色重型铠甲的夏国人竟然完全压制住了扎哈·麦格斯！听说他在星空榜上排名十二，在夏国比他的排名高的有三个：柳海、雷云放、许景明！"

"我查了这个夏国人方虞的资料，他现在很厉害，在国内已经击败了雷云放，夏国人普遍认为他是夏国第二。"

"可扎哈·麦格斯还是输了！"

罗马国人骄傲的心此刻千疮百孔，他们多么想要自己国家的强者获胜。

……

许景明看着全民欢呼，也露出笑容。

"我们夏国的整体实力比罗马国强许多。"许景明暗道，心中想到的却是附在轩身上时的经历。

"蓝星文明申请接入虚拟世界网。

"申请学习。

"购买价……

"支付成功。"

许景明还清晰地记得这些。

"如果我推测得没错，蓝星文明只是浩瀚宇宙中的文明之一。轩是宇宙人类联盟的议员，宇宙人类联盟是什么组织？"许景明暗道，"轩和那位壮汉都是能轻易毁灭行星乃至恒星的存在了，但他们的地位都还不够高，蓝星文明又拥有怎样的地位？"

接触到这些隐秘，再看此刻的对战，许景明自然平静无比，他的目光早就看向了星空。

"根据周局长所说的，等我的实力更强了，就能知道真正的秘密。"许景明起身，"继续变强吧。"

"你不看了？"黎渺渺看向许景明。

"等直播结束了，我再看录制的视频吧。"许景明说道，"我去练武场练一会儿。"

黎渺渺点头，看着许景明消失不见。

个人空间练武场。

许景明一遍遍地练着天蟒进化法。他将心灵意志融入全身，感应着身体深处的变化。

自从枪法突破到四阶，他一直想要进化法继续突破，几天过去了，随着修炼，他感觉离突破越来越近，但总是差一点。

但许景明内心平静，静心体会身体的变化。

忽然，他有一股战栗感。

身体的肌束被调动了，天蟒进化法终于发生了变化。这一变化，也令身体开始了脱胎换骨的变化。

生命再次进化！

天蟒进化法达到超阶！

第103章 // 请教

　　许景明能感觉到身体的蜕变，但此刻他的内心平静无比，继续施展着进化法，体会着身体的变化。

　　练了三遍后许景明才停下，算是尽兴了。

　　"当内心如天体星辰，平静无比时，就能调动身体深层次的力量。"许景明面露喜色，自从得到机缘附身于宇宙传奇人物轩后，每日他都会练习八个小时的炼心法。

　　炼心法很美妙，许景明沉浸其中，身体和内心都很放松，心灵仿佛被洗刷了好几遍。

　　因为喜欢这种感觉，他练习进化法时，自然而然就进入内心平静无比的状态，没想到真的能成功调动身体深层次的力量。

　　"既然能调动身体深层次的力量，那么说明这种心境也适合战斗。"许景明期待起来。

　　心如天体星辰，天体星辰看似寂静无声，实际上无时无刻不在运动。

　　附身于轩时，轩的心灵意志笼罩了整个行星，许景明当然能清晰感应到行星的公转速度、自转速度。那种庞大的天体不停地运转的场景，早就震撼了他。

　　虽然不停地运转，但行星本身又仿佛永远寂静无声，就是炼心法的精髓。

　　"内心寂静，但身体仿佛天体运转，可施展进化法，也可战斗。"许景明一伸手，拿出一杆长枪，施展起了枪法，一招一式都仿佛带着星球运转的威势。

星球运转的威势实在恐怖。

如此练枪，许景明甚是喜欢，他一遍遍地练习。

轰！

许景明忽然施展一记扫枪，仿佛巨大天体碾压过去，这一刻，全身的骨头、肌肉自然被调动，肌束、筋膜、脏腑的运转速度加快，神经网络的信号都强烈许多，整个身体爆发出的力量立即飙升，仿佛要碾碎一切。

"这一招有四阶枪法的味道了。"许景明面露喜色，看了看个人战力面板，道，"只有一招，施展时不够稳妥，还得不到虚拟世界的承认。但显然，这条路是走得通的。不如就叫星辰枪法？"

许景明接着练枪。

化虹枪法是一套成体系的枪法，看似只有刺这一招，但实际上融合了步法，刺有进步刺、退步刺、连环刺等各种刺法，也可以以守代攻。这是轩一生最大的成就，许景明即便只学了个皮毛，也得到系统的承认了。

"迈出了这一步，整个枪法突破到四阶也就不远了。"许景明看到了希望，沉浸其中。

这边，许景明沉浸在修炼中，另一边，雷云放在拜访柳海。

柳海的个人空间练武场。

"柳老哥，"雷云放神色苦恼，"我一直困在三阶瓶颈，怎么都无法突破，你能不能指点指点我？我实在没办法了，特别是看到后辈们开始超越我，唉！"

"给我看看你的个人战力面板。"柳海说道。

雷云放直接点开给柳海看。

"身法和刀法都已达到三阶99%。"柳海点点头，"单论境界，你绝对不比方虞弱，我看过方虞战斗的视频，虽然他的实力比你强，但强不了多少，肯定没有达到四阶。他如果达到四阶，击败你时会非常轻松。"

"他居然没有达到四阶，他真的非常有天赋了！"柳海感叹道，"同样是三阶，他的身体天赋高，拥有更强的力量、更快的速度，自然能压你一头。"

"我看全球交锋时比方虞强的有好几位了。"雷云放说道，"他们应该达到四阶了。"

"全球有几个达到四阶的人是很正常的事。"柳海点头。

"那我该怎么突破？"雷云放追问道。

"你得到过一套五阶刀法吧？"柳海问道。

雷云放点头。

"五阶刀法中，应该有步法和炼心之法。"柳海说道，"按照传承功法中的描述，炼心之法看似玄乎，实际上却能让个人的意志变得更强，能让神经网络的信号变得更强烈。信号更强烈，对身体力量的调动也能更深入。"

雷云放点头："是的，我得到过炼心之法。"

"那你就安心修炼吧。"柳海说道，"炼心无法取巧，有些人年纪轻轻，心灵意志却很强；有些人虽然已是知天命的年纪，心灵意志却很不堪。这还是要看个人的。"

"我觉得我的心灵意志还是挺强的。"雷云放忍不住道。

"心灵意志强了之后，得和自身的战斗体系契合。"柳海道，"战斗时的一招一式要能自然地融入强大的心灵意志，方能激发身体潜力，才能达到四阶。"

雷云放点点头："我也明白。"

"我们得到的传承功法早就将道路说得很清楚了。"柳海说道，"是无法取巧的。"

"那我去继续练习吧。"雷云放点头，"柳老哥，谢了！"

"一时的落后不算什么，我相信，我们这些老一辈不是那么容易被超越的。"柳海鼓励道。

雷云放点点头，消失在练武场。

柳海看着这一幕，一伸手，手持一盾一刀："按照上面说的，如今夏国得到最高级别栽培力度的，只有我和景明，也不知道景明选的是哪种资源。不过这八阶传承功法比五阶盾刀术高深太多了，就算花费百年时间也难钻研透彻。"

柳海非常满意自己的选择。

完整的八阶传承功法比蓝星上的武道兵器训练丰富太多了。柳海每日都沉浸其中，不断丰富自身的太极盾刀体系。

许景明和柳海都沉浸在武道中，全球交锋仍在进行，各国高手们正在经历一场场激烈的对战，形势逐渐明朗。

放眼全球，谁能排在前十？谁能排在前三？

观众们对战看多了，也能推测出大概了。

"唉，又输了！"

"张青也输了！"

夏国官方直播间，无数观众叹息。

在一场对战中，张青率领夏国的高手和白鹰联邦的高手交手，不敌，输掉了比赛。

"全球交锋开启已经五天了，我们夏国就没有一个能不败的吗？张青九胜一败，周羿五胜三败，方虞十五胜两败，我们夏国真的没有一个能不败的人吗？"

"唉，又输了！"

"我们还有全球第一的柳海，还有雷云放，还有许景明。"

"别提雷云放了，都输给方虞了。许景明一直不敢参加全球交锋，依我看，他是没底气，我们只能寄希望于柳海了。"

"也就柳海值得信任。"

"堂堂夏国，出一个不败的高手就这么难？"

"方虞击败了雷云放，又击败了白鹰联邦的魁·圣·米尔斯，我曾多么相信他，但他后来先输给泰格·福森，再输给罗刹利国的阿兰·艾米连科，唉！"

"泰格·福森之前是全球第二，阿兰·艾米连科之前是全球第三，方虞输给他们也很正常。"

"都说他是夏国第二，以后有望超越柳海，现在看来，很难啊！"

"看得真生气！"

有些观众退出了直播间。

黎渺渺、孔姐、小曾三人也在看着。

"老板，在全球交锋中，我们夏国有点处于劣势啊，夏国的众多三阶高手似乎都排不进全球前五。"孔姐说道，"方虞都败了两场了。"

"看来得让柳海前辈和姐夫出战了。"小曾问道，"姐夫什么时候出手啊？很多人都期待他出手呢。"

"回去我问问。"黎渺渺起身，脸色不太好，叹道，"张青可是我的偶像啊，唉！"

"走吧，老板。"孔姐、小曾也觉得气馁。

人们对夏国的一批顶尖高手是无比崇拜的，每次怀着期待来观看比赛，比赛输掉，的确让很多人伤心不已。

星空塔第四层，被山峰环绕的宁静山谷内，大量树木断裂，大地上有许多裂缝，远处的山峰都裂开了数十道裂缝，很多山石滚落在山谷内。

轰！轰！轰！

一道暗红色身影和一道同样泛红的身影连续碰撞，双方兵器碰撞的刹那，暗红色身影连忙后退闪烁，落在草地上，正是身上铠甲已经凹陷的许景明。他脸色发白，嘴角有着血迹，手中长枪也染着血迹。

另一边，猿猴王手持一根长棍，微微泛红的毛随风飘动，一双眸子带着怒意盯着许景明，它的胸口也有伤口。

"好厉害的猿猴王！"许景明看了一眼凹陷的铠甲，能感受到肋骨断裂和脏腑的伤势。到了他这般境界，虽然能暂且控制伤势，但实力只剩下七分。

"化虹枪法虽然凶猛、霸道、速度快，但一往无前，完全不给自己退路。"许景明暗道，"遇到同样凶猛、速度极快的猿猴王，以攻对攻时，猿猴王的身体可比我强多了，我不敌他。"

"我是超阶12%的身体，猿猴王怕是超阶50%左右的身体吧。"许景明猜想，"而且它的棍法极为高明，我用化虹枪法才能勉强伤到它，但要击败它还不够。"

"可惜，我的星辰枪法一直没有突破到四阶，如果突破，两种枪法相互配合，我应该能提升不少。"许景明暗道。

现如今星空塔第四层的其他猿猴他都能轻松解决，费力的只有这只猿猴王。

"下次再比。"许景明直接点击退出。

猿猴王手持长棍身影一动，瞬间冲到许景明所在处，但许景明已消失不见。

"嗷——"

猿猴王环顾四周，发出一声怒吼。

现实中，卧室床上。

许景明取下了虚拟头盔，看了一眼身侧，空荡荡的。

"渺渺起来得这么早？"许景明起身，出了卧室沿着楼梯来到楼下客厅，一眼看到黎渺渺正在厨房里做早饭。

"渺渺，你怎么亲手做早饭？"许景明走过去。

"我气！"黎渺渺一边做着面饼，一边说道，"我半夜三点就气得起床了。张青可是我心中的女剑仙，夏国最强剑客，可夜里那场对战，她带领的夏国队伍竟然输给了白鹰联邦的队伍，真是越想越气，越想越不甘心！"

"一场对战而已，有什么好气的？"许景明走上前去，给黎渺渺揉揉肩，"消消气。"

"别在这儿碍事，我做面饼呢。"黎渺渺瞪了许景明一眼，道，"乖乖在外面等。"

"我就等大餐了。"

许景明在餐桌前坐下，点开光幕，开始观看全球交锋中的一些对战视频。

"全球的高手都在进步啊。"许景明看着，"当初的武道界'三王'，雷云放、魁·圣·米尔斯现如今都排在十名之外了，只有阿兰·艾米连科依旧保持全球前几的排名。"

这很正常。

几十亿人争锋，自然会有一代代新人冒出来，要维持在全球前五，那是一件非常难的事。

"这个樱花国的宫川明心是个十七岁的高中生，实力还真的强，他应该才是

280

现如今樱花国的第一人吧。"许景明看着视频做出自己的判断，"他比清里藤一要强。"

之前星空榜上的高手，能在全球交锋中保持全胜的有五位。

泰格·福森：九战九胜。

阿兰·艾米连科：五战五胜。

逖雅诺·西雷：两战两胜。

哈鲁·辛格：两战两胜。

宫川明心：六战六胜。

"这些顶尖高手在这五天里，只打了几场对战而已，有些人一天一场都不到。"许景明看着视频，"大多时候碰不到彼此，全胜不能说明什么，像罗马国的冰雪巨兽里文·古利特，虽九胜一败，但只输给了泰格·福森，里文·古利特的实力还是很强的。"

"早餐好喽。"黎渺渺开心地端着餐盘出来，将早餐一样样放在桌上，说道，"尝尝本大厨的手艺。"

"嗯，真香。"

许景明闻到面饼的香气，拿起筷子夹了一个面饼，两口就吃掉了一半，吃得飞快。

黎渺渺坐下，喝着粥，吃着面饼，道："景明，你看了全球高手的比赛视频了吗？"

"看了，有几个人的确挺厉害。"许景明说道。

"那你什么时候参加对战？"黎渺渺问道。

"我？"许景明吃掉一个面饼，又夹起一个面饼，"今晚就参加对战吧。"

"今晚就参加？"黎渺渺又惊又喜地道，"你怎么突然改变主意了？"

"突然改变主意？"许景明纳闷。

"你从滨海回来就一直埋头修炼，不参加任何对战。"黎渺渺说道，"今天怎么改变主意了？"

许景明笑道："我没说不参加对战。埋头修炼久了，该实战磨砺一番了，而且的确有几个合适的对手。"

"嗯嗯嗯。"黎渺渺点头道，"我这就通知亲朋好友，我们梨木战队的队长……要再次征战了。我在社交圈里发消息，你没意见吧？"

"发。"许景明不在意。

对战时，无数人都能看到，有什么好隐瞒的？

"这次看我家景明的。"黎渺渺斗志昂扬地说道，"我们梨木战队的队长，今晚将参加全球交锋！"

夏国的当家主持人刘鑫正在院子里，院子里的花盆中长着一株小橘子树，结了十几个橘子，刘鑫摘下一颗橘子，剥了皮美滋滋地吃着。

"还是自家种的橘子好吃。"刘鑫说着。

"我怎么觉得酸？"一名妇人走出来。

"酸酸甜甜，不是很好吃吗？"刘鑫反驳老妈。

忽然，嘀嘀嘀的声音响起。

刘鑫轻轻一点手表，光幕出现。

"刘鑫啊，今晚6点就上线，给我随时准备好。"光幕中的一名中年人说着。

"怎么了？"刘鑫问道。

"许景明第一次参加全球交锋，这场对战肯定是要直播的。"中年人说道。

"主任，你怎么知道的？"刘鑫惊讶。

"观战平台的许多直播间都传开了。"中年人说道，"你和黎渺渺不是好友吗？她在社交圈发的消息，你没看到？"

"我没看社交圈。"刘鑫准备查看。

"你去问问黎渺渺，许景明到底什么时候参战，我们直播间也好提前热场啊。"中年人说道，"别直播间刚热起来，比赛就打完了。"

"好，我这就问。"刘鑫点头。

……

一如既往，许景明从虚拟世界出来后在现实中不断修炼炼心法，越修炼，他越觉得炼心法不凡。

轩达到那般境界，在生命最后一刻进行最关键一战前，仅仅练了养生枪法和炼心法，这就能说明这两大功法都非同一般。

……

夜色降临。

"今晚8点，准时参战，别提前啊。"黎渺渺说道，"夏国官方直播间要为你热场呢。"

"行。"许景明笑着点头。

二人提前来到直播间。

夏国官方直播间已经热闹了起来，刘鑫和男嘉宾靳凡一同主持这场直播，观众不断拥入，如今已经突破一亿。

"很多人都猜测，今天我们直播的是哪一场对战。"刘鑫笑道，"现在我就来告诉大家，五分钟之后，许景明将会在全球交锋中进行第一场对战！"

"许景明？"

"许景明要参战了？"

"快告诉所有朋友，这可是许景明在全球交锋中的第一场对战！"

观众人数立即开始上涨。

看着刘鑫、靳凡卖力热场，看着观众数量不断增加，看着评论中观众对自己的支持和期待，许景明觉得心中暖暖的。

"在夏国，还是有很多人支持我的。"许景明暗道，"得给他们展示一场精彩绝伦的对战，要赢得漂亮点！"

"8点到了。"黎渺渺提醒道。

许景明当即轻轻一点，进入战斗空间全球交锋战区，开始"排队"。

这一刻，夏国官方直播间显现出许景明排队的画面。

"许景明已经准备就绪，"刘鑫看着画面，忽然眼睛一亮，"排队成功。我来看看对面是哪一国的队伍，一般虚拟世界会匹配实力接近的队伍。"

　　"罗刹国。"刘鑫连忙说道，"还是罗刹国的第一人率领的队伍，如今有着全胜战绩的阿兰·艾米连科。许景明参加全球交锋的第一战，碰到的就是曾经的武道界'三王'之一阿兰·艾米连科，而且还是公认的'三王'中的最强者。"

　　无数观众发出一片惊呼。

　　许景明的这个对手也太强了吧，许景明能赢吗？

（本册完）

更多精彩尽在《宇宙职业选手3》！